Le Noël Africain de Zeynab

Cherifa Tabiou

Le Noël Africain de Zeynab

Roman

Les personnages de ce roman sont fictifs.
Toute ressemblance avec des personnes réelles relève d'une pure coïncidence.

Le Code de la propriété intellectuelle n'autorisant, aux termes des paragraphes 2 et 3 de l'article L.122-5, d'une part, que les « copies ou reproductions strictement réservées à l'usage privé du copiste et non destinées à une utilisation collective » et, d'autre part, sous réserve du nom de l'auteur et de la source, que « les analyses et les courtes citations justifiées par le caractère critique, polémique, pédagogique, scientifique ou d'information », toute représentation ou reproduction intégrale ou partielle, faite sans consentement de l'auteur ou de ses ayants droit, est illicite (art. L.122-4).
Toute représentation ou reproduction, par quelque procédé que ce soit, notamment par téléchargement ou sortie imprimante, constituera donc une contrefaçon sanctionnée par les articles L.335-2 et suivants du Code de la propriété intellectuelle.

© 2024, Cherifa Tabiou

Édition : BoD • Books on Demand GmbH, In de Tarpen 42, 22848 Norderstedt (Allemagne)
Impression : Libri Plureos GmbH, Friedensallee 273, 22763 Hamburg (Allemagne)

ISBN : 978-2-3224-7788-3

Dépôt légal : Septembre 2024

À mes parents : Aïcha et Soulémane,

À mes grands-parents : Dapou, Yacoubou, Mariam, Aboudou,

*À mes aïeuls : Nana Abiba, Baba Tabiou,
N'ma Adiza, Baba Ousmane…
Et tous ceux et celles qui les ont précédés,*

Puisse votre héritage demeurer à jamais.

1

— Je ne comprends pas... Pourquoi en faudrait-il un ?

Autour de nous, les conversations s'arrêtent et une dizaine de paires d'yeux me dévisagent avec curiosité. Oups... Je réalise avec horreur que j'ai réfléchi tout haut. Pire, j'ai même dû parler trop fort.

Assise près de la baie vitrée dans la cafétéria de l'agence, Lali me jette un regard interrogateur. Ou plutôt... Inquiet. Rien d'étonnant. En temps normal, prendre la parole en public me fait carrément flipper et j'évite d'attirer l'attention sur moi.

Mais aujourd'hui, je ne suis pas dans mon état normal. La faute au serveur qui, tout à l'heure au restaurant, m'a assuré que mon cocktail ne contenait que quelques gouttes d'alcool. Tu parles... Dès la première gorgée, je me suis rendue compte de la duperie. Le barman n'y était pas allé de main morte sur le rhum.

Alors j'ai envisagé, un court instant, de demander qu'on me le change. Mais ce cocktail à base de jus de bissap était si bon... Et Dieu m'est témoin que je suis parfaitement incapable de résister au jus de bissap !

Résultat des courses, j'ai tout bu.

Et pour être parfaitement honnête... J'en ai même commandé un deuxième. Oui, je sais, je n'aurais pas dû. D'autant plus que la personne à laquelle je viens de m'adresser n'est autre que Datane. Et comment dire... Datane n'est pas réputé pour être affable avec ceux qui osent se mesurer à lui. Surtout si ces derniers ont le malheur de s'immiscer dans une conversation à laquelle ils n'ont pas été conviés.

Ce que je viens justement de faire.

— *Pourquoi en faudrait-il un* ? m'imite-t-il de sa voix rocailleuse, tandis qu'une moue dédaigneuse déforme son visage comme si ma question était la plus stupide qu'il ait jamais entendue. Elle est bien bonne, celle-là. Parce que c'est ainsi, voilà tout !

Il ne me calcule déjà plus et reprend sa conversation avec Nabine. C'est le moment où je suis censée déguerpir sans demander mon reste mais, étrangement, je reste plantée devant lui. Datane boit une longue gorgée de café avant de reporter son attention sur moi.

Je redresse aussitôt les épaules et je fais un effort de dingue pour soutenir le regard méprisant qu'il me lance. Sauf qu'à ce jeu-là, je ne suis pas très douée. Mon cœur bat à toute vitesse et semble sur le point de s'échapper de ma poitrine. Et il n'est pas le seul à s'être furieusement emballé. J'ai l'impression que mon sang s'est transformé en une lave brûlante qui gronde furieusement dans mes veines.

C'est la panique totale.

Prise de légers tremblements, je suis au bord du malaise et le gobelet de thé que je tiens dans les mains menace de se casser la gueule d'un instant à l'autre. Si Datane continue de me fixer ainsi, je sais comment ça va se terminer. Je vais finir par baisser les yeux et bredouiller des excuses confuses, d'une voix à peine audible. C'est l'histoire de ma vie.

Un sourire sarcastique apparaît sur les lèvres de Datane.

— Tu as peut-être une meilleure idée ?

Sa question a pour effet de me liquéfier instantanément. Si quelques secondes plus tôt, j'avais l'impression qu'un fluide bouillonnant me parcourait les veines, à présent une coulée glaciale l'a remplacé. Je suis littéralement figée, incapable de me mouvoir ni de prononcer la moindre parole.

Bien sûr, je sais à quoi Datane pense.

Qu'est-ce qu'une pauvre petite chose comme moi pourrait avoir comme meilleure idée ?

Datane est un Consultant Senior. Il est même le Consultant le plus expérimenté de notre équipe créative, ce qui veut dire qu'avec seulement deux ans et demi d'expérience – stages inclus – je ne fais pas le poids face à lui.

De plus, ses idées font très souvent l'unanimité chez *KaWè Marketing*, l'agence où nous travaillons, et il est dans les petits papiers de la direction. C'est aussi celui qui a remporté le plus de trophées. L'année dernière, par exemple, il a même été sacré *Meilleur talent créatif* par le très prestigieux Club des Professionnels du Marketing.

Oh, que les choses soient claires, je ne suis pas jalouse de lui. Il a travaillé dur pour en arriver là et il mérite amplement le succès, la gloire et les lauriers. Non, ce qui me dérange, c'est son arrogance, ses airs condescendants et le mépris dont il fait preuve à l'égard des Consultants Juniors comme moi.

Certes, il est brillant. Et alors ? Ce n'est pas une raison pour rabaisser les autres et leur faire sentir leur infériorité. J'aurais bien du mal à compter le nombre de fois où je suis rentrée chez moi, le soir, frustrée de ne pas avoir eu le cran de le remettre à sa place suite à l'une de ses remarques désobligeantes.

Et en bonne introvertie, j'ai souvent besoin de rejouer la scène devant le miroir de ma salle de bains. Là, bien sûr, comme par enchantement, devant le miroir, je trouve toujours les mots justes pour répliquer avec assurance et fermeté. Sauf que présentement, je ne suis pas devant mon miroir et aucune phrase de riposte ne trouve le chemin jusqu'à mes lèvres.

Mon regard croise celui de Yao, le boute-en-train de l'équipe, et le sourire railleur qu'il affiche ne me plaît pas du tout. Même s'il n'est pas un mauvais bougre, Yao a tendance à tout prendre à la légère. Avec lui, toute situation est bonne à tourner en dérision.

Je ne suis quand même pas à plaindre, car je suis l'une des rares personnes qu'il laisse tranquille parce que – pour reprendre ses paroles :

Zeynab est une star et c'est un sacrilège de se moquer d'une star.
Une star, moi ? Absolument pas !

C'est juste que mon prénom, Zeynab, est le même que celui d'une célèbre chanteuse Béninoise. D'ailleurs, la seule pique récurrente de Yao à mon égard est qu'il me surnomme *Zeyn Ado-sabado*, en référence aux paroles de l'une des chansons de l'artiste. Rien de bien méchant, donc. Par contre, il est nettement moins indulgent avec Lali dont il se moque à la moindre occasion.

En parlant de Lali, elle fixe de grands yeux sur moi et me fait discrètement signe de laisser tomber. C'est vrai, tout le monde sait qu'il vaut mieux ne pas se mettre Datane à dos. Mais, même si je le sais, une petite voix intérieure me pousse à ne pas abandonner la partie.

Au moment où je rassemble mon courage pour lui répondre, une sonnerie stridente s'élève de son téléphone portable et il affiche une moue ironique.

— Il est treize heures cinquante-cinq et notre séance de brainstorming va bientôt commencer. Poursuivons donc cette discussion en salle de réunion !

Sur ces paroles, il s'élance vers la porte, suivi de Nabine. Des bruits de chaise se font entendre et, passablement dépitée, je regarde mes collègues se lever et regagner l'open space pour y récupérer leurs outils de travail.

Un long soupir m'échappe tandis que je porte mon gobelet aux lèvres.
Sérieusement, qu'est-ce qui m'a pris de défier Datane ?

***

Lorsque nous arrivons dans la salle de réunion, Datane s'y trouve déjà. Le premier adjectif qui me vient à l'esprit pour le décrire est « *sec* ». Tout dans son attitude renvoie à ce mot.

Sa stature haute et raide, son visage émacié et beaucoup trop marqué pour quelqu'un qui n'a guère plus de cinquante ans, ses costumes aux couleurs sombres et largement trop grands pour sa corpulence mince, ses grandes mains aux doigts interminables…

Debout à l'avant de la salle, il me jette un regard impatient et semble avoir oublié que nous avions une discussion à poursuivre. Sans aucun égard pour moi, il démarre la réunion et le peu de courage que j'avais réussi à rassembler détale sans demander son reste. Autour de moi, mes collègues émettent des idées que Datane écrit sur le paperboard.

Le brainstorming du jour concerne l'organisation de la fête de Noël du groupe *Albarka*, l'un de nos plus gros clients. C'est d'ailleurs de ce projet que Datane et Nabine discutaient à la cafèt' lorsque je les ai interrompus. Le sujet me tient à cœur parce qu'il ne s'agit pas d'une simple fête pour les salariés de l'entreprise. Leurs conjoints et enfants y sont également conviés.

Et même si je n'ai pas encore d'enfants, je suis convaincue qu'il faut accorder une attention particulière à tout ce qui touche à la petite enfance et à la construction identitaire des tout-petits. Les détails de l'organisation de cette fête ne peuvent donc pas être réglés avec légèreté.

Ma petite voix intérieure fait son grand retour et m'encourage à faire entendre mon point de vue. Peu à peu, je sens le torrent glacial refluer dans mes veines et faire place à un fluide plus chaleureux.

Serait-ce là l'un des effets secondaires du jus de bissap au rhum ? Finalement, ce n'était peut-être pas une si mauvaise idée d'avoir vidé les deux verres.

Tandis que la voix de ma conscience s'agite de plus en plus fort dans ma tête, j'ai l'impression qu'une vive flamme d'audace s'allume en moi et je ressens une envie irrépressible de parler.

— Je… Je pense que nous devrions trouver une autre solution pour la distribution des cadeaux.

Datane recule pour lire les notes qu'il a inscrites sur le paperboard puis il se tourne vers moi, visiblement agacé.

— Tu plaisantes ? Et qui donc s'en chargera ?

— Eh bien… Euh… Pourquoi pas les salariés d'*Albarka* ?

— Ils seraient une sorte de lutins ? demande Datane en fronçant les sourcils.

Yao pouffe bruyamment de rire, ce qui lui vaut un regard oblique de Datane. *Sérieusement... Des lutins ?*

Datane peut parfois être un peu obtus.

— Tu ne voudrais pas qu'ils enfilent des déguisements rouge et vert, tant que tu y es ? commente Yao, une fois remis de son fou rire. *Ho ho ho !* Je ne voudrais pas être à leur place…

Son irrévérence m'insuffle un peu plus de courage. Je ne suis peut-être pas la seule à trouver l'idée de Datane complètement saugrenue.

— Non, Datane… je réplique. Ni lutins ni père Noël. Juste des femmes et des hommes de la vraie vie.

À présent, Datane n'est plus simplement agacé. Son langage non verbal en dit long sur la colère qui l'anime mais qu'il se retient d'exprimer. Soudain, à la surprise générale, il se met à rire. D'abord tout doucement, puis de plus en plus fort. Là, il est carrément plié en deux et se tient les côtes en s'esclaffant.

Euh… Qu'ai-je bien pu dire de si drôle ?

— Pas de père Noël ? répète-t-il entre deux rires. Voyons, Zeynab… Une fête de Noël sans père Noël ? Ça n'a aucun sens !

— Parce qu'un père Noël blanc pour des enfants majoritairement noirs, ça en a ?

Oups… Les regards hébétés de mes collègues me font écarquiller les yeux. Aurais-je encore réfléchi tout haut ? On dirait bien. Décidément, je ne suis vraiment pas dans mon état normal. D'habitude, je n'interviens jamais en réunion sauf lorsqu'on me pose une question – ce qui n'arrive pas très souvent – ou lorsque Bass (notre chef) m'a eue à l'usure pour que je fasse une toute petite présentation devant l'équipe.

Et comme ce n'est vraiment pas ma tasse de thé, ça non plus, ça n'arrive pas très souvent. Alors, avec mes interventions du jour, tout le monde doit penser que je suis devenue complètement zinzin…

Un raclement de gorge se fait entendre et tous les regards convergent vers Lali.

— Que diriez-vous de trouver un compromis ? intercède-t-elle avec entrain. Je ne sais pas, moi... Tiens ! Un père Noël noir, par exemple. Qu'en pensez-vous ?

Datane laisse échapper un rire nerveux.

— De mieux en mieux... Allons, Lali, un peu de sérieux ! Dois-je te rappeler que nous planchons sur le projet d'un client *VIP* ?

— Mais je suis sérieuse ! Puisque l'idée du père Noël *blanc* ne fait pas l'unanimité, pourquoi pas un père Noël *noir* ?

Lali est ma plus proche collègue. Elle est très jolie, assez grande, et met un point d'honneur à toujours intégrer dans ses tenues un accessoire en tissu *batik*, fabriqué à Vogan, sa ville natale. C'est aussi la fille la plus gentille que je connaisse car, malgré ses airs parfois ronchons, elle est capable de se plier en quatre pour rendre service à ses amis.

Mais bien qu'elle essaie de me venir en aide, elle ne s'y prend pas de la meilleure façon. Je la couvre d'un regard reconnaissant.

— Merci pour ta suggestion, Lali. Mais un noir déguisé en père Noël... J'ai toujours trouvé cela ridicule.

— Voilà au moins une chose sur laquelle nous sommes d'accord, s'empresse de rétorquer Datane.

— La question que nous devrions tous nous poser est : pourquoi devrait-il y avoir un père Noël ?

Ça fait déjà quelques années que je me pose cette question, mais je n'avais jamais partagé mes réflexions. Comme un tas d'autres choses inavouables, elle faisait partie de mon jardin secret.

Du moins jusqu'à ce qu'une dose exagérée de rhum m'amène à la poser à mes collègues...

— Parce que sans père Noël, ronchonne Datane, ce ne serait pas une vraie fête de Noël. Voyons, Zeynab, les enfants adorent le père Noël ! C'est lui qui ajoute ce *petit côté magique* à la fête !

Il donne l'impression de parler à une véritable attardée mentale.

— Allez, les gars, ajoute-t-il à l'égard de nos collègues, j'ai besoin de vous, là ! Nathalie ?

Superbement maquillée, Nathalie affiche une expression indécise avant de se lancer.

— Eh bien... Je comprends ce que tu dis, Zeynab, mais je partage plutôt le point de vue de Datane. Après tout, la tradition veut qu'il y ait un père Noël.

Je lâche un soupir excédé.

— La tradition ? Celle des populations occidentales, tu veux dire. Pas la nôtre...

— Ce que tu oublies, réplique Nabine, c'est que cette tradition de Noël à l'occidentale a été adoptée par les enfants du monde entier. Et les enfants Togolais n'y font pas exception. Alors je suis navré que l'idée ne t'enchante pas, mais il doit y avoir un père Noël à cette fête.

— Et il sera blanc, un point c'est tout ! conclut Datane d'un ton théâtral avant d'attraper son téléphone portable.

Je prends une profonde inspiration.

— Voyons, suis-je vraiment la seule que cela choque ? Vous ne trouvez pas que...

Une mélodie familière s'élève soudain du téléphone de Datane, qui s'agite en brandissant l'appareil.

— Vous entendez ? *Petit papa Noël, quand tu descendras du ciel...* fredonne-t-il d'une voix parfaitement ridicule. Tous les enfants de notre cher Togo connaissent cette chanson qui fait référence au père Noël. Voilà la preuve irréfutable qu'il est le personnage central de...

La porte s'ouvre brusquement sur Djifa, le membre le plus récent de l'équipe. Cela ne fait qu'un petit mois qu'il a rejoint l'agence en tant que Consultant Junior – quoiqu'un peu plus expérimenté que Lali et moi – et il ose se faire remarquer par cette arrivée tardive à notre réunion de brainstorming hebdomadaire. Une chose est sûre, Datane ne va pas le rater !

Son arrivée aurait d'ailleurs pu passer inaperçue si elle n'avait été accompagnée du grincement facétieux de la porte, provoquant par ricochet un nouveau fou rire chez Yao.

— Désolé pour le retard ! s'excuse Djifa, anticipant la remarque cinglante que Datane se prépare à formuler. J'ai été retenu dans une autre réunion avec Bass. D'ailleurs, il m'a chargé de te remettre ceci. Les validations budgétaires pour la campagne *Ago*, ajoute-t-il avant de tendre une pochette à Datane.

— Hmm… grommelle ce dernier en jetant un coup d'œil au dossier, pendant que Djifa contourne la table pour aller s'asseoir sur un siège inoccupé.

Comme à son habitude, il est d'une élégance irréprochable. Sa grande carrure est savamment mise en valeur par une chemise sous laquelle je devine de larges épaules, des muscles puissants et un… Je me ressaisis subitement au moment où il se penche vers Lali.

Mais enfin, qu'est-ce qui me prend ?

Ça doit encore être l'un des effets secondaires du jus de bissap au rhum. Parce que sans cela, il n'y a aucune raison pour que je m'attarde sur les attributs physiques de Djifa.

Non. Vraiment aucune.

— Dis donc, les sessions de brainstorming sont sympas ici ! glisse-t-il à Lali, faisant référence à la mélodie de Noël qui résonne toujours dans le téléphone de Datane.

Nos regards se croisent et il me décoche un sourire désarmant auquel je réponds brièvement avant de regarder ailleurs. Ce n'est pas le moment de se laisser distraire.

— Je disais, reprend Datane, que ce bon vieux père Noël fait partie intégrante de la légende de Noël. Impossible de faire l'impasse sur lui !

— Et je disais aussi que la légende de Noël à laquelle tu fais référence est celle des populations occidentales. Pourquoi devrait-elle être la norme chez nous ?

— Trêves de discussions stériles, Zeynab. Que proposes-tu comme alternative ?

— Eh bien... Je... Je ne sais pas vraiment, euh... Pourquoi pas un... Un Noël typiquement Africain ?

— Voyez-vous cela... Et qu'y aurait-il dans ton Noël *typiquement Africain* ?

— On peut imaginer des éléments bien africains... Issus de notre culture, qui nous ressemblent... Je dois encore y réfléchir, mais...

— Justement, nous manquons de temps. Le boss a demandé que la propale lui soit fournie ce soir. Alors, soit tu développes ton idée maintenant, soit tu nous laisses avancer !

Le ton sans réplique de Datane me paralyse et le torrent glacial menace de me liquéfier une nouvelle fois. Je déteste avoir à l'admettre mais là, tout de suite, je suis incapable de développer mon idée.

Je n'ai jamais été très douée pour improviser.

J'ai toujours eu besoin de temps pour trouver des idées qui sonnent bien et pour cela, il me faut les coucher par écrit, les retravailler encore et encore, avant d'envisager de les évoquer à l'oral avec un enchaînement de phrases parfaites.

— Alors ? s'impatiente Datane. Peux-tu me donner plus de détails sur *ton Noël Africain* ?

Aïe aïe aïe... Et voilà qu'il me met la pression ! Or quand je suis sous pression, j'ai tendance à me défiler. C'est ce que je fais toujours. Me défiler quand les choses deviennent trop compliquées, trop impressionnantes. Quand la situation m'échappe, je ne lutte jamais pour m'imposer. C'est ainsi et ça l'a toujours été.

L'histoire de ma vie, vous vous rappelez ?

Petite, lorsqu'Evelyne, ma cousine machiavélique – et digne successeure de *Karaba-la-sorcière* – faisait de moi son souffre-douleur favori, je n'ai jamais réussi à m'imposer ni à la dénoncer aux parents.

Idem au collège, quand Kwami, la terreur de la classe, me refilait ses corvées et son tour de balayage.

Ou encore la fois où l'un de mes commentaires de texte avait tellement plu au professeur de français, mais que j'ai décliné sa proposition de rejoindre le club d'écriture du lycée parce que je trouvais le challenge trop grand pour moi.

Et même plus récemment, lorsque Will, mon petit ami, a décidé de façon unilatérale de faire un énième break, j'ai une fois de plus accepté sans broncher.

Cette fois-ci encore, alors que Datane me jette ce regard plein de mépris, je sens que je vais me défiler. D'ailleurs, il n'est pas le seul à me dévisager. Tous mes collègues ont les yeux rivés sur moi et attendent que je reprenne la parole.

Mais la lave bouillonnante s'est refroidie dans mes veines. La petite voix qui m'encourageait à ne pas me laisser faire s'est volatilisée. Et la flamme d'audace semble s'être éteinte, elle aussi. Zut ! On dirait bien que les effets du rhum se sont estompés.

J'ai tout d'un coup l'impression d'être un vase fragile et que, par leurs seuls regards, mes collègues peuvent me briser en mille morceaux. Même l'empathie que je perçois chez Lali ou d'autres collègues ne parvient pas à me rebooster.

— Je propose ceci, intervient Djifa. Expliquons à Bass que nous avons besoin d'un délai supplémentaire. Cela laissera le temps à Zeynab de réfléchir à d'autres idées. Et nous aussi d'ailleurs.

— C'est à moi que Bass a confié ce projet, rétorque sèchement Datane. Et je n'ai pas l'intention d'aller le voir pour demander un délai supplémentaire.

— Dans ce cas, laisse-moi aller lui parler, insiste Djifa.

— Nous y voilà ! Tu veux peut-être diriger le projet à ma place ?

Oh la la... Cette discussion commence à prendre une tournure insensée et tout est de ma faute. Cette histoire de Noël Africain ne vaut vraiment pas la peine que Djifa et Datane se prennent le chou...

— Mais non, voyons ! proteste Djifa. Je ne cherche pas à prendre ta place. Je voulais juste...

— Écoutez, les gars, je tente d'intervenir…

— Si tu penses pouvoir me piquer ce projet… vocifère Datane au même moment.

— *STOOOP !*

Bon… Je n'avais pas l'intention de crier mais c'est fait et, au moins maintenant, j'ai toute leur attention.

— Restons sur la proposition de Datane.

Djifa fronce les sourcils.

— Zeynab, je pense que nous devrions…

— Non, c'est bon ! Gardons le Noël à l'occidentale puisque ça n'a l'air de gêner personne.

Je m'enfonce dans mon siège, épuisée par ma performance de prise de parole impromptue, tandis que Datane affiche un sourire goguenard.

— Bon ! s'écrie-t-il, visiblement satisfait d'avoir eu le dernier mot. Pour la suite, le client voudrait communiquer à l'ensemble de ses salariés avant la fin du mois. J'ai déjà demandé à Nima de concevoir le contenu des emails ainsi que le design des kakémonos et des autres visuels. D'autres idées ?

2

Lorsque la réunion prend fin une demi-heure plus tard et que certains collègues commencent à quitter la salle, Yao s'approche de moi, suivi de près par Lali.

— Je te tire mon chapeau, *Zeyn Ado-sabado* ! s'exclame-t-il en affichant un large sourire.

Avec sa mine avenante, ses cheveux épais et son piercing à l'extrémité du sourcil, Yao est plutôt mignon même si côté look, ce n'est vraiment pas ça. Ses tenues manquent de raffinement et ne sont jamais assorties. Là, par exemple, il porte une chemise à carreaux rouge sur un pantalon en bogolan bleu.

Mais à l'image du personnage décontracté et rieur qu'il incarne, il se fiche royalement de son apparence.

— Tu ne l'ouvres pas beaucoup en réunion, poursuit-il, mais quand tu le fais, *po po po po*, ça secoue ! Ça décoiffe même ! Enfin... Pour ceux qui ont des cheveux... Héhéhé !

— Très drôle... As-tu vu le résultat ? J'aurais mieux fait de me taire.

— Quand je t'ai vue prendre la parole, ajoute Lali, je me suis demandé si tu étais dans ton assiette. D'ailleurs, qu'est-ce qui t'a pris, Zeyn ? Ou plutôt, qu'est-ce que *tu as pris* ? Peu importe ce que c'est, moi aussi j'en veux !

Yao s'esclaffe et je laisse échapper un petit rire moi aussi.

— Ne sois pas ridicule, Lali. Je n'ai rien pris du tout ! C'est juste que... Pour une fois, j'ai voulu intervenir sur un sujet qui me tenait à cœur, voilà tout.

— Eh ben, tu sais quoi ? Tu devrais le faire plus souvent !

— Je suis d'accord avec toi, *Lali Lalo* !

Yao ponctue sa phrase d'un clin d'œil entendu à Lali qui le fusille du regard.

— Anh anh ! Retire ça tout de suite ! Je t'ai déjà dit de ne plus m'affubler de ce surnom ridicule.

— Voyons, Lali, tu sais bien que je donne un surnom à tout le monde !

— Oublie-moi dans tes histoires de surnom, veux-tu ? Et depuis quand es-tu d'accord avec moi ?

— Depuis que tu as défendu *ma star* contre l'horrible Datane.

— N'importe quoi ! Tu oublies qu'avant de devenir *ta star*, Zeynab était d'abord mon amie.

— *Rhoo*, tu n'es jamais contente, hein ? Quand je ne suis pas d'accord avec toi, c'est un problème. Et quand je le suis, c'est encore un problème. Faudrait savoir ce que tu veux... Sinon, venez-vous à l'afterwork ce soir ?

— Quelle question ! répond Lali en levant les yeux au plafond.

— C'est vrai que, toi, tu réserves systématiquement tes vendredis soirs pour les afterworks du bureau ! En réalité, ma question était pour Zeyn.

En entendant les dernières paroles de Yao, Lali se tourne vers moi, un sourire malicieux aux lèvres, l'air de dire :

Mais oui, Zeyn, tu comptes venir oui ou non ?

Tout ce cinéma juste parce que je ne suis pas allée à l'afterwork vendredi dernier. Ni le vendredi d'avant non plus.

Bon... La vérité vraie ? Ça fait un bon mois que je n'y suis pas allée.

C'est le moment de le dire : je ne suis pas une introvertie banale.

Non, je suis une *parfaite introvertie*. Je pourrais faire partie du Cercle Ultra Fermé des Introvertis Parfaits – s'il existait ! – et j'y occuperais même l'un des grades les plus élevés.

Discuter avec une, deux ou trois personnes ensemble, j'arrive à gérer sans trop de difficultés. En petit comité, je peux même être un peu délurée. Mais les choses se gâtent dès qu'il y a un peu plus de monde autour de moi. Là, c'est la panique totale. Je suis mal à l'aise, je ne sais plus quoi dire, les pensées se bousculent dans ma tête mais j'ai du mal à les extérioriser.

Entre mon moi intérieur qui m'encourage à dire ou faire certaines choses et mon enveloppe corporelle qui se retrouve incapable de les exécuter, j'ai l'impression de mener une lutte en permanence. Alors la plupart de ces choses restent dans ma tête.

Vous l'aurez compris, en plus d'être introvertie, je suis une grande timide. J'ai beaucoup de mal à interagir avec les autres. Alors j'ai tendance à éviter de le faire et à rester dans mon coin. Résultat des courses, la majeure partie des gens qui ne me connaissent pas pensent que je suis hautaine et condescendante alors que je garde juste mes distances.

Pour ce qui est des afterworks, même si je fais parfois l'effort d'y aller pour que mes collègues ne me collent plus l'étiquette de *la-fille-qui-n'aime-pas-se-mélanger*, je préfère les éviter car ça m'épuise littéralement d'avoir une vie sociale. Sociabiliser me demande vraiment trop d'énergie et de charge mentale.

Le soir, après la journée de travail, je n'ai donc qu'une envie : rentrer chez moi et recharger mes batteries pour le lendemain. Et pour cela, j'ai besoin de me retrouver seule, passer du temps avec moi-même pour me parler, écouter de la musique, lire un bouquin, réfléchir…

— Bon, tu te décides, oui ? s'impatiente Lali en regardant sa montre. Ma prochaine réunion commence dans trois minutes et il va falloir que j'y aille si je ne veux pas me faire houspiller par Datane.

— *Lali Lalo*, ma douce, je suis dans la même réunion que toi. Nous n'aurons qu'à dire à Datane que nous avons été retenus ! Je veux dire... Retenus tous les deux... Toi et moi... Quelque part...

Yao accompagne ses paroles de gestes amples et de haussements de sourcils espiègles qui arrachent un soupir furieux à Lali.

— Toi, ne me cherche pas, pigé ?

— Relax, je voulais juste plaisanter un peu !

— C'est bien ça le problème. Si tu pouvais arrêter de plaisanter à tout va, ça nous ferait des vacances !

Yao émet un grognement moqueur avant de reporter son attention sur moi.

— Mais, dis-moi, *Zeyn Ado-sabado*, je commence à me demander s'il n'y a pas une raison obscure derrière tes absences aux afterworks. Hmm... Qu'en dis-tu, Lali ?

Lali lève les yeux au ciel mais l'instant d'après, elle me jette un regard suspicieux.

— Ouais... poursuit Yao en se frottant le menton. Depuis combien de temps n'es-tu pas venue aux afterworks, Zeyn ? Trois semaines ? Quatre ?

Oh, misère ! J'ai intérêt à réagir tout de suite si je ne veux pas que ces deux-là se mettent en tête de me cuisiner.

— Il n'y a aucune raison obscure, Yao. J'avais juste d'autres engagements, c'est tout ! D'ailleurs, ce soir, j'ai prévu de venir.

— Tiens donc, s'étonne Lali, j'aurais juré qu'il y a encore quelques secondes, tu n'avais rien décidé du tout.

Dites donc, de quel côté est-elle, celle-là ?

— Bien sûr que si ! C'est vous qui n'arrêtez pas de parler et je ne peux même pas en placer une... Je viendrai à l'afterwork. Mais je ne pourrai pas rester longtemps car j'ai promis aux parents d'être rentrée pour le dîner.

— *Rhoo*, réplique Yao, ce n'est pas un drame si tu rates un dîner !

— Bon, allez, j'y vais ! lance Lali. À plus tard, Zeyn !

— Attends-moi ! s'écrie Yao en lui emboîtant le pas.

Ils quittent la salle en trombe et je peux enfin rassembler mes affaires. Lorsque je relève la tête, Djifa se trouve devant moi.

— C'est dommage que ton idée n'ait pas été retenue, dit-il, l'air sincèrement contrit.

— Oh, ce n'est pas bien grave. Ce n'est pas comme si c'était l'idée du siècle…

— Ne dis pas ça. Je trouve le concept très intéressant.

Nos regards s'accrochent et il m'adresse un sourire qui creuse une adorable petite fossette dans sa joue droite. Bon… Tout compte fait, je vais peut-être m'attarder – juste un tout petit peu – sur les attributs physiques de Djifa.

Son crâne rasé lui donne l'air d'un acteur de cinéma qui n'a peur de rien. Ses sourcils sont très fournis mais naturellement disciplinés. Ses yeux noirs, d'une intensité profonde, brillent d'un éclat malicieux. Et son joli sourire, qui doit en faire craquer plus d'une, me fait toujours un peu d'effet. Bref, Djifa n'est pas mal. Vraiment pas mal du tout.

Il penche la tête sur le côté et je réalise que je ne lui ai pas répondu.

— C'est gentil, dis-je en lui rendant son sourire.

— Tu ne devrais pas laisser tomber.

— Tu as entendu Datane. Bass a imposé une deadline ultra courte.

— Oui, mais Bass prête toujours attention aux points de vue divergents. Tu devrais aller lui parler de ton idée, on ne sait jamais.

— Hmm… Je vais y penser.

Il semble sur le point de rajouter quelque chose avant de hocher simplement la tête.

— À plus tard, Zeynab !

Puis il me gratifie d'un clin d'œil avant de quitter la salle.

***

Le *Tchin-Tchin bar*, en bordure de la lagune d'Akodesséwa, est à moitié bondé lorsque Lali et moi y arrivons peu avant dix-neuf heures. Il fait déjà nuit, nous sommes accueillies par un rythme entraînant de *cool catché*[1] et par une serveuse au look ultra flashy, à l'instar des néons lumineux qui clignotent autour de l'enseigne.

Ce bar, c'est le QG détente des salariés de *KaWè Marketing*. L'endroit, non loin du bureau, où ils aiment se retrouver les vendredis soirs, pour décompresser d'une semaine de travail bien remplie.

Bien que de standing modeste – le mobilier est composé de chaises et de tables en plastique – le principal atout du bar est qu'il dispose d'une vue imprenable sur la lagune. D'ailleurs, la plupart des tables sont disposées en terrasse et certains de nos collègues, qui y sont déjà installés, nous font signe de les rejoindre.

— Commande une grande bière pour moi ! lance Lali en se dirigeant vers les toilettes. Je reviens dans une petite minute.

Une fois notre commande passée au comptoir, je prends place à une table lorsque je vois Djifa et d'autres collègues arriver sur la terrasse en discutant. Lali sort bientôt des toilettes, s'élance spontanément vers la terrasse et je dois lui faire de grands signes pour qu'elle me repère dans un coin de la salle intérieure.

— Zeyn... Tu ne comptes sérieusement pas rester ici, hein ? s'offusque-t-elle en me rejoignant.

— Qu'y a-t-il de mal à rester *ici* ?

Je lui jette un regard innocent et elle soupire en haussant les sourcils.

— Tu veux vraiment le savoir ? À l'intérieur, il fait trois fois plus chaud, on étouffe et la vue n'est pas terrible. Allez, Zeyn, tu sais bien que je préfère être en terrasse !

---

[1] Genre musical inventé par Toofan, un groupe de chanteurs Togolais.

— Je sais, mais... Regarde tout le monde qu'il y a dehors. Vu que je ne reste pas longtemps, on pourrait rester un peu à l'intérieur et tu iras rejoindre les autres après. Hmm ?

Le serveur vient poser nos boissons sur la table avant de s'éloigner vers d'autres clients. Lâchant un soupir résigné, Lali tire une chaise pour s'asseoir.

— Bon, c'est d'accord. Mais c'est bien parce que c'est toi, hein ?

Elle se sert un verre de bière avant de m'adresser un joli sourire.

— Santé, Zeyn !

— Merci, ma Lali. À la tienne également !

Je porte mon verre de *Pompom*[2] aux lèvres tandis qu'elle repose le sien en soupirant.

— Quelle semaine de dingue ! J'ai bien cru qu'elle ne finirait jamais.

— Et moi donc... Le rythme de cette fin d'année est particulièrement soutenu.

Le téléphone de Lali vibre et elle glousse en consultant l'écran.

— Regarde les grands sourires de tes neveux ! s'exclame-t-elle en me tendant le téléphone.

Sur l'écran, les mines réjouies de ses deux enfants : Ekué, huit ans et Enam, cinq ans. Les deux E, comme Lali aime les appeler. Ils tiennent chacun un cornet de glace dans la main, à côté de leur père dont Lali s'est séparée peu après la naissance d'Enam.

— Le sourire d'Enam en dit long sur son bonheur ! je commente en lui rendant l'appareil.

— Ah, celle-là ! Un cornet de glace à la vanille ou des *kokanda*[3] et elle est au paradis. Cette petite nous vendrait pour une poignée de friandises.

— Ce n'est pas moi qui la blâmerais ! Qui peut résister à des *kokanda*, hmm ? Tu leur diras que Tata Zeyn meurt d'envie de les voir.

---

[2] Boisson gazeuse sucrée produite au Togo.
[3] Cacahuètes caramélisées.

— Si tu as autant envie de les voir, il suffit de convenir d'une date.

Je rigole doucement.

— Oui, je sais, mais c'est toujours toi qui m'invites. La prochaine fois, il faudra que vous veniez chez moi.

— J'attends ton invitation, alors !

Des éclats de rire nous parviennent de la terrasse.

— Regarde ! fait Lali. Nima, Raoul et Djifa sont là-bas. Tu ne veux vraiment pas que nous allions les rejoindre ?

— Lali...

— C'est bon, c'est bon... Je n'insiste pas.

Une moue espiègle apparaît sur son visage.

— Es-tu sûre de vouloir rester à l'intérieur uniquement pour éviter la foule ?

— Bien sûr. Pour quelle autre raison, sinon ?

— Djifa, par exemple.

Je lui jette un regard stupéfait.

— Djifa ? Tu es tombée sur la tête ou quoi ?

— Pas du tout. Et ne me dis surtout pas que tu ne le trouves pas craquant, je ne te croirais pas ! Je vois bien comment tu te comportes en sa présence.

— Tiens donc... Et comment je me comporte ?

— Tu es sur la défensive... Mais en même temps, tu minaudes. Je parie qu'il ne te laisse pas indifférente.

Je n'arrive pas à retenir mon rire.

— Ha ha ha ! Comme tu peux être drôle, Lali ! Dis plutôt que c'est toi qui en pinces pour lui. Pour ma part, je suis déjà prise.

— Aurais-je raté un épisode ?

— Ne joue pas l'innocente...

— Tu ne fais pas sérieusement référence à Will, hein ? Parce que j'étais persuadée qu'entre vous, c'était fini cette fois-ci.

— Nous faisons un break, Lali. *Break* veut dire pause. Pas fin.

— Un *break*, hein ? Tu veux mon avis ?

— Non. Mais tu vas quand même me le donner, pas vrai ?

— Dans votre histoire, il y a trop de breaks. C'est la troisième fois, rien que cette année !

— Dans un couple, on a parfois besoin de s'éloigner pour mieux se retrouver.

Je m'efforce de garder un air désinvolte mais, en réalité, la déprime me guette. Je ne sais plus trop où nous en sommes, Will et moi.

Lali plisse les yeux après une nouvelle lampée de bière.

— Et que fait-il pendant qu'il est loin de toi ?

— Il continue à vivre. Et moi aussi...

— Hmm...

— Nous nous appelons une fois par semaine.

À peine ai-je prononcé ces paroles que je me souviens que Will n'a répondu ni à mon appel deux jours plus tôt ni à la note vocale que je lui ai envoyée hier. Pas de quoi en faire tout un plat... Il a dû être très occupé. Je lui enverrai un SMS plus tard.

— On se tient au courant de nos vies. Son job de nuit est très prenant, tu sais ? Nous avons prévu de nous revoir juste avant Noël, pour faire le point sur notre relation.

— Tu as donc le temps de tester autre chose, d'ici là.

— Si par *autre chose*, tu penses à un dénommé Djifa, laisse-moi te dire que tu te mets le doigt dans l'œil.

— Et pourquoi pas ? D'autant plus que tu en pinces déjà pour lui.

— Moi, en pincer pour lui ? Impossible.

— Explique-moi donc en quoi ce serait impossible.

— Eh bien, euh...

— Oui ?

— Il est... Euh...

Je m'arrête, le temps de réfléchir.

— Quoi ? s'impatiente Lali.

— Il est... chauve.

Lali se redresse et fixe de grands yeux sur moi.

— Djifa n'est pas chauve ! réplique-t-elle en secouant vigoureusement la tête. Il a juste le crâne rasé.

Mouais... Quelle différence ça fait ? En réalité, je n'ai rien contre les mecs au crâne rasé. Ni contre les chauves. C'est juste que... Il fallait que je trouve une excuse pour que Lali me lâche la grappe et je n'ai rien trouvé d'autre. Je ne suis pas très douée pour improviser. Vous vous rappelez ?

Comme Lali attend visiblement une réponse, je bois une nouvelle gorgée de *Pompom* afin de me donner une contenance. Si elle se rend compte que je baratine, je suis foutue.

Je repose mon verre avant de lever vers elle un regard faussement assuré.

— Chauve ou crâne rasé, pour moi, c'est pareil.

— Attends une seconde... J'essaie de comprendre un truc, là. Tu ne veux pas de Djifa uniquement parce qu'il a le crâne rasé ?

— C'est bien ça.

Lali éclate bruyamment de rire, ce qui attire l'attention de plusieurs clients du bar.

— Ha ha ha ! Sacrée, Zeyn ! Tu me fais marcher, pas vrai ? Le gars est sucré comme tout, toujours élégant, le sosie de Harry Roselmack et...

— Tu rigoles ? Il est dix fois plus craquant que Harry Ro...

Oups... Voilà que je viens encore de réfléchir tout haut. Qu'est-ce qui me prend à la fin ? Il n'y a pourtant pas de rhum dans mon *Pompom*. Ça doit être le côté sucré de Djifa qui me fait cet effet... Du moins, c'est ce que dirait Lali.

— Ha ha ha ! Je t'ai eue ! jubile-t-elle justement en se frottant les mains.

— *Arrgh*, mais ne va surtout pas te faire des idées, hein ! Je peux admettre qu'un mec est mignon. Et c'est le cas de Djifa. Je ne peux pas dire le contraire...

— Eh ben, voilà ! Tu vois que c'est nettement mieux de regarder la vérité en face.

Elle affiche un sourire satisfait avant de jeter un regard en direction de la table de Djifa.

— Zeynab, Zeynab... Je n'arrive vraiment pas à te comprendre... Regarde-moi ce teint noir parfait... Ce torse musclé... Et toi, tu le boudes juste parce qu'il n'a pas de cheveux ?

— C'est vrai qu'il n'est pas mal. Mais comme je te l'ai déjà dit, j'ai besoin d'un mec qui a des cheveux sur la tête sinon c'est un *no go* pour moi.

— Sérieusement, Zeyn... Ils ont quoi de plus, les mecs avec des cheveux ? Ce n'est pas ça qui compte, voyons !

— Eh bien, pour moi, si.

— Allez, donne-moi plus d'explications...

— Attention, Lali...

— C'est tout de même incroyable que tu le boudes uniquement parce qu'il a le crâne...

— Chuuuttt...

— Vous faites bande à part, les filles ? nous interpelle Djifa en arrivant à notre hauteur.

Lali sursaute en entendant sa voix derrière elle et me lance un regard furieux avant de se tourner vers lui, un large sourire aux lèvres.

— Ça vous dirait de vous joindre à nous ? poursuit Djifa. Avec Nima et Raoul, nous avons la meilleure table du bar !

Zut, il ne manquait plus que ça. C'est sans doute le moment pour moi de filer.

— C'est gentil de le proposer, mais je m'apprêtais justement à...

— Avec plaisir ! s'écrie Lali en souriant de plus belle. Laisse-nous juste le temps de prendre nos boissons et nous arrivons.

— Bien. Alors, à tout de suite ! conclut Djifa avant de s'éloigner.

Cette fois, c'est à mon tour d'être furieuse.

— Voyons Lali, qu'est-ce qui t'a pris d'accepter ?

— D'abord parce que les tête-à-tête avec toi, ça va deux minutes…

Elle éclate de rire car je continue de la fusiller du regard.

— Ensuite, pourquoi ne m'as-tu pas prévenue qu'il arrivait ? Il a failli cramer que nous parlions de lui.

— Figure-toi que j'ai essayé, mais c'est difficile de te couper la parole lorsque tu es lancée !

— Eh bien, tu aurais dû essayer plus fort ! Bon, bah… J'y vais, moi. Et si tu préfères rester toute seule… Bah, tant pis pour toi !

Elle se lève, me tire la langue et s'éloigne vers la terrasse avec sa bouteille de bière et son verre. Djifa jette un regard dans ma direction et, devinant qu'il va certainement revenir à la charge, je lâche un soupir résigné avant de me résoudre à reculer ma chaise.

3

Dès que je les rejoins, je regrette de ne pas être partie cinq minutes plus tôt.

— Alors comme ça, tu détestes Noël ? m'interpelle Raoul du service finance, sous les regards amusés des autres.

Je suis donc devenue *la-fille-qui-déteste-noël* ? Décidément, cette idée de Noël Africain n'a pas fini de me poursuivre, on dirait. Je bois une gorgée de *Pompom* pour cacher ma gêne.

— Non, je… Je ne déteste pas Noël ! Je me demande bien où tu as entendu des sottises pareilles.

— Nabine dit à qui veut l'entendre que tu es une fervente *opposante* de Noël.

— J'aurais dû me douter qu'il irait raconter n'importe quoi, celui-là.

— Mais en vrai, Zeyn, insiste Raoul, que reproches-tu à Noël ? C'est pourtant une fête géniale ! Pas que pour les enfants, d'ailleurs. Regarde-moi, j'ai plus de trente ans mais je suis toujours un grand fan de Noël !

— Je n'ai rien contre Noël… Moi aussi, j'adore cette fête ! Je trouve juste qu'en Afrique, nous devrions l'adapter à notre culture, c'est tout… Mais parlons d'autre chose, veux-tu ? Noël est la dernière chose dont j'ai envie de parler ce soir.

— C'est vrai, quoi ! fait Nima du service communication, en donnant une vigoureuse tape sur la main de Raoul. Il y a des tas de sujets dont nous pourrions discuter et, toi, tu préfères cancaner !

— Bon, d'accord... Que faites-vous de beau, ce week-end ?

— Pour ma part, répond Nima, je compte bien rattraper ma dette de sommeil. Mon corps rêve de repos. Je n'en peux plus !

— Moi aussi, je rêve de repos, dit Lali. Mais ce sera pour une autre fois. Car je passe le week-end chez ma sœur et, entre mes tornades et ses chenapans, autant vous dire que ça ne sera pas de tout repos. Si je me pointe au bureau lundi avec de grosses poches sous les yeux, vous saurez pourquoi !

— Ha ha ha ! pouffe Raoul. Je fais partie des chanceux, alors. Pour moi aussi, ce sera le repos total. Je compte bien glander tout le week-end. S'il fait beau, peut-être une virée à la plage, samedi après-midi. Ça me fera du bien après la semaine hyper chargée que nous avons eue. Et toi, Zeyn ?

Je soupire avant d'afficher un petit sourire.

— Mon week-end va être pourri... Enfin, une partie du week-end, du moins. Demain, je n'ai rien prévu de spécial. J'espère me reposer, comme la plupart d'entre vous. Mais dimanche, deuxième week-end du mois oblige, je dois assister à notre traditionnel repas de famille. Il a lieu tous les mois et c'est quasiment impossible d'y échapper. Ce sera ça, le côté pourri de mon week-end.

— *Rhoo*, tu n'exagères pas un peu ? intervient Nima. Les retrouvailles en famille peuvent parfois être géniales !

— C'est souvent le cas, en effet. Mais ce mois-ci, le repas se déroule chez l'une de mes cousines et... Comment dire ? Elle est tout sauf géniale...

— Tu parles de *Karaba-la-sorcière* ? demande Lali avant de s'esclaffer.

Je hoche la tête tandis que tout le monde autour de la table imite Lali.

— *Karaba-la-sorcière* ? commente Djifa, en tentant de reprendre son sérieux. Peut-on savoir ce qui a valu ce surnom à ta cousine ?

— Allez, Zeyn, tu as piqué notre curiosité !

— Maintenant, tu dois nous en dire plus sur ta fameuse cousine !

Je laisse échapper un petit rire devant les mines curieuses de mes collègues.

— Lali exagère à peine. Ma cousine est superficielle et méchante, d'où le surnom de *Karaba* qui lui va comme un gant. Elle sort le grand jeu à chaque repas de famille, histoire d'être complimentée par le plus grand nombre. Mais sous ses dehors mielleux et affables, c'est une véritable peste déguisée en princesse…

— Eh ben, dis donc ! siffle Raoul. L'ambiance risque d'être électrique à ce déjeuner de famille. Bon courage par avance ! Il ne reste plus que toi, Djifa.

— Oh, demain j'ai pas mal de courses à faire pour finaliser les travaux dans mon nouvel appart. Et dimanche, je suis un peu comme Zeynab. Moi aussi, j'ai une corvée. Une invitation à déjeuner avec des amis dont je me serais bien passé.

— Je propose que nous levions nos verres à la meilleure invention qui soit : le week-end ! claironne Nima d'une voix théâtrale. Et pour ceux qui ont des corvées, je suis navrée de vous le dire, mais… je ne penserai pas à vous quand je me prélasserai dans mon *super-canapé-moelleux* !

Ses paroles provoquent un éclat de rire général et la discussion se poursuit sur un autre sujet lorsque je remarque un drôle de remue-ménage autour de nous.

Les gens courent, se hâtent. Des éclats de voix nous parviennent par bribes.

— Que se passe-t-il ? demande quelqu'un.

— Je ne vois rien d'ici, répond un autre.

C'est vrai, que se passe-t-il ? Je suis soudain prise de panique. Espérons qu'il ne se trame rien de grave ! Mais dans le doute, mon réflexe est de prendre la poudre d'escampette. Si les choses doivent dégénérer, je préfère être loin lorsque ça arrivera. Eh oui, en plus d'être une *parfaite introvertie*, je suis une *authentique froussarde*.

Yao passe près de notre table, accompagné d'autres collègues, et je l'entends dire :

— Venez, les gars ! Allons voir ce qui se passe !

Eh ben, il y en a qui n'ont peur de rien ! Tandis que mes collègues se lèvent pour tenter d'en savoir plus, je rassemble mes affaires et m'écarte légèrement de la table, prête à m'enfuir dès que j'entendrai des bruits inquiétants.

Mais très vite, en lieu et place de bruits inquiétants, ce sont de bruyants éclats de rire qui se font entendre. Euh... Si les gens rigolent, cela veut sûrement dire que leurs vies – *nos* vies – ne sont pas en danger, pas vrai ?

Relax, Zeyn...

Je pousse un soupir de soulagement en réalisant qu'il n'y a peut-être pas lieu de s'inquiéter. Je me suis certainement affolée pour rien ! Mais au moment où je repose discrètement mon sac, mon regard croise celui de Djifa et de Lali – qui étouffe un petit rire moqueur.

La honte... On dirait que ma tentative de fuite n'est pas passée inaperçue.

— Je vois un attroupement près du vendeur de maïs grillé, annonce Raoul, une main en visière alors qu'il fait parfaitement nuit. Tiens, voilà Yao qui revient...

— C'est un truc incroyable, les gars ! s'exclame ce dernier, l'air survolté. Il y a un vieillard *chelou* qui vend des boissons hyper *chelou* et qui tient un discours encore plus *chelou* ! Je ne vous en dis pas plus, vous devriez aller voir. Ça vaut vraiment le détour ! Je viens justement rameuter du monde avant d'y retourner.

Il n'en faut pas plus pour piquer la curiosité de Nima qui entraîne Raoul et Djifa à sa suite.

— Bon, tu viens ou quoi ? demande Lali.

— C'est que... Je devais partir.

— Tu partirais sans avoir vu ce qui se passe là-bas ? *Rhoo*, Zeyn, ne fais pas ta rabat-joie. Allez, viens une petite minute ! Tu partiras après.

Sans me laisser le temps de protester, elle m'attrape par le bras et m'entraîne jusqu'à la bordure de la lagune, où une foule de badauds s'est rassemblée autour d'un vieil homme.

Vêtu d'un large boubou agrémenté d'un képi et d'un veston sans manches en peau de bête, il se tient debout derrière un stand de jus artisanal, affiche un sourire édenté mais avenant, et clame son laïus commercial à qui veut l'entendre.

— Approchez, approchez ! J'ai du bon jus de corossol, de baobab... Du jus de bissap et aussi de tamarin ! Approchez, approchez !

— À combien sont vos jus ? demande quelqu'un.

— Deux mille francs, le verre, chef ! Un verre acheté, un vœu réalisé !

— Hein ? Mais c'est beaucoup trop cher pour un simple verre de jus !

— À vous de voir, mon ami. Approchez, approchez ! J'ai du bon jus de fruits...

— Un vœu réalisé, vous dites ? Alors, pourriez-vous faire disparaître ceci ?

Celui qui vient de parler arbore un air provocateur en désignant son ventre rebondi à travers sa chemise. Ses amis accueillent sa requête d'un grand éclat de rire, repris par une bonne partie de l'assistance.

— Ah, ça ! Pour votre bedaine, je ne peux rien faire. Commencez déjà par arrêter la bière et le *tchouk*[4] ! ricane le vieil homme, provoquant un nouvel éclat de rire dans la foule.

— Et comment ça marche, votre histoire de vœu ? demande une dame.

— Je murmure une incantation ancestrale en vous tendant votre jus, vous le buvez... Et le tour est joué !

---

[4] Tchouk / Tchoukoutou : Boisson alcoolisée à base de sorgho et de maïs.

— Donc j'achète un jus, je formule un vœu et il se réalise comme par magie ?

— Ce n'est pas tout à fait ça… Vous n'êtes pas obligés de faire votre vœu ici et maintenant. Réfléchissez bien pour choisir votre souhait le plus cher et formulez votre vœu avec conviction dans les trois jours qui suivent, avant le lever du troisième jour. Attention ! Votre vœu ne se réalisera que s'il vient du plus profond de votre cœur et qu'il ne nuit à personne d'autre.

— Hmm, dans les trois jours vous dites ? Et si jamais le vœu ne se réalise pas ?

— Cela voudra dire qu'il n'était pas suffisamment sincère ou qu'il portait préjudice à quelqu'un d'autre. Tout simplement.

— En gros, votre truc n'est donc pas si magique que ça…

— C'est vous qui parlez de magie, pas moi !

— Si ce n'est pas de la magie, qu'est-ce que c'est alors ?

— Comme le disent certains, les voies du Très-Haut sont impénétrables…

Une clameur s'élève de la foule. Les gens discutent entre eux pour savoir s'il faut accorder un quelconque crédit aux promesses farfelues du vieil homme.

— Cet après-midi, reprend ce dernier, je me trouvais chez vos voisins de Bè-Kpota. Ils ne se sont pas fait prier pour acheter mes jus, eux ! Je vais finir par croire que vous êtes beaucoup moins audacieux, ici…

— Allons donc ! s'insurge quelqu'un. C'est mal connaître les habitants d'Akodesséwa !

— Je ne demande qu'à vous croire… Alors, qui veut essayer ?

— Moi ! se lance une jeune femme. Et je vais vous prendre un verre de jus de baobab.

Le vieil homme prépare la commande, encaisse les deux mille francs puis promène son regard dans la foule.

— À qui le tour, maintenant ?

— Ici ! fait Djifa en s'approchant du stand. Un verre de jus de bissap, s'il vous plaît.

Lali me sonde du regard.

— Alors, on essaie ?

— Fais-le, toi. Moi, ça ne me dit rien qui vaille…

— Qu'as-tu à y perdre, de toute façon ?

— Imagine qu'on se réveille tous demain avec une indigestion…

— Une indigestion contre un vœu réalisé, personnellement, je suis prête à prendre le risque !

Elle me fait un clin d'œil taquin.

— Tu n'es décidément pas très *audacieuse*, ajoute-t-elle en imitant la voix du vendeur de jus.

— Pas grave !

— Allez, Zeyn… Juste pour le fun !

Elle me fixe d'un regard de chien battu, affiche une moue suppliante puis, comme je ne me décide pas, elle lâche un soupir las. Alors que je la regarde s'avancer vers le stand, je suis prise de remords. Lali fait toujours preuve de tellement de gentillesse à mon égard. Toujours prête à passer en second plan pour me faire plaisir. Et moi, je ne suis jamais partante pour rien.

À chaque fois, elle est obligée de me tanner, m'implorer presque, la plupart du temps sans succès. Je ne suis vraiment pas sympa… Et si pour une fois, je lui faisais plaisir sans me faire prier ?

Après tout, rien ne m'oblige à faire un vœu. De toute façon, je n'ai jamais cru en ces choses-là. Je pourrais juste boire le jus. Et tant pis si j'ai une petite indigestion. Mon amitié avec Lali en vaut bien la peine.

— Du jus de bissap pour moi, dis-je en rejoignant Lali.

Elle récupère son jus de corossol avant de se pencher vers moi.

— As-tu remarqué que Djifa a pris le même jus que toi ?

— Et alors ?

— Bah, rien. Je remarque juste que vous avez ce point en commun... Peut-être y en a-t-il d'autres ? Sérieusement, Zeyn, je pense que tu devrais...

— Ah non, tu ne vas pas recommencer !

Elle s'esclaffe, au moment où le vieil homme me tend mon gobelet, mais s'abstient de tout autre commentaire pour mon plus grand soulagement. Nous rejoignons nos collègues, qui se sont éloignés, et nous sirotons nos jus pendant le trajet retour vers le bar.

J'avale rapidement le mien en prenant toutefois soin de le savourer. Je suis agréablement surprise car il a très bon goût – le vendeur l'a agrémenté d'un peu de citronnelle – et il n'a rien à envier au cocktail à cinq mille francs du restaurant de ce midi.

— Bon, il est temps pour moi d'y aller, dis-je lorsque mon gobelet est vide.

— Déjà ? s'étonne Nima. Voyons, Zeynab... Il est à peine vingt heures. Reste encore un peu !

— Les bonnes choses ne font que commencer, ajoute Raoul. Tu vas rater le délicieux *koliko*[5] que Nima va nous offrir et la prestation très attendue de Djifa au karaoké.

— Anh anh ! proteste Nima, l'air faussement énervé. J'ai déjà donné vendredi dernier. Aujourd'hui, c'est toi qui régales !

— Et je te rappelle que c'est toi qui voulais chanter au karaoké, se défend Djifa, l'air amusé. Pas moi !

— Froussard ! Et moi qui te croyais *audacieux* ! le chambre Raoul en le secouant gentiment par l'épaule.

— Navrée, les amis, j'insiste, en jetant un coup d'œil à ma montre. Je dois vraiment y aller. Le *koliko* et le karaoké, ce sera pour une autre fois !

— Rendez-vous pris pour vendredi prochain alors.

— Bon courage pour ton déjeuner !

---

[5] Frites d'igname.

— Merci ! Allez, bon week-end à tous et à lundi !

Après un dernier signe d'au revoir, je m'éloigne en direction d'une grande avenue qui passe non loin du bar. Avec un peu de chance, je ne devrais pas avoir trop de mal à trouver un taxi sur cette voie très passante. Au pire, je prendrai un *zémidjan*[6].

Tout en marchant, je sors mon téléphone du sac pour rédiger un SMS à Will. Si ça se trouve, il m'aura répondu d'ici mon retour à la maison. Quelle raison va-t-il bien pouvoir me donner pour justifier son silence ?

***

Il est plus de vingt-et-une heures lorsqu'un taxi me dépose à cinq cents mètres de la maison. Malgré l'heure avancée, Avédji, le quartier où j'habite, est encore très animé. Les commerces de proximité et les bars sont encore ouverts et rivalisent de décibels musicaux pour attirer la clientèle.

Je m'arrête un court instant devant l'étal de Tanti Safoura, la vendeuse de *gaou*[7], pour la saluer et prendre des nouvelles de sa famille. Elle habite juste derrière notre maison et je la connais depuis toute petite. Comme elle sait que j'adore ses beignets, elle insiste pour m'en offrir un petit sachet. Impossible de refuser, elle en serait offensée.

Ces dernières années, pour diversifier ses sources de revenus, elle a rajouté quelques produits de première nécessité à son commerce historique de beignets. Alors, j'accepte volontiers son cadeau mais, en retour, je lui achète un paquet de mouchoirs en papier. C'est ma façon de soutenir ce petit commerce de quartier, ô combien indispensable à la survie de toute une famille.

Quelques pas plus loin, j'arrive en vue de notre maison. De taille modeste, elle est de plain-pied, sans étages contrairement à bon nombre des constructions alentour. Bien que la peinture extérieure soit écaillée

---

[6] Taxi-moto.
[7] Beignets salés et pimentés à base de purée de cornilles (haricots).

à plusieurs endroits et qu'elle n'ait rien de grandiose, c'est la maison qui m'a vue naître, grandir, et où je me sens incontestablement chez moi.

Lorsque j'ouvre le portail d'entrée à l'aide de mon trousseau de clés, je trouve Papa assis sur la petite terrasse, captivé par une émission de foot qui passe à la radio. Il porte sa tunique de prière et ses lunettes de vue sont relevées sur ses cheveux légèrement grisonnants. Vu l'heure, je devine que Maman est à l'intérieur, en train de regarder l'un des feuilletons télévisés dont elle raffole.

Je referme soigneusement le portail à clé.

— Bonsoir, Papa. Comment était ta journée ?

— *Alhamdoulillah*[8] ! Elle s'est bien passée. Et la tienne ?

— Oh... Très bien aussi... Regarde, je t'ai ramené tes fruits préférés (des ananas).

— Ah, comme c'est gentil, ma fille ! Merci beaucoup. Pose-les donc sur la table du salon et préviens ta mère qu'ils sont pour moi. Je ne voudrais pas qu'elle les accapare et qu'elle les mange tous !

Il ponctue sa tirade d'un sourire railleur et je secoue la tête, d'un air amusé. Papa ne perd jamais une occasion pour charrier Maman, qui le lui rend bien d'ailleurs. Ces deux-là partagent une grande complicité dont j'ai toujours été admirative.

— Allez, je file dire bonsoir à Maman puis je rentre chez moi. Je meurs de faim !

— Penses-tu vraiment que ta maman va te laisser partir sans manger ? Tu sais bien qu'elle cuisine toujours pour un régiment.

Au salon, Maman est bien devant la télé, fascinée par son feuilleton. Comme d'habitude, malgré l'heure tardive, elle porte une tenue impeccable. Maman est très coquette et a un goût certain pour les beaux vêtements, les belles coiffures, les belles parures... À n'importe quelle heure de la journée, elle est toujours au top de son apparence.

Je ne peux personnellement pas en dire autant.

---

[8] Expression en langue arabe qui signifie : Dieu soit loué / Gloire à Dieu.

— Mais pourquoi lui racontes-tu ça ? s'insurge-t-elle à l'égard d'une actrice. Tu aurais dû t'abstenir... Cette fille n'est pas ton amie, voyons ! Ça se voit pourtant qu'elle n'est pas digne de confiance...

Et voilà ! C'est du Maman tout craché. Toujours à faire des commentaires passionnés sur les films qu'elle regarde à la télé. Lorsque les acteurs ont le malheur de ne pas aller dans le sens qu'elle aurait voulu, ils en prennent pour leur grade à coups de :

Mamatchi[9] *! Il est vraiment trop naïf, celui-là...*
Wallaye[10] *! Si j'étais à ta place, je lui donnerais une bonne leçon !*

Debout dans l'embrasure de la porte, mon regard est attiré par les cadres alignés sur le buffet. Je ne me lasse jamais de regarder nos photos de famille. Maman et Papa, lors de leur mariage civil. Moi, âgée d'une dizaine d'années, en compagnie de mon grand frère Abou, de trois ans mon aîné, et de notre cousin Joël.

Joël est le fils unique de *Tassi*[11] Assibi, la grande sœur de Papa, qui vit à Bassar, notre ville d'origine. Il a le même âge qu'Abou et vit avec nous depuis notre enfance.

Sur les autres photos, nous sommes beaucoup plus âgés. Ici, un cliché pris à l'occasion de la remise du diplôme de Licence en droit d'Abou, quelques semaines avant qu'il ne s'envole pour Abidjan pour y poursuivre ses études. Là, un autre cliché sur lequel Abou, Joël et moi portons des masques de déguisement aux couleurs chatoyantes.

À chaque fois que je regarde ces photos, les souvenirs m'assaillent et je me laisse gagner par une douce mélancolie. C'est fou comme ces périodes d'insouciance me manquent ! À présent, engluée dans ma vie d'adulte, je mène un quotidien à cent à l'heure qui laisse peu de place à la nostalgie.

---

[9] Interjection en langue Bassar pour exprimer l'incompréhension ou la surprise. (Bassar est une ville située au centre-ouest du Togo.)
[10] Interjection arabe utilisée lorsqu'on prend Dieu à témoin pour assurer la véracité de ses propos.
[11] Tante paternelle en langue Mina (parlée dans les villes du sud du Togo).

— Tiens, te voilà enfin ! s'écrie Maman en remarquant ma présence. Elle m'adresse un grand sourire avant de froncer les sourcils.

— Ma parole... As-tu vu l'heure ? Il est plus de vingt-et-une heures ! Tu ne devrais pas rentrer aussi tard le soir, ma Zeynab.

Encore du Maman tout craché. Toujours à s'inquiéter lorsqu'il est vingt heures passées et que ni Joël ni moi ne sommes encore rentrés à la maison. Comme si nous étions encore des enfants ! Quoique, et elle le dit elle-même, nous resterons toujours des enfants à ses yeux.

Je m'approche d'elle pour lui déposer un bisou sonore sur la joue.

— *Rhoo*, il n'est pas si tard, Maman !

Elle ouvre grand les bras et nous nous étreignons.

— Qu'est-ce que c'est, tout ça ? demande-t-elle en désignant les sacs que j'ai posés par terre.

— Mon dîner, je réponds en faisant référence aux boules d'akassa et aux brochettes que j'ai achetés à Akodesséwa, en attendant de trouver un taxi.

Ça fait plus de deux semaines que je n'ai pas fait de courses, mon frigo est presque vide et... De toute façon, ce n'est pas comme si je savais cuisiner. Mais ce n'est pas le moment de parler des sujets qui fâchent.

— Je vous ai aussi ramené des fruits. Les ananas sont pour Papa et les oranges pour toi.

— Hmm, si ton père croit qu'il va déguster ces ananas tout seul, il se trompe lourdement !

— Tu sais bien qu'il les partagera volontiers.

— Oh, j'y compte bien ! Mais, dis-moi, Zeynab, tu sais pourtant que j'adore les ananas. Pourquoi ne m'en as-tu pas ramené à moi aussi ? Est-ce ainsi que tu dois remercier celle qui t'a portée pendant plus de neuf mois ? Hmm ?

L'air faussement énervé, Maman a une lueur espiègle dans le regard. Elle aime bien me rappeler que contrairement à Abou qui est arrivé avec un mois d'avance, pour ma part, je suis restée bien au chaud jusqu'après le terme prévu. Il a même fallu déclencher l'accouchement puisque je n'étais apparemment pas pressée de voir le monde.

Je me tourne vers la porte qui donne sur la terrasse, histoire de m'assurer qu'elle est bien fermée.

— Ne sois pas jalouse, je lui chuchote en lui montrant le sachet de *gaou*. J'ai aussi ramené des beignets rien que pour nous deux !

— Ah, je préfère nettement ça !

Nous éclatons de rire puis j'attrape un beignet avant de lui tendre le sachet pour qu'elle en fasse de même.

Hmm, que c'est bon ! Les beignets de Tanti Safoura sont vraiment un pur délice.

— Qu'avez-vous donc à jacasser ainsi ? demande soudain Papa.

Oups ! Nous voilà prises en flagrant délit de gourmandise... Et de traîtrise. J'ai juste le temps d'avaler ma dernière bouchée avant de dissimuler le sachet.

— Il est tard, poursuit Papa en s'approchant de la table à manger. Les voisins vont encore se plaindre du boucan.

Ouf ! Heureusement pour nous, il n'a rien remarqué.

— Oh toi ! Tu es juste jaloux que ta fille ne rigole pas aussi fort avec toi, se défend Maman. Avec tout le vacarme dans les bars, c'est de nous que les voisins vont se plaindre ?

— Pourquoi serais-je jaloux alors que c'est à moi qu'elle réserve ses plus beaux sourires ? N'est-ce pas, ma Zeynabou ?

Papa me fait un clin d'œil complice et je pouffe de rire. À la télé, un jingle musical annonce une plage publicitaire.

— Je croyais que tu avais faim, fait remarquer Papa.

— Ah ! s'exclame Maman avec entrain. J'ai préparé un bon ragoût d'igname, comme tu les aimes, avec du *doèvi*[12], du *wangash*[13] et de la

---

[12] Petits poissons séchés.
[13] Fromage à base de lait de vache, très populaire en Afrique de l'Ouest (encore appelé Wagashi ou fromage Peul).

viande de pintade. Va donc te servir dans la cuisine. J'ai laissé la marmite sur les braises pour qu'elle ne refroidisse pas.

— Oh, merci, Maman !

Les boules d'akassa et les brochettes que j'ai achetés ne font pas le poids face au ragoût d'igname de Maman. Vraiment pas !

Maman est une cuisinière hors-pair. S'il y avait un concours des meilleurs plats togolais, son ragoût d'igname le remporterait haut la main. Et ce n'est pas seulement parce qu'elle l'agrémente de *wangash*, aliment dont je raffole et auquel je suis parfaitement incapable de résister.

Depuis notre enfance, Maman nous régale de mets tous plus succulents les uns que les autres. Couscous, riz-au-gras, *djenkoumè*[14], riz aux haricots, sauces gombo, *adémè*[15], de noix de palme ou d'arachide. Bref, je n'ai pas un millième de son talent culinaire. Et encore... Je suis sans doute bien loin de la réalité.

Je viens à peine de me lever lorsque Papa m'interpelle.

— Hep hep hep ! Apporte le sachet de beignets, Zeynab. Je pense qu'avec le ragoût, tu n'en auras plus besoin.

Je suis tellement surprise que j'en reste bouche bée pendant une fraction de seconde. Sacré Papa ! Et moi qui croyais qu'il n'avait rien remarqué. L'instant d'après, j'adresse un clin d'œil complice à Maman.

— Alors, je lui donne ou pas ?

— Certainement pas ! Ce sachet revient à ceux qui, ici présents, ont déjà porté un bébé pendant plus de neuf mois.

L'air très sérieux, Maman fait mine de jeter un regard circulaire dans la pièce avant de s'arrêter sur Papa.

— Et je crois bien être la seule dans ce cas ! conclut-elle, l'œil brillant, avant d'attraper le sachet que je lui tends.

---

[14] Pâte cuite à base de farine de maïs et de sauce tomate.
[15] Corète potagère servant à cuisiner une sauce du même nom.

4

Lorsque je reviens de la cuisine avec mon assiette de ragoût, un sourire amusé apparaît sur mes lèvres. Papa a pris place dans le canapé, près de Maman. Il prétend toujours que *les fichus feuilletons de Maman* ne l'intéressent pas mais, dès qu'il en a l'occasion, il n'en rate pas une miette.

Je ne suis pas en reste non plus. Pour tout dire, je n'aime pas tellement regarder la télé. Je préfère lire, écouter de la musique, ou juste rêvasser. Mais la passion de Maman pour les séries télévisées ne date pas d'hier et ce type de feuilletons a bercé mon enfance. Alors, pendant que je mange, moi aussi je lorgne le feuilleton de Maman.

Le générique de fin me prend un peu par surprise. Il est déjà vingt-deux heures, mon assiette est vide depuis longtemps mais je n'ai pas vu le temps passer.

Papa se lève.

— Il est temps pour moi d'aller au lit ! Demain, il faudra se réveiller tôt pour la prière. Essaie de ne pas rester trop tard, Aridja, ajoute-t-il à l'intention de Maman.

— Ne t'inquiète pas, je ne ferai pas de bruit en venant me coucher.

Papa affiche une moue moqueuse.

— Dit-elle alors que, tous les soirs, elle en fait !

Je ne peux pas m'empêcher de m'esclaffer.

— C'est pour vérifier si ton sommeil est profond ! plaisante Maman, l'air espiègle. Dois-je te rappeler que toi non plus tu ne te gênes pas pour faire du bruit ? Et à trois heures du matin, s'il vous plaît ! La prière est à cinq heures mais *monsieur* doit se lever deux heures plus tôt.

— Moi, au moins, je prends le temps de préparer ma prière. D'être bien réveillé pour la faire dans de bonnes conditions. Ce n'est pas comme d'autres qui se réveillent cinq minutes avant l'heure et l'expédient à toute vitesse, pressés de retourner au lit...

— Djamane... menace Maman. Si c'est la dispute que tu cherches, tu vas la trouver !

— C'est bon, c'est bon. Si on ne peut même plus plaisanter !

Maman fait mine d'être en colère et Papa se penche pour lui caresser tendrement la joue. Au sourire discret de Maman, je devine qu'aucune dispute n'aura lieu ce soir.

— Au fait, Joël est-il déjà rentré ? je demande.

— Ah, ça ! grommelle Papa. Pour être rentré... Il est aussitôt ressorti !

— Il avait une soirée avec des copains, précise Maman. Tu sais bien que Joël ne perd jamais une occasion pour sortir faire la fête.

— S'il pouvait mettre autant d'énergie à finir sa thèse en ingénierie agricole... ronchonne encore Papa.

— Ne sois pas trop dur envers lui, dis-je. Il passe déjà le plus clair de son temps à bosser sa thèse. Il faut bien qu'il décompresse de temps à autre !

Je défends Joël car s'il avait été là, et que c'était moi qui me faisais critiquer, il m'aurait défendue sans hésiter. Lorsqu'Abou a quitté la maison pour aller étudier à Abidjan, Joël a naturellement repris le rôle du grand frère protecteur.

Soudain, Maman me fixe avec des yeux ronds. On dirait qu'elle vient d'avoir une illumination. Ou qu'elle veut me faire passer un message subliminal. Ou alors les deux !

— Et Tonton Napo, hmm ? Tu ne demandes pas d'après lui ? Quand tu auras débarrassé ton assiette, va donc lui dire bonsoir !

Tonton Napo est le frère aîné de Papa. Il vient de fêter ses quatre-vingt-deux ans et vit aussi dans la maison. Quand nous étions petits et que nous allions lui rendre visite à Bassar, où il vivait encore, il était notre Tonton préféré et nous aimions passer des heures à le regarder prendre soin de son potager et nous transmettre sa passion du jardinage et des plantes.

Aucun autre enfant de notre maison familiale, à Bassar, n'avait le droit de pénétrer dans le potager. Nous, ses petits neveux de la ville comme il aimait nous appeler, étions des vacanciers privilégiés. Lors des réjouissances en famille où toute la maisonnée se rassemblait pour festoyer et danser, Tonton Napo, que j'ai toujours connu très jovial et bon vivant, me prenait par la main et nous dansions ensemble du *lawa*[16], du *soukouss*[17] et plein d'autres rythmes entraînants.

Il est donc naturellement l'oncle dont je me sens le plus proche. Je l'aime vraiment beaucoup. Ce n'est donc pas par manque de considération que je n'ai pas demandé d'après lui. Mais après cette journée épuisante, je n'ai qu'une hâte : me retrouver seule avec moi-même, dans le silence de mon appartement.

Or, même si je l'ai décrit comme le tonton idéal, Tonton Napo a ses petits défauts, comme tout le monde. Et l'un d'entre eux est qu'il a tendance à radoter. Malheureusement plus son âge avance, plus il radote. Lorsque nous allons le voir juste pour lui dire bonjour, il se transforme en véritable moulin à paroles et prononce bénédictions sur bénédictions.

Très honnêtement, la dernière chose dont j'ai besoin ce soir, c'est de bénédictions à n'en plus finir.

— Il est tard... Je crois qu'il dort déjà.

J'essaie de faire preuve de la plus grande conviction mais Maman secoue résolument la tête.

---

[16] Danse traditionnelle Bassar.
[17] Genre musical dérivé de la rumba Congolaise.

— Tonton Napo ? Dormir aussi tôt ? Non ! Il ne dort pas. Il entend tout et il viendra se plaindre que tu es rentrée du boulot sans aller le voir.

— Ah la la, tu sais comment il est... Je vais en avoir pour toute la nuit !

— Zeynab...

Je lâche un soupir résigné en levant les yeux au plafond.

— Bon. D'accord, Maman. J'irai lui dire bonsoir.

***

Dès que j'emprunte le couloir qui mène à la chambre de Tonton Napo, je réalise que sa porte est entrouverte. Signe qu'il ne dort pas encore, car il ne laisse jamais la porte ouverte lorsqu'il va au lit. Maman avait donc raison et je l'ai échappé belle. Comment ai-je pu croire que je pouvais m'éclipser sans aller lui dire bonsoir ?

Je frappe à la porte et il m'invite à entrer de sa voix légèrement chevrotante. Je le trouve assis sur une natte étendue à même le sol, vêtu de son habituel boubou en bazin. Devant lui, sur la natte, sont étalés les objets indispensables au culte des ancêtres qu'il pratique depuis aussi loin que je m'en souvienne : des cauris, des noix de cola, une calebasse, de la farine...

Il lève vers moi un visage ridé mais souriant. Malgré son grand âge et pour le plus grand étonnement de tous, il est à peine édenté. Ses cheveux sont complètement blancs et sa corpulence, jadis moyenne, s'est considérablement amoindrie avec le poids des années.

— Ma *Nana waye*, m'appelle-t-il affectueusement dès qu'il me reconnaît.

Tonton Napo m'a toujours appelée *Nana waye*, ce qui veut dire petite maman, car je tiens mon prénom, Zeynabou, de sa mère, ma grand-mère paternelle. Chez les Bassar, lorsqu'on donne à un nouveau-né le prénom d'un adulte qui vit encore, il faut trouver un surnom au nouveau-né qu'il devra porter tant que vit l'adulte dont il a hérité le nom.

Tout comme de nombreux peuples au Togo et dans le monde entier, le respect des aînés est sacré chez les Bassar. Du vivant de ma grand-mère, on ne pouvait donc pas m'appeler Zeynabou en sa présence, par respect pour elle. Imaginez un peu que la petite Zeynabou ait fait une bêtise, qu'elle soit disputée, qu'on crie son prénom pour l'invectiver, et que la grande Zeynabou s'en trouve incommodée !

C'est donc pour éviter ce genre de situation qu'il convient d'utiliser un surnom pour l'enfant. Aujourd'hui encore, même si ma grand-mère n'est plus de ce monde, certaines personnes m'appellent toujours *Nana waye* dans la famille.

— Bonsoir, Tonton, tu ne dors pas encore ?

— Ah… Tu sais, à mon âge, on préfère profiter de la vie plutôt que dormir.

Je m'assieds près de lui, sur la natte, et je saisis ses mains entre les miennes avant de les presser tendrement.

— Comment s'est passée ta journée ?

— Très bien, par la grâce du Créateur, celui qui donne le souffle de vie. Et la tienne ?

Mon cerveau, d'humeur taquine, me fait repenser à l'épisode du brainstorming et à l'inconfort que j'ai ressenti lorsque j'ai tenté d'imposer mon point de vue. Sans les deux verres de jus de bissap au rhum, je ne me serais jamais affichée devant mes collègues. Et je ne serais pas devenue *la-fille-qui-déteste-noël*, ce dont je me serais bien passée.

Tonton Napo fixe de grands yeux brillants et pleins de malice sur moi. J'ai toujours eu l'impression qu'il savait lire en moi comme dans un livre ouvert. À quoi bon lui servir le refrain du *tout-va-bien* ?

— Pas trop mal, Tonton …

Il me serre les mains un peu plus fort.

— Que le Créateur te facilite le quotidien…

— *Amina*, Tonton.

— Qu'Il éloigne de ta route les malheurs et la malchance…

— *Amina…*

— Qu'Il te comble de multiples bénédictions, qu'Il t'accorde la santé et une longue vie…

Et voilà ! N'avais-je pas dit que les bénédictions de Tonton Napo étaient interminables ? Mais au fond de moi, je sais qu'elles viennent d'un bon sentiment et qu'il ne veut que mon bonheur. Alors je fais contre mauvaise fortune bon cœur.

Après avoir prononcé un long chapelet de bénédictions, il s'est tu, à présent, et me dévisage d'un air étrange.

— Je t'ai entendue rentrer. Vu l'heure, j'ai pensé que tu ne passerais sans doute pas me voir, ce soir.

Sans blague… Et risquer de me faire gentiment disputer demain ? Hmm, Tonton ?

— Alors, j'ai consulté les ancêtres pour toi.

Je lui adresse un grand sourire.

— Merci, Tonton.

— Ma *Nana waye*, je crois que tu n'as pas tout dit à ton Tonton Napo… N'est-ce pas ? Les ancêtres m'ont appris que tu te sentais perdue, désemparée.

Le sourire qui flottait sur mes lèvres s'évapore aussitôt.

— Tu sais que tu peux leur parler aussi, hmm ?

— Oui, Tonton. Mais… Tu sais bien que je ne crois pas à ces choses-là.

Il balaie l'air de la main.

— Tu n'as pas besoin de faire tous ces rituels. Pas besoin de cauris ni de farine. Juste toi, ton cœur et ton esprit. Confie-toi à eux. Sollicite-les pour t'éclairer. Pour te donner un peu de leur force. Le feras-tu, ma Zeynabou ?

— Oui, Tonton… Je le ferai.

Un sourire bienveillant lui fend les lèvres et il me tapote affectueusement la joue avant d'entamer le second round des bénédictions interminables.

***

En revenant au salon, je suis surprise d'y trouver encore Papa.
— Je te croyais déjà couché.
— Ta maman a eu la bonne idée d'aller farfouiller dans le débarras, cette nuit ! Et je n'aime pas la savoir seule là-bas, à cette heure tardive. Alors, j'attends qu'elle revienne.
Je me penche pour lui déposer un bisou sur la joue.
— J'y vais ! En partant, j'irai dire à Maman de ne pas trop traîner.
— Oh, elle n'en fera qu'à sa tête. Comme toujours... Bonne nuit, ma chérie. À demain !
— À demain, Papa.
Le vieux garage qui sert de débarras se trouve au fond de la cour extérieure. Alors qu'il était destiné à accueillir une voiture, Papa n'a jamais pu y garer sa vieille Toyota. Ce garage, c'est le deuxième territoire de Maman, après la cuisine. L'endroit où elle règne en cheffe et où personne n'a son mot à dire. Surtout pas sur l'impressionnant désordre qui y règne.

La porte du garage est grande ouverte et laisse entrevoir un bazar sans nom. Je ne comprends pas comment Maman parvient à s'y retrouver. Le débarras est rempli de vieilleries et de bric-à-brac mais aussi de souvenirs précieux. Nos jouets d'enfance, défraîchis et abîmés. Nos vieux vêtements. Nos anciens livres et cahiers d'école. Et une panoplie d'objets en tous genres.

Je découvre Maman en train de vider le contenu d'un grand carton.
— Que fais-tu là, si tard ?

— Je cherche mon service en bois d'ébène. Ténèh (la maman d'Evelyne, alias *Karaba*) m'a demandé de lui trouver quelque chose d'original pour le déjeuner de dimanche.

— Je vois. Mais ne pourrais-tu pas le chercher demain ?

— Ah non ! Je viens d'y penser alors je préfère le faire maintenant. Comme ça, j'aurai le temps de le laver demain et le laisser sécher. Tu sais bien que je n'aime pas faire les choses dans la précipitation. Allez, viens donc m'aider au lieu de me critiquer !

Je soupire avant de m'exécuter.

— Comment est-il déjà, ton service en bois d'ébène ?

— *Rhoo*, Zeynab... De nous deux, c'est moi la vieille, pas toi ! Ne me dis pas que tu ne te rappelles pas ces magnifiques assiettes en bois que j'ai héritées de ma mère ? Je les utilisais tout le temps quand tu étais petite.

— Hmm... J'ai dû noyer leur souvenir sous des tonnes et des tonnes de ragoût d'igname !

J'affiche mon air le plus sérieux mais, lorsque Maman éclate de rire, je suis parfaitement incapable de ne pas l'imiter.

— Je crois que je les ai rangées dans un grand carton, indique-t-elle. Ou plutôt dans un vieux sac de voyage ?

La recherche promet d'être longue, je pense en observant l'amoncellement de cartons. Je me mets néanmoins au travail et j'ouvre des cartons, je soulève des boîtes, je regarde sous de vieux meubles.

— *Akpoklo kpoklo !* s'exclame Maman lorsque je fais tomber un ustensile en métal sans le faire exprès.

C'est son expression favorite pour nous gronder gentiment lorsque nous faisons tomber bruyamment un objet.

— Désolée, Maman.

— Ce n'est pas grave. Mais il est tard. Fais plus attention !

— C'est promis.

Tout en haut d'un placard, je tombe sur une pile d'albums photos. *Wooow*, les vieux albums photos des parents ! Cela faisait des années que je ne les avais pas vus et, étant une grande fan de photos de famille – et de photos, en général – j'ai soudain envie de les feuilleter.

L'air de rien, je tourne lentement le dos à Maman pour qu'elle ne voit pas que je préfère faire autre chose au lieu de l'aider à chercher ses précieuses assiettes. Dans l'un des albums, qui ne m'est pas familier, mon regard s'attarde sur la photo en noir et blanc, légèrement jaunie, d'une femme quarantenaire, visiblement d'origine modeste, vêtue d'un ensemble en pagne.

Elle est d'une beauté saisissante, ses cheveux sont recouverts d'un foulard en pagne, assorti à sa tenue, et elle dégage une aura particulièrement douce et bienveillante.

C'est curieux. J'ai l'impression que son visage ne m'est pas complètement inconnu.

— Qui est-ce ? je demande à Maman.

— Hmm ?

Je lui montre la photo.

— Laisse-moi me rappeler... Ah oui, ça me revient ! C'est Nana Abiba, ton arrière-grand-mère paternelle.

— Nana Abiba ? Papa m'a déjà parlé d'elle mais c'est la première fois que je la vois en photo.

— C'est normal, moi non plus je ne l'avais jamais vue en photo jusqu'à ce que Tonton Napo déterre cet album de ses vieilles valises qui devaient partir à la poubelle. Il l'a donné à ton père il y a quelques mois déjà.

— Et pourquoi se retrouve-t-il ici, dans le débarras ?

— Tu sais comment est ton père ! Il n'aime pas trop se replonger dans le passé. Ces vieilles photos lui rappellent toutes les personnes à qui il tenait et qui nous ont malheureusement quittées.

Le regard de Maman passe de mon visage à l'album puis de l'album à mon visage. Comme elle affiche un air intrigué, je lève un sourcil interrogateur.

— Maintenant que je revois la photo, déclare-t-elle, je trouve que tu lui ressembles beaucoup.

Maman a raison. En regardant la photo une nouvelle fois, j'ai l'impression de voir une version *old school* de moi-même. C'est à peine croyable ! Je suis pour ainsi dire le portrait craché de mon aïeule. La vie nous joue parfois de ces tours !

Le regard de Nana Abiba est si profond que je me sens passablement troublée. Je tourne rapidement les pages de l'album pour voir si elle apparaît sur d'autres clichés.

— Dis, Maman, je peux emporter l'album avec moi ? J'aimerais prendre le temps de voir toutes les photos.

— Bien sûr. Mais prends-en bien soin, hein ? Malgré les apparences, ton père tient énormément à ces vieux albums.

— Je ferai attention, c'est promis !

Je pose l'album de côté pour continuer à aider Maman dans sa recherche. Nous ouvrons d'autres cartons, de vieilles valises et autres sacs en plastique remplis de vieilleries.

— *Alhamdoulillah* ! s'écrie Maman au bout d'un petit quart d'heure. Je les ai enfin trouvées !

Le visage rayonnant, elle brandit deux des fameuses assiettes en bois.

— Ah la la, regarde comme elles sont belles ! Elles n'ont rien perdu de leur superbe, pas vrai ?

Puis, sous mon regard amusé, elle les couvre de petits baisers avant de les serrer fort contre sa poitrine, comme s'il s'agissait de véritables objets vivants.

***

Lorsque nous revenons du garage, Papa part aussitôt se coucher et Maman ferme derrière moi. La musique dans les bars s'étant atténuée, j'entends distinctement les cliquetis des cadenas qui sécurisent la porte du salon.

Dehors, je lève un regard fasciné vers la pleine lune. Nul besoin de lampe pour y voir clair cette nuit. À peine ai-je fait quelques pas qu'un nouveau cliquetis me fait me retourner. C'est Maman qui vient d'ouvrir les *nacos*[18] et me fait un dernier signe d'au revoir en souriant.

— Bonne nuit, je chuchote en répondant à son signe.

Nouveau bruit de *nacos* qui se ferment.

Je traverse la cour jusqu'à une lourde porte en métal qui n'est jamais fermée à clé. De l'autre côté de la porte, je me retrouve dans la deuxième partie de notre maison familiale.

Autrefois, il n'y avait qu'une seule et grande cour commune. Mais lorsque Joël et moi sommes devenus adultes, Papa a fait monter ce mur pour créer une dépendance de deux petits appartements. L'un pour moi et l'autre pour Joël, qu'il partage avec Abou – resté travailler en Côte d'Ivoire à la fin de ses études – lorsque ce dernier vient en vacances.

En pénétrant dans le petit trois-pièces qui me sert de toit, je ressens un sentiment immédiat de bien-être. Comme j'aime vivre ici, tout près des parents ! Je suis tellement heureuse de les voir le matin et le soir, tous les jours. D'autres n'ont pas cette chance. Abou, par exemple, ne les voit qu'une année sur deux.

Je mesure donc la chance que j'ai même si je me doute que je ne resterai pas éternellement ici. Un jour, il faudra bien que je me trouve un logement bien à moi. Que je vole de mes propres ailes. Mais ce jour n'est pas encore arrivé et je ne suis pas pressée.

Lorsque je suis dans mon appart, exit la Zeynab introvertie, timide. Libérée du regard d'autrui, je ne suis plus du tout dans la retenue. Quand je suis d'humeur, je mets même de la musique et je danse, je fais ma star, je m'éclate toute seule. Ma seule compagnie me suffit. Personne pour me juger. Juste ma bienveillante et compréhensive amie : moi-même.

---

[18] Terme utilisé pour désigner les fenêtres équipées de lames et de châssis provenant de la marque Naco.

N'étant pas d'humeur à danser ce soir, je fais une toilette rapide avant de me poser dans le canapé, un livre à la main. Mais impossible de me concentrer sur le contenu du bouquin. J'attrape mon téléphone pour le consulter. Aucun nouveau message. Will n'a toujours pas répondu et n'a pas donné signe de vie depuis la semaine dernière. À quoi peut-il bien être si occupé ? Je veux bien être compréhensive mais, là, il abuse.

Tonton Napo avait vu juste. Je me sens seule. Perdue. Désemparée. Ce n'est pourtant pas la première fois que nous traversons une mauvaise passe, Will et moi. La différence c'est que, cette fois-ci, je me pose beaucoup plus de questions et celle qui revient le plus souvent est : ai-je raison de m'accrocher à notre relation alors qu'elle bat autant de l'aile ?

Refoulant un brusque accès de tristesse, j'allume la télé. Les soirs comme celui-ci, quand je n'ai envie ni de lire ni de rien d'autre, la télé devient utile. Elle m'aide à penser à autre chose et à ne pas ressasser ma déprime.

Sur une chaîne locale, je tombe sur l'extrait du tout dernier spectacle d'un célèbre humoriste Togolais. Ce spectacle, qui s'est joué à guichets fermés, a fait un tabac et tout le monde dans mon entourage me l'a recommandé. Mais malgré la performance qualitative du comédien, je n'arrive pas à accrocher.

On dirait que je ne suis pas non plus d'humeur à rigoler, ce soir. Je ferais peut-être mieux d'aller au lit. Alors que je me redresse, mon regard se pose sur l'album photos que j'ai rapporté du débarras.

En le feuilletant, la photo de Nana Abiba retient à nouveau mon attention. En dehors du fait que j'ai l'impression de me voir à une autre époque, cette photo bouleverse quelque chose de plus profond en moi. Mon aïeule paraît si confiante, si sûre d'elle. Elle a l'air d'être une femme forte, vaillante, qui ne baisse les yeux devant personne.

Je repense à la réunion de cet après-midi et au fait que je n'ai pas réussi à imposer mon idée de Noël Africain auprès de Datane. Pourquoi faut-il toujours que je manque de courage et que je me défile ? Pourquoi faut-il que je manque autant d'assurance, que je me fasse sans cesse marcher sur les pieds ?

Ma vue se brouille. Je renifle doucement.

Parle aux ancêtres... Confie-toi à eux. Sollicite-les pour t'éclairer. Le feras-tu, ma Zeynabou ?

Les paroles de Tonton Napo me reviennent et mes yeux se perdent dans le vide. Je renifle une nouvelle fois. Parler aux ancêtres, hmm ? Mais comment fait-on, au juste ? Et pour leur dire quoi ? Que leur descendante est une *authentique froussarde* qui ne va jamais au bout des choses ? Qui n'assume pas ses idées, qui ne se dépasse pas et qui ne se bat jamais pour ce qui lui tient à cœur ?

Je regarde une nouvelle fois la photo de Nana Abiba, son regard perçant et déterminé qui a l'air de dire « *j'ai suffisamment de force en moi pour toutes les batailles de la vie* ».

Oh, comme je voudrais avoir autant de force ! Comme je voudrais faire preuve de plus d'assurance pour m'affirmer pleinement et ne plus jamais baisser les yeux devant qui que ce soit !

Tandis que des larmes silencieuses coulent sur ma joue, un violent orage éclate dehors. Un long éclair déchire le ciel et, prise au dépourvu, je laisse tomber l'album qui atterrit sur la table basse. Alertée par le bruit de la pluie sur le toit, je me lève précipitamment pour m'assurer que les *nacos* sont fermés dans toutes les pièces de l'appartement.

Lorsque je reviens au salon, j'hésite entre regagner ma chambre – alors que je n'ai vraiment pas sommeil – et rester encore un peu devant la télé. Finalement, c'est la nature qui décide pour moi. Un nouvel éclair, beaucoup plus fort que le précédent, parcourt le ciel.

C'est quoi cette pluie de dingue ?

Passablement terrifiée, je me précipite vers la chambre pour me glisser sous la couverture.

5

Le lendemain

Je suis réveillée par le muezzin du quartier qui appelle à la prière de cinq heures. Depuis le temps, je devrais être habituée. Mon sommeil ne devrait pas en être perturbé. Mais rien n'y fait. Je me réveille toujours dès que j'entends l'appel du muezzin.

D'habitude, j'arrive à me rendormir au bout de quelques minutes mais, aujourd'hui, impossible de retrouver le sommeil. Résignée, je me rends dans la cuisine pour me préparer une tasse de citronnelle.

À travers les *nacos*, je vois un épais brouillard dehors. Difficile de discerner grand-chose mais je peux voir des flaques d'eau dans la cour. Mais oui, ça me revient ! L'orage d'hier soir. Il a dû pleuvoir toute la nuit. Un courant d'air me fait frissonner et je vais chercher un gilet avant de m'installer dans le canapé.

Toc toc toc !

Des coups frappés à la porte me font sursauter. Zut ! J'ai failli renverser la tasse de citronnelle que je tiens dans les mains. C'est étrange. Dehors, le soleil brille alors qu'il y a à peine un instant, il faisait encore nuit. Je regarde l'horloge. Il est sept heures. Quelle cruche, je fais !

Je réalise que je me suis rendormie dans le canapé, après seulement quelques gorgées de tisane. Un nouveau « *toc toc toc* » me ramène définitivement à la réalité. Nous sommes un samedi. Qui peut bien frapper à ma porte à une heure si matinale ?

Les parents viennent rarement me réveiller de si bonne heure. Ce doit être Joël qui vient encore me taxer un peu de café ou de sucre. Quand apprendra-t-il à constituer ses propres provisions ? D'humeur boudeuse, je décide de ne pas ouvrir. Du moins jusqu'à ce qu'il tambourine violemment.

Rhoo, il va m'entendre ! Je bondis du canapé, j'ouvre la porte à la volée, prête à lui aboyer dessus, mais je suis surprise de ne trouver personne. Dans la cour, à part les flaques d'eau et une vague odeur de citronnelle – mêlée à une odeur que j'ai du mal à définir – je ne vois rien d'autre.

Je jette un coup d'œil irrité en direction de l'appart de Joël dont la porte est fermée. S'il a décidé de me jouer un vilain tour, il va s'en mordre les doigts. Je me visualise en train de lui donner une tape derrière la tête et, rien qu'à y penser, un sourire machiavélique apparaît sur mes lèvres.

Alors je m'élance à pas rapides vers son appart où je m'apprête à frapper lorsque j'entends une voix derrière moi.

— Zeynabou ?

En me retournant, je découvre une vieille dame en plein milieu de la cour et je sursaute de frayeur. D'où sort-elle ? Elle n'était pas là, il y a un instant. Comment est-elle arrivée sans que je l'entende ? Mon regard passe de la vieille dame au portail qui sépare notre cour de celle des parents. Bien sûr ! Elle est arrivée par le portail.

C'est étrange, je n'arrive pas à la distinguer clairement. Je dois avoir un truc dans l'œil, je pense, en me frottant les yeux. Mais rien n'y fait, la vieille dame a toujours l'air un peu floue. Je plisse un peu des yeux pour la détailler plus attentivement.

Son visage ridé me paraît familier. Ce doit être une Tanti du village qui vient rendre visite à mes parents. Je parie qu'elle a voyagé de nuit, en car, et qu'elle est arrivée ce matin même de Bassar, d'où cette visite ultra matinale.

De taille moyenne et de corpulence menue, elle a la peau parcheminée et semble être aussi vieille que Tonton Napo. Mais contrairement à lui qui tient difficilement debout, elle se tient droite et fait preuve d'un maintien que bon nombre de jeunes lui envieraient.

Elle porte une belle camisole cousue dans un pagne terne et vieillot, un pagne assorti noué à la taille et qui lui arrive jusqu'aux chevilles, et de simples sandales. Un foulard, cousu dans le même pagne, recouvre ses cheveux d'un blanc presque immaculé. L'ensemble, quoique daté, lui donne cependant fière allure.

— Euh... Bonjour... Vous cherchez peut-être Maman Aridja ou Papa Djamane ?

— Je cherche Zeynabou.

Le visage impassible, ses yeux perçants me scrutent avec intensité.

— Est-ce bien toi ?

Puis, sans crier gare, elle éclate de rire.

— Mais bien sûr que c'est toi ! Je ne devrais même pas poser la question. Tu as le même front et les mêmes yeux que moi. Et cette bouche... C'est celle de Twéré !

Twéré, c'était le prénom de mon arrière-grand-père paternel. C'est d'ailleurs de lui que nous tenons notre nom de famille.

— Bon, poursuit-elle, tu me laisses entrer ou bien tu comptes me laisser dehors, à la merci des courants d'air ?

— Euh... Je suis bien Zeynabou, mais...

— À la bonne heure ! Alors, pourquoi ne me fais-tu pas entrer ?

— Écoutez, je pense qu'il y a un malentendu. Je ne sais même pas qui vous êtes !

— Voyons, tu ne me reconnais donc pas ?

— Euh... Désolée, mais... non.

— Je suis ta grand-mère !

— Ma… grand-mère ?
— Mais oui !
— Vous vous trompez, je ne suis pas votre…
— Je ne me trompe jamais.
— Si ! Je vous dis que si.

La vieille dame ferme les yeux et semble méditer. Elle reste plantée une bonne dizaine de secondes sans bouger ni cligner des yeux.

C'est quoi ce délire ?

Elle ne s'est tout de même pas endormie debout, hein ? Je me demande ce que je dois faire lorsque je vois ses lèvres remuer légèrement.

— Voyons voir… Tu es bien Zeynabou Twéré, n'est-ce pas ?
— Oui, mais…
— Zeynabou Mariam Twéré, continue-t-elle, les yeux fermés. Fille de Aridja Zmar et de Djamane Twéré. Oh ! Attends une seconde… Si tu es la fille de Djamane, c'est que…

Elle fronce les sourcils, ouvre les yeux, puis son visage s'illumine.

— Ah, mais oui ! Je me suis trompée !
— Vous voyez, je vous avais bien dit que…
— Je ne suis pas ta grand-mère, mais ton arrière-grand-mère !

Comme je la regarde avec des yeux ronds, elle fronce à nouveau les sourcils.

— Puisque tu ne sembles pas me reconnaître, je vais devoir me présenter. Je m'appelle Abiba, mais tout le monde m'appelle Nana Abiba. Ne me dis pas que tes parents ne t'ont jamais parlé de moi ?
— Na… Na… Nana Abiba ?

Mes yeux s'arrondissent de plus belle et je garde la bouche ouverte, incapable de la refermer. Nana Abiba ? La femme que j'ai vue hier soir sur les photos de l'album ? Impossible ! Mais en la regardant de plus près, je suis forcée d'admettre qu'elle lui – *me* – ressemble beaucoup. Elle est juste beaucoup plus vieille que sur les photos.

Soudain, je comprends. L'album photos est la dernière chose que j'ai vue hier avant de m'endormir. Mon cerveau a dû avoir un petit bug et là, ce que j'ai devant moi, eh bien, c'est… C'est juste euh…

Une hallucination !

Mais oui ! Pourquoi n'ai-je pas fait le rapprochement plus tôt ? Je me disais bien que ce n'était pas normal qu'elle ait l'air aussi floue. En y regardant de plus près, on dirait même une sorte d'hologramme translucide.

Bon. C'est la première fois qu'une telle chose m'arrive. Qu'est-on censé faire dans pareille situation ?

Ne pas paniquer… Ne surtout pas paniquer… C'est ce que je me répète tout en essayant d'ignorer une autre voix dans ma tête qui me hurle de courir à toute vitesse jusqu'à l'intérieur de l'appart et refermer à double tour derrière moi.

Mais je n'ai pas envie de prendre mes jambes à mon cou. Je suis une grande fille de vingt-six ans. Et les grandes filles de mon âge ne s'enfuient pas en courant à cause d'une toute petite hallucination de rien du tout. Bien sûr que non !

Je vais donc rentrer chez moi, sans courir ni hurler de terreur. Non. Rien de tout ça. Juste marcher d'un pas posé, le plus calmement possible. Comme une adulte.

Enfin… Encore faudrait-il y arriver ! Car je suis parfaitement incapable de faire le moindre pas. Mes jambes ne sont pas d'humeur coopérative et refusent d'obéir à l'ordre impérieux que leur donne mon cerveau.

Allez, les jambes ! Soyez sympas !

Pff… Rien à faire. Et pour tout dire, ça ne me surprend pas tellement. J'ai beau tenter de garder mon sang-froid en apparence, à l'intérieur de mon corps, c'est la panique totale. Mon cœur fait des bonds saccadés et mon estomac commence à se nouer dangereusement.

Une idée, Zeynab, vite… !

Ah oui ! Si je fais mine de l'ignorer, l'hallucination disparaîtra peut-être ? Je n'en suis pas sûre à cent pour cent mais ça vaut le coup d'essayer.

Je ferme aussitôt les yeux en espérant que ça fonctionne.

— Tu m'as entendue ? demande soudain la voix de la vieille.

Zut ! Mon plan n'a pas marché. J'entends toujours l'hallucination – j'ouvre un œil – et misère de misère, la vieille est toujours là, devant moi, et me regarde d'un air étrange.

— Je te disais que je m'appelle Nana Abiba.

— *Chuttt ! Chuttt !* je m'écrie en refermant précipitamment les yeux.

Ma voix est montée dans les aigus, mes bras font des mouvements incontrôlés et je suis au bord de l'hystérie. C'est officiel, je suis en train de devenir folle ! Autrement, comment expliquer que je viens de demander à une hallucination de se taire ?

J'inspire profondément pour tenter de reprendre mon calme. Si je ne veux pas être définitivement bonne pour l'asile, il faut que je trouve le moyen de me débarrasser de cette vision. Et le plus vite sera le mieux.

Allez, les jambes ! J'ai besoin de vous, là !

Au prix d'un immense effort, j'arrive finalement à bouger – ouf, ce n'est pas trop tôt ! J'ouvre un œil et je commence à marcher d'un pas résolu vers mon appart... Enfin, c'est ce que j'essaie de faire mais, honnêtement, le résultat ressemble plutôt à une version revisitée et hautement ridicule de la célèbre marche des canards. Je suis tellement terrifiée que mes jambes tremblotent et refusent de me porter correctement.

Pas grave ! Le plus important, c'est de... Continuer à marcher. Éviter les flaques d'eau. Avancer vers la porte de mon appart. Et ne surtout pas vérifier si la vieille est toujours là.

Tu parles... Dès que j'y pense, je jette un coup d'œil ultra rapide dans sa direction et... Quelle horreur ! Elle est toujours là. Et la situation semble beaucoup l'amuser.

Je ferme à nouveau les yeux avant d'en rouvrir un. Pour ce que je suis en train de faire, un œil ouvert peut s'avérer utile.

Faisons donc un petit point sur la situation : j'y vois à peine avec un seul œil ouvert, je marche comme un canard, j'avance à tâtons comme s'il faisait nuit noire, mais je ne perds pas de vue mon objectif : rentrer dans l'appart. Refermer la porte.

Pfiouuu... Voilà, c'est fait.

Tourner la clé deux fois. Et oublier cette étrange apparition !

Une fois à l'intérieur, je m'autofélicite pour le courage démentiel dont je viens de faire preuve. C'est vrai, à ma place, j'en connais plus d'un qui n'auraient pas manqué de s'évanouir ! Abou, par exemple, a toujours eu une peur bleue des histoires surnaturelles qu'on nous racontait, petits, pour nous effrayer.

Alors, franchement, chapeau à moi-même ! J'ai assuré comme une cheffe ! Je pourrai raconter à mes futurs petits-enfants que leur grand-mère était la bravoure faite femme...

Minute. Mes futurs petits-enfants ? Décidément, cette divagation d'arrière-grand-mère ressuscitée m'a complètement retourné la tête ! Je me demande encore comment mon cerveau a pu donner vie à cette hallucination improbable lorsque mon regard se pose sur l'album photos qui traîne sur la table basse.

Là, je me mets à rigoler comme une demeurée.

Sacrée Zeynab ! Voilà ce que ça donne de trop rêvasser ! Ça fait surchauffer le cerveau et ça vous fait avoir des hallucinations !

N'empêche, heureusement que personne ne m'a vue quand je rentrais dans l'appart. Enfin, quand je dis personne, je pense surtout à Joël. Ou Lali. Ou pire encore... Yao ! Quelle horreur... Je l'imagine déjà modifiant mon surnom pour *Zeyn Ado-canardo*. Parce que franchement je n'en menais pas large tout à l'heure. J'étais même au summum du ridicule avec ma démarche de canard.

Bon ! Il faudrait peut-être que je pense à mon petit-déjeuner.

Je me dirige vers la cuisine lorsqu'un « *toc toc toc* » me stoppe net dans mon élan.

— Tu n'as tout de même pas l'intention de me laisser dehors, hein ?

— *Hiiiiiiiii !*

Je pousse un terrible hurlement en faisant volte-face.

Bon sang, qu'est-il en train de m'arriver ? Pourquoi est-ce que je continue à entendre la voix de l'hallucination ?

Nouvelle panique à bord : mon estomac fait des nœuds encore plus gros. Quant à ma gorge, elle est aussi sèche qu'un tronc de baobab en plein harmattan.

Oh, non... Je crois que je vais me sentir mal. Vite, de l'eau !

Je me précipite sur une bouteille et me sers un verre que je bois à la vitesse de l'éclair avant de le reposer. Mais je me ravise presque aussitôt car mon cerveau confus s'imagine qu'une grande quantité d'eau pourrait diluer l'hallucination dans mon esprit et la faire disparaître.

Pouf ! Comme par magie !

C'est le truc le plus stupide auquel j'aie jamais pensé. Mais... Au point où j'en suis, idée stupide ou pas, deux précautions en valent mieux qu'une. Je ferais peut-être mieux de boire un deuxième verre...

— Je peux savoir ce que tu fabriques ? reprend la voix de la vieille. Est-ce ma présence qui te donne autant soif ?

Là, je manque de m'étrangler et je recrache presque tout le contenu du verre. Purée ! C'est du grand délire ! Oui, c'est cela. Je suis en train de délirer. Ça ne peut être que ça !

Le visage livide, je fixe des yeux hébétés sur la porte fermée.

— Je sais ce que tu te dis, continue la vieille. Comment se fait-il que je sache ce qui se passe à l'intérieur alors que je n'y suis pas ? Eh bien, je vais t'expliquer. Je vois à travers les murs. Je te vois en cet instant même, la bouche grande ouverte, en train d'écarquiller les yeux... Écoute, si tu ne te décides pas à ouvrir, je vais devoir utiliser la manière forte et... Apparaître sous ton nez. Je te préviens, les gens préfèrent généralement ouvrir la porte. Enfin, à toi de voir...

Comme je reste pétrifiée, elle continue.

— Alors, je vais compter jusqu'à trois. Un... deux...

Je suis livide et je flippe toujours autant. Mais entre ouvrir la porte ou la voir apparaître sous mon nez, le choix n'est pas très difficile.

— Ah ! Enfin ! s'écrie-t-elle en souriant largement. Voilà qui est mieux. Et si tu m'invitais à entrer, hmm ?

— Écoutez... Il y a un truc qui ne colle pas. Vous ne pouvez pas être mon arrière-grand-mère...

— Après tout ce que j'ai dit, tu continues à en douter ?

— Si vous étiez réellement mon arrière-grand-mère, cela signifierait que...

— Oui ?

— Que vous êtes...

— Oui ? Que je suis... ?

— Morte.

— Bingo !

J'ai soudain la tête qui tourne, je vacille légèrement et je m'effondre sur le sol, sous le regard malicieux de la vieille. Juste avant de perdre connaissance, je la vois se pencher vers moi en secouant la tête, d'un air amusé.

— Pourquoi faut-il toujours qu'ils s'évanouissent ?

Puis mes yeux se ferment et je me sens happée vers un abîme de brume.

***

Une délicieuse odeur de citronnelle et de noix de muscade me chatouille les narines et je renifle dans mon sommeil avant d'ouvrir les yeux. Dehors, le brouillard s'est totalement dissipé et le soleil pénètre à grands flots dans le salon.

Je suis allongée dans le canapé, recouverte d'une couverture, et un léger sourire étire mes lèvres. Quel drôle de rêve je viens de faire ! Imaginer que mon arrière-grand-mère paternelle se trouvait devant mon appart !

Héhé ! Je ris de ma propre étourderie. Heureusement, ce n'était qu'un rêve. À présent, il est plus de dix heures et il faut que je me change pour aller dire bonjour aux parents.

Je renifle encore, me demandant d'où venait cette bonne odeur qui m'a réveillée, lorsqu'un bruit de casseroles retentit dans la cuisine. Au moment où j'entends quelqu'un pester brièvement avant d'entonner un air de chant Bassar, mon visage se décompose instantanément.

Non... Ça ne peut pas être ce à quoi je pense, pas vrai ? Je commence à trembloter de peur. Pourquoi faut-il que cela m'arrive à moi ? Qu'ai-je pu faire de si grave pour être ainsi punie par l'univers ?

Je voudrais m'enfuir, loin, très loin. Mais la curiosité est la plus forte. Je dois en avoir le cœur net. À pas de loup, je m'approche de la cuisine et le spectacle que j'y vois me sidère.

Je n'ai jamais été superstitieuse. Je n'ai jamais cru aux histoires de fantômes, de sorciers ni même aux phénomènes surnaturels. Mais je suis forcée d'affronter la réalité. Loin d'avoir disparu, l'hallucination est toujours là. Dans ma cuisine. Debout devant ma gazinière. Et comble du comble... Elle prépare à manger !

C'est le truc le plus surréaliste qui me soit jamais arrivé. Pas étonnant que mon cerveau ait surchauffé et que j'aie perdu connaissance. Je suis partagée entre l'envie de flanquer cette vieille hors de chez moi, si j'y arrive, et la trouille qu'elle me jette un mauvais sort.

Car même si je ne m'y connais pas en fantômes ou autres esprits venus de l'au-delà, mon petit doigt me dit qu'il vaut mieux ne pas en contrarier un.

— Comment aimes-tu ton tapioca, Zeynabou ? Avec ou sans lait ?

Sa voix me fait sursauter. Comment a-t-elle su que j'étais là alors qu'elle me tourne le dos ? Mais oui, suis-je bête ! C'est un fantôme. Elle a dû sentir ma présence.

Un large sourire aux lèvres, la vieille se tourne vers moi. Malgré son grand âge, sa dentition est parfaite. Elle me gratifie d'un clin d'œil avenant.

— Voyons, ne fais pas cette tête, *n'boh*[19]. On croirait que tu as vu un fantôme !

Elle ponctue sa phrase d'un grand éclat de rire.

— Ha ha ha ! Je ne peux jamais m'empêcher de la sortir, celle-là ! Ha ha ha ! Ha ha ! Ha ha...

Son fou rire s'arrête progressivement puis elle prend un air plus sérieux.

— Excuse-moi, *n'boh*. Je sais pourtant que ce n'est pas drôle.

— Vous prétendez toujours être... Nana Abiba ?

— Mais oui, c'est bien moi ! Je suis Nana Abiba.

— Nana Abiba est morte depuis une cinquantaine d'années... Alors, comment se fait-il que vous soyez là, devant moi ?

— Est-ce si difficile à croire ? Je suis morte, oui. Il y a fort longtemps. Bien avant que tes parents ne se rencontrent d'ailleurs. Mais je suis bien là, devant toi.

J'émets un petit rire nerveux.

— Je suis en train de rêver, c'est cela ? Je vais me réveiller d'un moment à l'autre !

— Voyons, ma chérie, tu sais bien que tu es déjà réveillée. Allez ! Ne reste pas plantée devant la porte. Viens donc t'asseoir !

Bon sang ! Ce n'est pas croyable... En temps normal, ce genre de truc *zarbi* n'arrive qu'au cinéma ! Je traîne lourdement des pieds avant de me laisser tomber sur une chaise, le regard hagard. Mes yeux se referment doucement.

---

[19] Mon ami(e), en langue Bassar.

C'est un cauchemar. Ça ne peut être que ça ! Je prie très fort pour que ça le soit. Un horrible cauchemar dont je vais bien finir par m'extirper.

— Qu'est-ce qui est un cauchemar ?

Je lève un regard interloqué vers la vieille. Zut ! J'ai encore réfléchi tout haut.

— Tu ne parlais pas de moi, j'espère ?

Elle me dévisage d'un air faussement furieux.

— Bah alors, tu n'es pas contente de me voir ? C'est fou, ça ! Quand on sait que c'est toi qui m'as appelée !

— Co... Comment ? Mais non ! Je ne vous ai jamais appelée...

— Bien sûr que si ! Rappelle-toi, hier soir, quand tu regardais ma photo dans l'album. Tu m'as regardée droit dans les yeux et tu m'as appelée.

— Ce... Ce n'est pas vrai.

— Si.

— Puisque je vous dis que je ne vous ai pas appelée !

— Mais si ! Tu l'as fait !

Je suis complètement décontenancée. Tout ça n'a aucun sens. Je commence sérieusement à croire que je débloque et que je suis bonne pour l'asile. À moins qu'il ne s'agisse d'une punition divine ? Et merde... Je n'aurais jamais dû traiter Tonton Napo de vieux fou le jour où je l'ai entendu rire aux éclats alors qu'il était tout seul dans sa chambre...

C'est qui la folle, maintenant ?

La vieille me dévisage, les sourcils froncés.

— Ils ne se trompent jamais là-haut.

— *Ils* ?

— Les Gardiens du Monde. Ce sont les esprits qui veillent au bon ordre des univers visibles et invisibles, sous le contrôle du Créateur. Tu n'as donc fait aucun vœu ?

— Un vœu ? Mais non ! Enfin, je...

Je me rappelle soudain le vieux vendeur de jus, hier soir à Akodesséwa, qui prétendait exaucer des vœux grâce à une incantation ancestrale. Se pourrait-il que...

Non ! Impossible.

— Alors, tu l'as fait ce vœu, oui ou non ? s'impatiente la vieille.

— Eh bien... Je... Non ! Enfin... Peut-être bien que oui...

— Alors, voilà ! C'est pour ça que je suis là !

— Mais il doit y avoir une erreur. Admettons que mon vœu ait été réalisé. Entre ce que j'ai demandé et... votre présence...

— Insinuerais-tu que les Gardiens du Monde sont débiles ?

— Mais non !

— Qu'ils ne savent pas ce qu'ils font ?

— Non, pas du tout...

— Alors il n'y a aucune erreur, je te dis.

Elle remplit une tasse avec la bouillie de tapioca qu'elle vient de préparer et la pose devant moi, accompagnée d'une grande cuillère.

— Bois donc ton tapioca avant qu'il ne refroidisse !

J'hésite à boire une bouillie préparée par un fantôme, mais... La délicieuse odeur qui s'en échappe semble engourdir mes réticences.

— Allez, mange, je te dis ! m'encourage Nana Abiba en s'asseyant en face de moi.

Je ne me fais pas prier une troisième fois.

Hmm... Dieu, que c'est bon ! C'est simple, cette bouillie de tapioca est la meilleure que j'aie mangée de toute ma vie. Je suis très sérieuse. Elle détrône haut la main celle de *Tassi* Assibi que je qualifiais, jusqu'à présent, de meilleure bouillie de tapioca au monde.

J'en prends une deuxième cuillerée avant de lever un visage ébloui vers Nana Abiba.

— Votre bouillie est tout simplement exquise ! Je n'en ai jamais mangé d'aussi bonne !

— *Sobodi*[20], ma petite.

— Mais… Comment avez-vous fait pour cuisiner ? Enfin, je veux dire… Comment faites-vous pour toucher les objets ? Vous êtes à moitié transparente et d'habitude, les fantômes…

Nana Abiba fronce les sourcils, l'air visiblement vexé.

— Je ne suis pas un fantôme, *n'boh*.

— Techniquement, si. Vous en êtes un.

— Bien sûr que non !

— Qu'êtes-vous, alors ?

— Un esprit.

— En quoi est-ce différent ?

— Tu ne comprendrais pas.

— Je vous assure que si. Je n'en donne peut-être pas l'air mais je suis loin d'être tarée !

— Je n'ai jamais dit que tu l'étais et je ne le pense pas… Comme tu peux être susceptible ! Exactement comme Djamane.

— Mon… Mon père ?

— Non. Le chef du village !

Elle pouffe de rire avant de reprendre un air sérieux.

— Bien sûr que je parle de ton père ! Mon petit-fils. Il était encore très jeune lorsque j'ai quitté ce monde.

— S'il savait que j'étais en train de vous parler, en ce moment même… Il n'en reviendrait pas ! Mais ne détournez pas la conversation.

Je désigne la louche qu'elle tient dans les mains.

— Alors, comment arrivez-vous à la tenir ?

— L'entraînement, pardi ! Comme à peu près tout dans la vie, ça s'apprend. Un peu d'entraînement, et hop !

---

[20] Contraction de « Esso bodi », expression empruntée à la langue Kotokoli, qui signifie « Que Dieu facilite » mais généralement utilisée pour exprimer des remerciements.

— Vous voulez dire que ce n'est pas la première fois que vous revenez dans… le monde des vivants ?

— Bien sûr que non. Je suis déjà revenue des tas de fois !

Eh ben… Je ne suis peut-être pas la seule à avoir vécu cette expérience singulière. J'avale un peu de bouillie.

— Tout à l'heure, vous disiez que vous étiez là à cause de mon vœu.

— C'est bien ça, *n'boh*. Tu es ma mission. Je suis venue pour t'aider.

— Et en quoi allez-vous m'aider ?

— A toi de me le dire ! Rassure-moi, tu te rappelles bien ton vœu, n'est-ce pas ?

Si je m'en rappelle ? Oh que oui ! Je me revois en pleurs, assise dans le canapé, essayant de suivre les recommandations de Tonton Napo et de communiquer avec mes ancêtres. Mes pensées étaient plutôt confuses mais je me souviens avoir demandé à être plus forte et à gagner en assurance.

Nana Abiba serait donc là pour m'aider à prendre confiance en moi et à m'affirmer ? Je n'arrive pas à croire que mon vœu ait été purement et simplement exaucé. Et moi qui pensais que ce vieux vendeur de jus ne racontait que des sornettes ! Alors que j'imaginais que son jus me donnerait une indigestion, me voilà flanquée du fantôme de mon aïeule !

— Oui, je m'en rappelle.

— Alors, je suis là pour t'aider à l'accomplir. À condition que tu me dises ce que c'est.

— Je ne comprends pas… Pourquoi les gardiens du monde ne vous l'ont pas dit ?

— Parce qu'un esprit n'a pas le droit d'intervenir sans l'accord de la personne qu'il est censé aider. Si tu veux bien de mon aide, tu devras me dire en quoi je peux t'être utile. Mais si au bout de trois jours, tu ne m'as toujours rien dit… Eh bien, je m'en irai.

— Vous voulez dire que… vous repartirez dans l'au-delà ?

— C'est bien ça. Pouf ! Je disparaîtrai et tu ne me reverras plus jamais. Enfin… Théoriquement.

Nana Abiba m'adresse un sourire mystérieux et, tout en buvant mon tapioca, je me demande si elle a conscience que sa mission risque d'être quelque peu… laborieuse.

6

Ragaillardie par une bonne douche, je suis en train de m'habiller lorsque j'entends frapper à la porte. Je me demande où est passée Nana Abiba.

Bon sang... C'est tout de même extraordinaire ce qui m'arrive. Je n'arrive toujours pas à croire que mon arrière-grand-mère paternelle est revenue de l'au-delà pour m'apporter son aide. Et tout ça parce que j'ai formulé un vœu sincère après avoir bu un jus concocté par un vieux charlatan... Incroyable !

Lorsque j'arrive au salon, je la surprends en train de fureter partout.

— Je peux savoir ce que vous fabriquez ?

Elle se redresse, un large sourire aux lèvres.

— Je me familiarise avec les lieux.

On frappe de nouveau à la porte.

— Tu devrais ouvrir avant que ta mère ne s'inquiète.

Elle a raison. C'est bien Maman qui se trouve devant mon appartement.

— Bonjour, ma chérie, bien dormi ?

— Bonjour, Maman. Oui, et toi ?

— Oh, tu sais que les nuits d'orage n'ont jamais été une partie de plaisir pour ton père. Il n'a pas arrêté de gigoter toute la nuit. Résultat des courses, nous étions debout tous les deux à trois heures du matin.

Je n'écoute Maman que d'une oreille distraite, occupée à surveiller Nana Abiba qui s'amuse à ouvrir et refermer la porte du frigo. Heureusement, Maman ne semble pas la voir.

— Avec qui parlais-tu ?

— Oh, je... J'étais au téléphone.

— Je t'apportais du pain sucré et des *botokoin*[21] encore chauds. Comme tu n'es pas apparue au petit-déjeuner, j'en ai déduit que tu as dû traîner au lit.

— C'est gentil, Maman, mais... J'ai déjà mangé. Je me suis préparé une bouillie.

Maman fronce les sourcils et un sourire intrigué apparaît sur son visage.

— Excuse-moi, ma chérie, mais j'ai dû mal entendre. Tu *as fait quoi* ?

— Je sais que je suis une piètre cuisinière, Maman, mais... Je sais quand même préparer une bouillie !

J'échange un regard avec Nana Abiba qui secoue la tête d'un air réprobateur.

— Eh bien, tu m'en vois ravie ! répond Maman. Tu me fais goûter ?

— En fait, je...

— Tu ne vas quand même pas refuser d'assouvir la curiosité de ta mère ? demande Nana Abiba en surgissant brusquement devant moi, ce qui me fait légèrement paniquer.

Mais cette fois encore, Maman ne semble rien remarquer. Ouf, on dirait qu'il n'y a que moi qui peux voir et entendre Nana Abiba. J'invite Maman à me suivre dans la cuisine où je lui sers une tasse de bouillie.

— Hmm, ça sent très bon, commente-t-elle. C'est bon signe !

Elle affiche un grand sourire mais semble hésiter un peu. À sa décharge, tout ce que je lui ai fait goûter jusqu'à présent était totalement infect. Elle hume longuement la tasse, rassemble tout son courage, puis émet un petit cri aigu avant de se lancer.

---

[21] Beignets sucrés à base de farine de blé.

— Mais c'est... C'est absolument délicieux ! s'exclame-t-elle, incapable de cacher sa surprise. Dis donc, Zeynab, tu mériterais que je te gronde jusqu'à la fin de tes jours. Cacher à ta propre mère que tu as fait autant de progrès en cuisine !

— Oh, je... J'ai juste regardé une recette sur internet et... Et voilà !

Maman boit une longue lampée de bouillie avant de secouer longuement la tête.

— *Wooow* ! C'est vraiment formidable, ma chérie. Je suis si fière de toi ! Oh... Mais il faut que ton père y goûte ! Et Joël aussi ! Ils pourront ainsi m'aider à clouer le bec à ceux qui crient sur tous les toits, de Lomé à Bassar, que ma fille ne sait pas cuisiner. Ne bouge pas... Je reviens !

— Maman, je ne pense pas que...

Mais déjà, elle est partie ameuter le reste de la maisonnée. Nana Abiba arbore une moue sarcastique.

— Alors, comme ça, tu ne sais pas cuisiner ?

— Je me débrouille...

— À d'autres !

— Bon... C'est vrai ! Je suis nulle en cuisine.

— Je pourrais t'apprendre, si tu veux.

— Oh, vous feriez cela ?

— Si tu es gentille, oui ! Tu pourrais déjà commencer par me tutoyer au lieu de me servir du vous par-ci, du vous par-là... Nous sommes en famille. Et je ne suis tout de même pas l'épouse du chef de canton ! Quoique, j'aurais pu...

— A tes ordres, Nana Abiba.

— Il faudrait aussi que tu achètes de quoi cuisiner. À part des tomates et des oignons pourris, du gari, du tapioca, du sel et du sucre, il n'y a quasiment rien dans ta cuisine. Tu ne vas donc jamais faire des achats au marché ?

— Disons que comme je cuisine rarement, je n'en ai pas besoin.

— Eh oh ! Zeynab !

La voix de Papa résonne depuis la cour.

— Où est donc cette bouillie de tapioca dont ta mère ne cesse de parler, hmm ?

Il ne tarde pas à arriver, suivi de Maman et de Joël. Au sourire distrait qu'affiche ce dernier, je devine qu'il a fait la fête toute la nuit et qu'il n'a dû rentrer qu'au petit matin. Mais au lieu d'avoir une mine défaite, comme la plupart des gens qui n'ont dormi que quelques heures, il irradie.

Peu importe les circonstances, Joël est toujours fringant et rayonnant. Il n'est pas bien grand mais a très fière allure. Si Abou n'occupait pas déjà cette place, je dirais que Joël est le garçon le plus sympathique que je connaisse.

Alors, disons qu'il est le deuxième garçon le plus sympathique que je connaisse ! Il est aussi très gourmand et peut manger tout ce qu'il veut, dans des quantités astronomiques, sans jamais prendre un seul gramme. À côté de Joël, l'expression « *la vie est injuste* » prend tout son sens.

Je fais de mon mieux pour ne pas éclater de rire devant leurs mines de conspirateurs et nous nous rendons tous dans la cuisine. Lorsque Papa et Joël s'extasient à leur tour sur la saveur exceptionnelle de la bouillie de Nana Abiba, je ne boude pas mon plaisir.

Bon bah… Maintenant, il ne me reste plus qu'à apprendre à la cuisiner moi-même. Et ça, c'est loin d'être gagné !

***

L'après-midi, en lieu et place de la longue sieste que j'avais prévu de faire, je me retrouve à sillonner les allées du marché ouvert d'Agoè Assiyéyé en compagnie de Nana Abiba. Elle a entendu Maman dire que c'était le jour de marché, du coup elle a fortement insisté pour que je l'y emmène. Sans surprise, Maman en a profité pour me demander de lui ramener un tas de commissions.

Partout autour de nous, les gens discutent, marchandent, flânent. Des vendeurs ambulants récitent leur laïus commercial à l'aide de mégaphones. Le marché bruisse gaiement de vie et je me rends compte à quel point j'aime le joyeux désordre qui y règne.

Petite, j'étais toujours ravie d'y accompagner Maman pour ses achats courants. Mais une fois grande, mon intérêt pour les jours de marché s'est peu à peu émoussé.

Pendant que je marchande auprès d'une vendeuse de piments verts, je remarque que Nana Abiba semble discuter avec quelqu'un mais je ne vois personne.

Oooh… Serait-elle en train de parler à un autre fantôme ?

Je viens de conclure mon achat lorsqu'elle apparaît à mes côtés, le visage rayonnant.

— Avec qui parlais-tu ?

— Oh, j'ai croisé un vieil ami !

— Tu veux dire… Un autre esprit ?

— C'est cela. Il est en mission auprès de son fils.

La vendeuse de piments me regarde d'un air circonspect. Oups… Elle me prend certainement pour une folle qui parle toute seule. J'affiche un sourire gêné avant de m'éloigner rapidement. Quelques mètres plus loin, je sors mes écouteurs de mon sac et les installe dans mes oreilles.

Voilà ! Maintenant, j'ai juste à faire semblant d'être au téléphone.

— Je me demandais… Resteras-tu avec moi tout le temps ? Même quand je dors ?

— Et pourquoi ferais-je cela ? Fais-tu des cauchemars, la nuit ?

— Non…

— Es-tu dérangée par des esprits malveillants ?

— Euh non… Enfin, pas que je sache !

— Alors non ! Je partirai de temps à autre. J'irai ailleurs.

— Pour une autre mission ?

Nana Abiba ne répond pas tout de suite. Elle est occupée à humer l'odeur alléchante et irrésistible qui se dégage d'une grande marmite remplie d'huile bouillante et de *botokoin*.

— Mais non, ma chérie ! Tu es ma seule mission. Mais autant joindre l'utile à l'agréable. Je partirai sans doute dans les montagnes de mon enfance.

— A Bassar ?

— Oui, Bassar. Mais aussi Bandjéli, Guérin-Kouka, Sokodé, Bafilo… Tu sais que mes parents étaient originaires de Bafilo, pas vrai ?

— Euh… Non.

— Tu n'as jamais demandé à tes parents d'où venaient tes aïeuls ?

— Bah… Non.

— Et tes parents non plus ne t'ont jamais rien appris ? Quelle jeunesse !

Elle fait mine d'être agacée mais je commence à la connaître. Sous ses airs faussement intransigeants, Nana Abiba est la gentillesse incarnée. Elle a soudain l'air mélancolique.

— Je ne suis pas retournée à Bafilo depuis très longtemps. Les choses ont dû beaucoup changer là-bas. Quand je vois ce que Lomé est devenue en seulement cinq décennies !

— Personnellement, j'aimerais que les choses changent encore plus vite.

— La modernité n'apporte pas que du positif, *n'boh*. Ne sois pas trop pressée ! Les choses arrivent quand elles doivent arriver. Par la volonté du Créateur.

Nous arrivons dans une allée moins animée et je m'arrête devant une vendeuse de gari pour en acheter un demi-bol.

— Parle-moi du Créateur, je lui demande lorsque nous reprenons notre chemin. Je me suis toujours posé tellement de questions à son sujet.

— Comme nous tous, *n'boh*. Comme tout le monde ! Mais je n'ai pas le droit de t'en parler. Il faut être passé de l'autre côté pour retrouver sa clairvoyance et percer les mystères de notre monde.

Comme elle semble fascinée par un étal de tissus bariolés, je tente un coup de poker.

— Et si je t'offrais l'un de ces pagnes, hmm ? Celui de ton choix. En échange, tu pourrais peut-être me faire profiter un peu de ta clairvoyance ?

Nana Abiba éclate de rire avant de me jeter un regard incrédule.

— Je n'arrive pas à croire que tu essaies de me soudoyer ! Mais tu perds ton temps ! Regarde-moi bien... Qu'est-ce qu'un esprit ferait d'un pagne ?

— Alors, explique-moi pourquoi tu regardes tous ces jolis tissus comme si tu voulais te les offrir.

— Si on n'a plus le droit de se rincer l'œil ! Ce n'est pas parce que je convoite des beignets que je peux les manger non plus !

Un nouveau rire la secoue puis elle affiche un air malicieux.

— Et si tu veux tout savoir, si je le voulais, je pourrais m'habiller comme je veux !

— Tu veux dire que tu peux changer de tenue ?

— Bien sûr !

Je m'arrête brusquement en plein milieu d'une allée et de nombreux passants me bousculent, tout en faisant vivement part de leur mécontentement.

— Pardon... Pardon ! dis-je, passablement confuse, avant de me remettre à marcher. Si tu peux changer de tenue à ta guise, pourquoi es-tu arrivée ainsi, si mal fagotée dans cet ensemble pagne dépassé ?

— *Un ensemble pagne dépassé* ? s'offusque Nana Abiba en baissant les yeux sur sa tenue. Quelle effrontée, tu fais ! Sache, jeune fille, que c'est ce qui était le plus à la mode à mon époque !

— Soit, mais... Je peux t'assurer qu'à *mon* époque, ce type de pagne est complètement dépassé.

Nana Abiba garde les lèvres pincées, visiblement vexée.

— Et peut-on savoir ce qui est à la mode, à *ton* époque ?

Je retiens un sourire amusé avant de lui montrer un pagne aux couleurs vives et aux motifs très actuels.

— Ce truc hideux ? *Tiyabe*[22] ! À mon époque, personne n'aurait osé porter cela !

— Que reproches-tu à ce pagne ?

— Il est... Hmm... Beaucoup trop coloré, à mon goût.

— Mais Nana Abiba, la couleur c'est la vie !

— Ça tombe bien. Je ne suis plus en vie, moi !

Un large sourire aux lèvres, elle se hâte vers un étal de bijoux en or et je lève les yeux au ciel avant de lui emboîter le pas.

***

— Alors comme ça, tu prétends que *toi*, tu sais danser le *t'bol*[23] ?

Je jette un regard incrédule à Joël avant d'éclater de rire, aussitôt imitée par Maman, tandis que Papa tente de garder un air impassible. Même Tonton Napo esquisse un petit sourire amusé.

Une fois n'est pas coutume, nous dînons en famille et après un bon *foufou*[24] à la sauce arachide, accompagné de *wangash* et de viande de bœuf, nous entamons le dessert en discutant joyeusement.

— Bien sûr que je sais danser le *t'bol* ! assure énergiquement Joël. Tonton Gado m'a appris à le faire pendant les grandes vacances de 2008, juste après l'obtention de mon brevet !

— J'aimerais bien voir ça ! je m'esclaffe. Tu n'as qu'à nous faire une petite démonstration.

---

[22] Interjection en langue Bassar généralement utilisée pour interpeller ses interlocuteurs ou encore pour exprimer l'incrédulité ou la surprise.
[23] Danse du feu pratiquée chez les Bassar et inscrite au patrimoine immatériel de l'humanité.
[24] Pâte obtenue en pilant des morceaux d'igname ou de manioc bouillis.

— Là, maintenant ? Sois sérieuse deux secondes, Zeyn ! Où as-tu vu quelqu'un danser le *t'bol* sans un bon feu, hmm ?

Maman laisse échapper un nouvel éclat de rire.

— Arrête donc d'amuser la galerie, Joël, et passe-moi ton assiette !

— *Rhoo*, il n'y a donc personne pour me croire ? se défend Joël en tendant une assiette dans laquelle Maman dépose une quantité astronomique de tranches d'ananas.

— Hep hep hep ! s'interpose Papa lorsque Joël tente de récupérer son assiette. Il y en a deux fois trop !

— Ah la la, détends-toi Djamane ! pouffe Maman. Il y a assez d'ananas pour tous ! D'ailleurs, la prochaine assiette est pour toi.

Sacré Papa et son amour démesuré pour les ananas ! Le regard mauvais, il tend son assiette et nos sourires amusés accompagnent les gestes de Maman lorsqu'elle la remplit à ras bord de tranches d'ananas juteuses.

— Et là, combien de fois y en a-t-il en trop ? je demande à Joël.

— Hmm... Je dirais bien quatre fois trop !

— Hé, vous deux ! Surveillez votre langue, sinon gare à vous !

Nous gloussons bruyamment puis je lève une main dans laquelle Joël tape avec complicité, sous le regard menaçant de Papa qui ne nous impressionne guère. Je me lève pour récupérer l'assiette de Tonton Napo avant de la tendre à Maman.

— Merci, ma Zeynabou, commente-t-il de sa voix chevrotante. En voilà au moins une qui se soucie de ma vieille carcasse !

— Voyons, Tonton, que dites-vous là ? s'offusque Maman. Je vous réservais la meilleure part !

— Bien sûr, Tonton, j'ajoute. Tu sais bien que dans cette maison, tu es le chouchou de Maman !

Je lui rapporte son assiette lorsque Nana Abiba fait son apparition.

— Vous en faites du bruit ! s'exclame-t-elle en reniflant avidement l'assiette d'ananas de Tonton Napo.

Lorsqu'elle disparaît puis réapparaît à côté de Maman, mes yeux s'arrondissent de surprise car Tonton Napo semble l'avoir suivie du regard. Se pourrait-il qu'il puisse la voir ? Mais non ! Impossible. Il s'agit sans doute d'une simple coïncidence. D'ailleurs, l'instant d'après, il baisse la tête vers son assiette et attrape une tranche d'ananas qu'il dévore avec gourmandise.

Quant à Nana Abiba, elle m'adresse un clin d'œil espiègle avant de disparaître aussi vite qu'elle est apparue.

— Vous ne voulez pas croire que je sais danser le *t'bol*, pas vrai ? fait Joël, revenant à la charge. Attendez un peu, je connais quelqu'un qui va vous le confirmer !

Il brandit son téléphone, qu'il a mis sur haut-parleur, et nous entendons une sonnerie retentir.

— Allô ?

À l'autre bout du fil, une voix que je reconnaîtrai entre mille autres.

— Salut, frérot ! s'écrie Joël. Comment ça va à Grand-Bassam ?

— Oh, la plage, les grillades à longueur de journée… Tu sais bien ! crâne Abou.

— Wow, la chance !

— Ha ha ha ! Je plaisante ! À vrai dire, je n'ai pas beaucoup vu le soleil aujourd'hui. J'ai dû aller au bureau pour une urgence et je viens à peine de rentrer. Mais je me rattraperai demain ! Et chez vous, à Lomé ? Comment vont Maman, Papa… Tonton Napo ?

— Hé ! j'interviens en attrapant le téléphone. Et ta petite sœur chérie, elle compte pour du beurre ?

— Non ! Toi, compter pour du beurre, ma Zeynabou ? Jamais de la vie !

— Je préfère nettement ça !

Les parents s'incrustent et l'appel vocal se transforme finalement en appel vidéo. C'est toujours un réel bonheur de revoir Abou, même à travers l'écran d'un smartphone. Ses larges épaules enfouies dans un polo extralarge, il porte une barbe bien taillée et affiche son habituel sourire avenant.

Tonton Napo se joint également à nous et Abou a droit à une longue litanie de bénédictions dont nous profitons tous, à notre plus grand désespoir.

— Au fait, mon vieux, reprend Joël lorsqu'il parvient à récupérer le téléphone, j'ai besoin que tu confirmes à notre chère famille que je suis un digne fils de Bassar ! Figure-toi qu'ils ne veulent pas croire que je sais danser le *t'bol* !

— Qui plaisanterait sur un truc pareil ? s'offusque Abou, en fronçant les sourcils. Je le confirme, bien sûr ! Et je peux même dire que tu as appris à le faire pendant les grandes vacances de 2008, juste après l'obtention de ton brevet.

Nous faisons tous les yeux ronds. C'est à peine croyable, Joël disait donc vrai ! À moins qu'Abou ne soit de mèche avec lui ? À la réflexion, Abou n'est vraiment pas du genre à raconter des bobards. Je suis donc tentée de le croire. Et on dirait que le reste de la famille aussi.

— Qu'est-ce que je vous disais ? jubile Joël. Vous n'êtes vraiment pas sympas de douter ainsi de moi ! Je suis un persécuté ! Ma parole seule n'a jamais aucune valeur à vos yeux...

— N'en fais pas trop, non plus ! l'interrompt Papa, le regard sévère. Mais je n'oublierai pas. La prochaine fois que nous irons à Bassar, tu seras mis à l'épreuve !

— Je ne demande que ça ! Je vous ferai une démonstration de *t'bol* avec grand plaisir ! Rien que pour voir vos têtes ahuries !

Quelques instants plus tard, l'appel vidéo touche à sa fin.

— Portez-vous tous bien ! fait Abou. Et surtout, soyez aux petits soins avec Tonton Napo, hein ? Je veux le revoir en pleine forme quand je viendrai au mois d'août.

— *Amina*, mon garçon, approuve Tonton Napo en hochant la tête. Que les ancêtres t'entendent ! Et que le Créateur nous accorde la santé et une longue vie !

Un *amina* collectif accueille les bénédictions de Tonton Napo puis, juste avant de raccrocher, Abou me prend brièvement à part.

— Au fait, sœurette, bon courage pour demain !

Il est probablement celui qui me connaît le mieux dans la famille.

— Merci, frérot. À très bientôt !

— Bon courage pour quoi ? interroge Maman à qui la fin de la conversation n'a visiblement pas échappé. Qu'y a-t-il d'autre demain à part le déjeuner de famille ?

Mon regard croise celui de Joël avec qui j'échange un sourire complice. Puis l'instant d'après, je pousse un soupir de soulagement lorsqu'il vient à mon secours en faisant diversion auprès de Maman.

***

Le lendemain

Nous y voilà...

Cette journée que je n'étais vraiment pas pressée de voir arriver est finalement arrivée. Nous sommes dimanche. C'est aujourd'hui que nous déjeunons en famille chez Evelyne et je voudrais presque tomber malade pour éviter d'y aller.

Ah, les déjeuners de famille ! Trop de monde, trop de bruit, trop d'hypocrisie. C'est aussi l'occasion pour certains – à l'instar d'Evelyne – de paraître, porter leurs plus belles tenues cousues dans les plus riches étoffes du moment, d'en mettre plein la vue aux autres membres de la famille, d'étaler leur réussite...

Personnellement, je m'en passerais bien ! Je préfère nettement les repas en petit comité que nous faisons parfois avec seulement quelques membres de la famille. Mais aujourd'hui, il y aura bien une cinquantaine de personnes. Et ça, c'est parce qu'il y aura des absents...

Les jours comme celui-ci, je rêve de vivre dans un appartement à l'autre bout de la ville, comme ma cousine Djamila. Ainsi, je pourrais inventer une excuse, comme ma cousine Djamila, qui ne participe que très rarement aux déjeuners de famille car elle trouve toujours le prétexte parfait pour ne pas y aller.

Personne ne lui en tient jamais rigueur, car elle fait partie de la branche riche de la famille et tout le monde sait que pour continuer à bénéficier de sa générosité, il vaut mieux ne pas lui casser les pieds.

Mais pour moi qui suis coincée chez mes parents, qui eux-mêmes adorent ces déjeuners – surtout Maman pour qui c'est l'occasion de revoir cousines, tantes, neveux, nièces – c'est quasiment impossible d'y échapper.

Rien que de penser à Evelyne, une série de souvenirs d'enfance peu agréables me submergent. Je nous revois, petites, pendant les grandes vacances, une fois par an à Bassar, Evelyne faisant plein de bêtises et les mettant sur mon dos, de sorte que je me faisais sans cesse disputer et punir.

J'ajuste mon boubou en me tenant bien droite devant le miroir de ma salle de bains. Je ne suis plus la petite fille qu'Evelyne prenait un malin plaisir à tyranniser. Ni l'adolescente complexée par l'acné persistante qui lui dévorait le visage et contribuait à lui faire croire qu'elle était tout sauf jolie, en plus d'être maladivement timide.

Je penche la tête pour mettre mes larges créoles et arranger mes tresses. J'ai grandi. Je me trouve jolie désormais. Un peu plus enrobée que je ne l'aurais voulu mais je me sens bien dans ma peau. Ce boubou en tissu wax que j'ai revêtu cache d'ailleurs assez bien mes rondeurs et met en valeur ma silhouette.

Ce qui manque à la Zeynab d'aujourd'hui, c'est de l'assurance. Pour m'affirmer. Pour tenir tête à ma cousine et à tous ceux qui, comme elle, ont peu de considération à mon égard. Pour refuser de me laisser marcher sur les pieds.

Mon regard se pose sur la palette de maquillage qui prend la poussière sur un meuble. Je ne me maquille jamais. Ça n'a jamais été mon truc. Mais je me surprends parfois à être fascinée par les tutoriels de maquillage que ma cousine Roukhaya, grande fan de réseaux sociaux, me partage.

Résultat des courses, à chaque fois que je vais au marché, comme hier, je ne résiste jamais à l'envie de m'acheter un nouveau rouge à lèvres ou une nouvelle poudre pour le teint.

Ils me seront utiles pour une occasion importante, me dis-je toujours pour me donner bonne conscience. Mais les produits que j'achète transitent d'abord par ce meuble, qui est plein à craquer, avant de finir à la poubelle au bout de quelques années de non-utilisation.

Tiens, et si je me maquillais aujourd'hui ? Juste un tout petit peu ?

Après tout, pour moi qui attends toujours l'occasion parfaite, je n'ai qu'à me dire que ce déjeuner de famille en est une. De plus, en étant maquillée, au moins ne serai-je pas trop décalée face à mes cousines clinquantes pour qui maquillage, extensions, perruques et autres accessoires de beauté sont comme une seconde peau qu'elles enfilent au quotidien.

Bon. Me voilà prête ! Je regarde une dernière fois mon reflet dans le miroir. Je me trouve belle dans ma tenue et mon maquillage semble tenir la route. Je ne m'en suis pas trop mal sortie, finalement.

— Tu es ravissante ! s'exclame Nana Abiba par-dessus mon épaule.

Je sursaute en l'entendant et je manque de renverser la palette de maquillage.

— Pourrais-tu éviter de surgir derrière moi comme ça, sans prévenir ?

Les sourcils froncés, je me retourne, décidée à lui montrer mon agacement, lorsque je constate qu'elle a changé de vêtements. Exit la vieille camisole et le foulard vieillot ! Elle porte un magnifique boubou cousu dans un tissu aux couleurs chatoyantes.

— Wow, toi aussi tu es très belle ! J'adore ta nouvelle tenue.

— Ne te réjouis pas trop vite ! C'est juste pour le déjeuner. À notre retour, je remets l'ancienne.

Elle regarde ailleurs en affichant un air indéchiffrable tandis qu'un grand sourire étire mes lèvres. Malgré ce qu'elle essaie de me faire croire, mes remarques de la veille sur ses vêtements ont fait mouche.

— Bon, on y va ? fait-elle avec empressement. Ton père est assis sur la terrasse et n'arrête pas de pester parce que ta mère et toi, vous n'êtes toujours pas prêtes !

Je jette un coup d'œil à mon téléphone.

— Oh, il est à peine midi. Or nous sommes invités pour treize heures. Nous ne partirons sûrement pas avant une bonne demi-heure et je parie que, pour l'instant, Maman n'en est qu'à l'essayage de sa tenue numéro deux. Généralement, il faut attendre au moins la cinquième tenue avant qu'elle ne trouve la bonne !

Nana Abiba laisse échapper un soupir las en secouant la tête.

— De mon temps, à Bassar, les femmes n'avaient pas ce genre de problèmes. Nous n'avions qu'une ou deux tenues potables pour les grandes occasions. Le choix était vite fait ! N'avais-je pas dit que le progrès n'apporte pas que de bonnes choses, hmm ?

7

En ce dimanche midi, la circulation est plutôt dégagée sur les axes principaux de Lomé. Assise avec Maman à l'arrière de la vieille Toyota de Papa, nous discutons de choses et d'autres. Tonton Napo n'a pas voulu venir car il se sentait un peu fatigué. Je le soupçonne d'avoir inventé une excuse pour ne pas assister aux excentricités de *Tassi* Saada, sa cousine.

Quant à Nana Abiba, elle est restée avec nous au début du trajet avant de disparaître brusquement lorsque Maman a commencé à fredonner la chanson *Mamanathé*, de Santi Dorim, qui passait à la radio. Je préfère penser qu'il s'agit d'une simple coïncidence et que cela n'avait rien à voir avec le fait que Maman chantait horriblement faux !

Papa, lui, a pris place à l'avant, aux côtés de Joël qui a insisté pour conduire parce que ça faisait plusieurs mois que Papa ne l'y avait pas autorisé. Bien sûr, Papa n'a pas accepté sans formuler ses habituelles conditions non négociables. Joël devait s'engager à ne pas rouler au-delà de la troisième vitesse et à ne faire aucun dépassement hasardeux. Surtout lorsque des conducteurs de *zémidjan* arrivent par derrière.

Sans oublier les multiples recommandations et commentaires sur sa conduite pendant tout le trajet. Tout ce cinéma alors que Joël a obtenu son permis du premier coup et sans la moindre difficulté ! Je pense bien que la première chose qu'il voudra s'offrir après sa thèse et dès qu'il en aura les moyens, ce sera une voiture bien à lui !

Nous arrivons bientôt à Nyekonakpoè, dans le quartier chic et résidentiel où habite Evelyne. Ce quartier figure d'ailleurs parmi l'un des plus huppés de la capitale. Ici, peu de maisons de plain-pied ou de constructions modestes. À chaque coin de rue, il y a de grandes baraques luxueuses et tape-à-l'œil, élevées sur plusieurs étages. De quoi se sentir bien misérable lorsqu'on vit, comme moi, dans un quartier aussi ordinaire que Avédji.

Pendant que Joël manœuvre pour se garer, je remarque qu'un homme à l'allure élégante descend d'un *zémidjan* et, à son crâne rasé, je crois reconnaître mon collègue Djifa. Pff, voilà que ma vue me joue des tours. Je ne vais tout de même pas voir Djifa dans tous les mecs élégants au crâne rasé ! Si Lali lisait dans mes pensées en ce moment même, elle jubilerait en criant une phrase comme :

Tu vois, j'avais raison ! Tu en pinces pour lui !

Affirmation qui serait totalement ridicule puisqu'elle est complètement fausse. D'ailleurs, pour éviter tout malentendu, je tiens à préciser que je ne fais aucune fixation sur Djifa. Voilà. Comme ça, les choses sont claires. Parfaitement limpides.

Le taxi-moto s'éloigne. Son passager se dirige d'un pas vif vers l'une des villas et j'ai presque envie de me frotter les yeux. Je ne me suis pas trompée. C'est bien Djifa ! Je suis quand même capable de le reconnaître. Il a revêtu une tenue décontractée mais classe et, malgré moi, la seule pensée qui me vient à l'esprit est qu'il est décidément très séduisant. Devrais-je lui faire signe ?

Mais non. Bien sûr que non ! Pour lui dire quoi ?

Nous descendons de voiture et pendant que Papa insiste pour faire le tour du véhicule et s'assurer que Joël n'a fait aucun accroc durant le trajet, je réalise que Djifa se tient devant la villa d'Evelyne. L'information met quelques secondes avant de monter à mon cerveau.

Ça ne peut être qu'une erreur. Il s'est trompé de villa ! Elles se ressemblent toutes dans le coin.

Je décide de devancer ma famille en allant à sa rencontre.

— Zeynab ? fait-il d'un ton incrédule en me voyant arriver.

Il a l'air aussi surpris que moi.

— Djifa ! Salut... Tu vas bien ?

— Oui et toi ? Ça alors... Lomé est décidément très petit !

La porte de la majestueuse villa s'ouvre sur Latif et Mamam, les bruyants enfants de ma cousine Dapou, qui déboulent comme des furies et viennent se jeter sur moi.

— Tata Zeyn ! Tata Zeyn est là !

— Dis, tu veux bien venir voir un truc ?

— Hé, doucement, les enfants... Je viens à peine d'arriver ! Vous êtes sûrs de n'avoir rien oublié ?

— Oh... Bonjour, Tata Zeyn !

Joël nous rejoint, suivi de près par mes parents. À peine ont-ils échangé quelques salutations avec Djifa que les enfants s'excitent à nouveau.

— Tonton Joël ! Allez, viens avec nous !

— Nous avons un truc vraiment génial à te montrer !

Tirant Joël par le bras, ils repartent aussi vite qu'ils sont arrivés. Mes parents pénètrent également à l'intérieur de la villa d'où résonne une musique entraînante.

Djifa lève un sourcil interrogateur.

— Alors, qu'est-ce qui t'amène par ici ?

— Mon fameux déjeuner de famille. Et toi ?

— Le déjeuner avec mes amis.

Il affiche une moue perplexe en observant les alentours.

— J'ai dû me tromper de maison.

Évidemment qu'il s'est trompé de maison !

— C'est ce que je me disais aussi.

— Zeynab ! appelle au loin la voix de Joël. Dépêche-toi de venir voir *Tassi* Saada en action ! Elle sort à nouveau le grand jeu... Ramène-toi, vite !

Il arrive sur le pas de la porte au moment où Djifa dégaine son téléphone.

— Je vais appeler mes amis pour demander des précisions sur l'adresse. Bon... C'était sympa de te voir, complètement par hasard, en dehors du bureau.

Il me fait un clin d'œil avant de se pencher vers moi.

— Bon courage pour ton déjeuner avec *Karaba* !

Je laisse échapper un petit rire, même si je suis surprise qu'il se soit rappelé le surnom d'Evelyne.

— Ha ha ! Merci. Bon courage à toi aussi !

— Allez, j'y vais. À demain !

Dès qu'il s'éloigne, Joël me jette un regard réprobateur.

— Comment connaît-il ce surnom qui était censé être un secret ?

— Eh bien... Disons que je l'ai laissé échapper.

— Zeynab...

— Quoi, Zeynab ? Ça ne t'arrive jamais de laisser échapper un secret ? Et puis, ce n'est pas comme s'il connaissait Evelyne !

La porte de la villa s'ouvre à nouveau, cette fois-ci sur Evelyne. Tiens, tiens, quand on parle du loup... Superbement maquillée, elle porte une perruque magnifique qui ondule sur ses épaules, une remarquable robe en wax agrémentée de froufrous en satin, et de jolis bijoux en or dont le prix me ferait sans doute pâlir d'envie.

Bref, Evelyne est très belle comme d'habitude. Et bien sûr, elle est la première à en avoir conscience.

— Salut, les couz, ça va ? demande-t-elle d'une voix chantante.

Puis sans nous prêter plus d'attention, elle lève un bras au-dessus de la tête.

— Hey ! s'écrie-t-elle en faisant signe à quelqu'un. Par ici, Jeff !

L'instant d'après, je me décompose en réalisant que le « *Jeff* » en question n'est autre que Djifa. Evelyne lui sort son plus beau sourire avant de courir vers lui et se jeter dans ses bras.

***

Je suis convaincue que ce genre de trucs n'arrive qu'à moi.

Il y avait une chance sur mille pour qu'on se retrouve, Djifa et moi, au même déjeuner ce dimanche. Et bien sûr, il a fallu que ça se produise !

Assise avec des cousins à l'une des tables aménagées dans l'immense salle à manger d'Evelyne, j'essaie tant bien que mal de participer à la conversation.

La pièce est baignée de soleil, qui pénètre à flots à travers de grandes baies vitrées. En guise d'apéro, des assiettes garnies de pastels, beignets et autres mises en bouche ainsi que de grandes carafes de jus de fruits frais et de boissons diverses sont disposées sur les tables.

Je ne sais pas où me mettre ni quoi dire. Ce n'est vraiment pas mon fort d'être entourée d'autant de monde. Même les banalités les plus insignifiantes désertent mon esprit dès qu'il s'agit de participer à une conversation avec plus de trois personnes. Et là, nous sommes une bonne dizaine autour de la table.

Heureusement pour moi, Joël et Dapou monopolisent la parole avec des récits et anecdotes en tous genres. Je les écoute d'une oreille distraite tout en observant Djifa du coin de l'œil. Depuis que nous sommes arrivés, Evelyne ne l'a pas lâché une seconde. En ce moment, ils sont en pleine discussion avec Tonton Souleymane et d'autres convives.

Lorsqu'elle l'a présenté à tout le monde, tout à l'heure, comme son *invité spécial*, j'ai compris qu'ils s'étaient connus quelques mois plus tôt au club des Jeunes Cadres Dynamiques de Lomé – le JCDL, club dont j'ai déjà entendu parler car certains de mes collègues en font également partie.

Je dois avouer que ce qui me déconcerte, ce n'est pas la simple présence de Djifa, mais le fait qu'Evelyne l'ait invité à notre déjeuner de famille. Ce qui veut sûrement dire qu'entre eux, c'est du sérieux. En réalité, ça ne me fait ni chaud ni froid. C'est juste que... je n'aurais jamais pensé qu'Evelyne était le genre de Djifa. Enfin, bref...

Et si je me mêlais de mes oignons ?

Comme nos regards se croisent, Djifa m'adresse un clin d'œil discret et je me rappelle soudain le commentaire de Joël tout à l'heure. Oh, non... Djifa sait que je surnomme Evelyne *Karaba-la-sorcière* ! Il ne manquerait plus qu'il aille tout lui raconter. Quelle horreur... Evelyne va très mal le prendre et voudra se venger. Dès que j'y pense, c'est la panique à bord. Je voudrais aller me cacher dans un trou.

À ma table, Dapou vient de raconter un truc hilarant et tout le monde s'esclaffe en faisant des commentaires. C'est là que j'aperçois Nana Abiba en train de rôder autour du groupe formé par mes parents, Tanti Ténèh et d'autres convives.

Génial ! Elle tombe à pic. Je vais faire semblant d'être au téléphone, tout en discutant avec elle, ainsi je n'aurai pas à faire la conversation. Je vérifie aussitôt que j'ai mes écouteurs à portée de main – c'est bien le cas – avant de prendre congé de mes cousins.

Alors que je suis à mi-chemin, je réalise que Nana Abiba n'est plus auprès de mes parents. Je la vois réapparaître près d'un groupe de l'autre côté de la salle. Bien sûr, j'aurais dû me douter qu'elle n'aurait pas résisté à l'envie d'espionner les membres de la famille. Il faudra que je mette au point une sorte de code secret pour lui faire comprendre quand j'ai besoin de lui parler.

— Savais-tu que le mari de *Tassi* Fatma avait quitté le domicile conjugal ? chuchote ma cousine Arizétou, en pleine conversation avec deux autres cousines, à seulement un mètre de moi.

Mon radar à potins se met instantanément en route et je ralentis mon allure. Arizétou est toujours la première au courant de ce qui se passe dans la famille. Curieuse d'en savoir plus sur ce qu'elle raconte, je m'arrête devant une commode et je fais mine d'admirer une collection de statuettes, tout en tendant l'oreille.

— Salut !

La voix de Djifa derrière moi me fait violemment sursauter. Me voilà prise en flagrant délit d'espionnage ! Voilà le genre de trucs qui ne risque pas d'arriver à Nana Abiba.

Djifa tient une canette de bière dans les mains et semble avoir réussi à faire un pas sans être suivi d'Evelyne.

— Salut, fais-je en répondant à son sourire.

— Finalement, on dirait que nous étions invités au même déjeuner.

— Eh oui... Comme tu l'as dit, Lomé est vraiment très petit !

Il me gratifie d'un coup d'œil appréciateur.

— Ton boubou est magnifique. Enfin, je veux dire... Tu es magnifique !

Son compliment me fait très plaisir et je dois me pincer discrètement pour ne pas afficher un sourire béat.

— Euh... Merci.

— Je crois bien que c'est la première fois que je te vois maquillée.

— C'est vrai, tu as raison. Je ne me maquille jamais pour aller au bureau...

Je suis soudain très gênée et je ne sais plus quoi dire.

— Toi aussi, tu es très bien habillé... Enfin, quand on y pense, ça n'a rien d'exceptionnel ! Tu es toujours très élégant, de toute façon...

Il lève un sourcil amusé et je réalise trop tard que je me suis un peu laissée aller. Crotte ! Il ne manquerait plus qu'il se fasse de fausses idées alors que je voulais juste lui retourner son compliment.

Par pure politesse.

— Écoute...

— Zeynab, je...

Nous avons parlé en même temps, ce qui le fait sourire, et mon cerveau bug à la vue de son adorable petite fossette.

— Toi d'abord, fait-il.

— Je voulais que tu saches que je ne pensais pas vraiment ce que j'ai dit, l'autre jour... Au sujet d'Evelyne. Je ne savais pas que c'était ton... amie.

Il me dévisage d'un air imperturbable.

— Tu penses que je vais aller tout lui répéter, c'est ça ?

— C'est une éventualité. Alors... Comptes-tu le faire ?

— L'idée m'a effleuré l'esprit, mais je n'ai pas encore décidé.

Il garde le silence et boit une gorgée de bière, prenant visiblement un malin plaisir à me faire mariner. Comme les effluves de son parfum me chatouillent agréablement le nez, je prends soudain conscience qu'il s'est rapproché de moi. Mon cœur s'affole. Je lutte très fort pour empêcher un flot indésirable de sensations de m'envahir.

— Psst...

Il porte une main à sa bouche en faisant un geste pour la fermer.

— Je ne dirai rien, me souffle-t-il dans l'oreille. Motus et bouche cousue ! Je serai muet comme une tombe.

— Qui lui a dit que les tombes étaient muettes ? demande Nana Abiba en apparaissant brusquement à nos côtés. S'il savait tout ce qu'il peut y avoir comme bruits dans un cimetière !

Elle a l'air rayonnante. J'en déduis que son espionnage a dû être très distrayant. Je compte bien lui demander de m'en faire un rapport détaillé. Bah quoi ? Moi aussi, je veux être au courant des discussions inavouables des membres de ma famille !

À présent, elle est en train de jauger Djifa et son regard appréciateur en dit long sur ses pensées. C'est assez surréaliste comme vision : mon arrière-grand-mère en train de reluquer mon séduisant collègue. Je ne peux m'empêcher de laisser échapper un petit rire et comme Djifa me regarde d'un air intrigué, je réalise que je ne lui ai pas répondu.

— Merci, dis-je tandis que Nana Abiba continue son manège autour de lui.

— Je t'en prie. Je n'ai jamais été un cafteur.

— Il dit la vérité ! s'écrie Nana Abiba, ce qui me fait lever les yeux au plafond. Ce garçon, c'est l'honnêteté incarnée. Est-ce ton amoureux ?

— Absolument pas !

— Pardon ? demande Djifa, perplexe.

— Oh, je… Je voulais dire que j'étais d'accord avec toi… J'aurais dû me douter que tu ne lui dirais rien.

— Il est très charmant en tout cas, poursuit Nana Abiba avec entrain. Bon, je vous laisse. Je reviendrai te voir plus tard !

Puis, comme à son habitude, elle disparaît aussi vite qu'elle est apparue. Djifa affiche un sourire amusé.

— Disons que c'est ma petite revanche à l'égard d'Evelyne. Lorsqu'elle m'a parlé de ce déjeuner, l'autre jour au club, elle m'a assuré qu'il n'y aurait que quelques-uns de ses amis. Je ne m'attendais pas à atterrir en plein milieu d'un rassemblement familial ! Ni à être présenté comme un *invité spécial*.

— Tu es donc tombé dans un piège !

— C'est ce que je constate. J'espère au moins que je ne regretterai pas d'être venu.

— Il n'y a pas de raison. Du moins pour ce qui est du repas ! Evelyne cuisine divinement bien.

Comme si mon cerveau communiquait avec le sien par télépathie, au moment même où je parle d'elle, mon regard croise celui d'Evelyne posé sur nous. Elle semble mécontente de nous voir ensemble et, en moins de temps qu'il ne faut pour le dire, elle quitte le groupe de personnes avec qui elle discutait pour nous rejoindre.

— Ah, te voilà, Jeff ! Je vois que tu as fait la connaissance de ma cousine Zeynab.

— Figure-toi que nous nous connaissions déjà. Nous travaillons ensemble.

— Ah oui ? Vous travailliez ensemble dans ton ancienne boîte, c'est cela ?

— Non, dans l'actuelle.

— Tu veux dire que... vous vous voyez tous les jours ?

En la voyant se raidir imperceptiblement, je constate que cette idée semble lui déplaire au plus haut point, ce qui me procure une certaine satisfaction.

— C'est exact, confirme Djifa qui est loin de se douter que sa réponse la contrarie.

— Ça alors ! Sacrée coïncidence de vous retrouver au même déjeuner le dimanche !

Evelyne laisse échapper un rire qui sonne faux à mes oreilles, car je la connais très bien et je ne suis pas dupe. Je sais qu'elle est furieuse. Un large sourire aux lèvres, elle enroule ses mains autour du bras de Djifa.

— En tout cas, aujourd'hui, vous n'êtes pas au travail et je ne veux pas vous voir discuter ! Jeff est mon *invité spécial* et j'ai besoin de sa compagnie exclusive. C'est compris, Zeyn ?

Le message ne pouvait pas être plus clair. Si je n'avais pas encore saisi que Djifa était sa chasse gardée, eh bien maintenant, il n'y a plus de doute possible. Qu'elle se le garde donc, son *Jeff* ! Pour ce que j'en ai à faire... Elle l'entraîne avec lui et je me remets aussitôt à la recherche de Nana Abiba qui demeure introuvable.

Où a-t-elle bien pu passer ? À moins qu'elle ne se soit mise en mode invisible comme elle l'a fait hier soir, chez moi. Plongée dans mes pensées, je me coupe quelques secondes du monde extérieur jusqu'à ce que Joël se matérialise devant moi, une assiette de pastels et de beignets dans la main.

— Alors, tu viens ? demande-t-il entre deux bouchées.

— Où ça ?

— Evelyne va nous montrer comment elle met la touche finale à sa sauce gombo *signature* !

Un rapide coup d'œil autour de nous me fait constater que la plupart des convives se dirigent déjà vers la cuisine. J'aurais dû me douter qu'étant aux fourneaux, et ayant pour *invité spécial* son nouvel amoureux, Evelyne ne se serait pas privée de se donner en spectacle.

À contre-cœur, j'emboîte le pas à Joël et nous arrivons dans la cuisine rutilante. Dix fois plus grande que la mienne, elle est luxueusement aménagée et dispose d'équipements électroménagers des plus modernes. Evelyne se tient derrière la gazinière et dispense ses enseignements, telle une gourou culinaire.

— Il faut attendre que le gombo soit complètement cuit, pérore-t-elle d'un ton doucereux. Maintenant, nous allons rajouter un filet d'huile de palme.

Elle se tourne vers Djifa et le couvre d'un regard aguicheur.

— Jeff, mon chou, tu veux bien me filmer, s'il te plaît ?

Elle lui tend son téléphone et je ne peux m'empêcher de lever les yeux au plafond. Que de manières... Honnêtement, qu'est-ce qu'un mec comme Djifa, qui a l'air d'être un gentil garçon, peut bien trouver à une pimbêche de la trempe d'Evelyne ?

En y réfléchissant, elle se garde sans doute de lui montrer son côté pimbêche...

— Zeyn ?

Je lève des yeux ronds vers Evelyne en l'entendant m'appeler.

— Pourrais-tu me passer le flacon d'huile, s'il te plaît ?

C'est à peine croyable. Elle ne peut pas l'attraper elle-même, son fichu flacon ? C'est du Evelyne tout craché ! Il faut toujours que le monde entier soit à ses pieds. Ravalant mon agacement, je plaque un sourire artificiel sur mes lèvres avant de m'approcher du plan de travail, d'attraper le flacon en question et le lui tendre.

Là, tout se passe très vite.

Avant que j'aie le temps de comprendre, un flot d'huile gicle du flacon et atterrit sur mon visage et mon boubou, arrachant des exclamations d'horreur à l'assistance.

— *Astafourllah*[25] ! s'écrie Arizétou en grimaçant.

---

[25] Expression en langue arabe (l'orthographe exacte étant *Astaghfirullah*) qui signifie « Que Dieu me pardonne » mais abusivement utilisée pour exprimer la surprise ou le dépit.

— Mon Dieu, Zeynab, ça va ? demande Alidou, un autre cousin.

Mon joli boubou est complètement foutu, l'huile de palme dégouline sur mon visage, mais je suis si choquée qu'aucun son ne parvient à sortir de ma bouche.

— Quelle peste, cette Evelyne ! s'indigne Nana Abiba. Elle l'a fait par pure méchanceté !

Je cligne des yeux sans être sûre de comprendre. Evelyne aurait fait exprès de m'asperger d'huile de palme ? C'est vrai qu'elle est méchante mais de là à préméditer un tel geste...

— Zeynab, ma chérie ! s'agite Maman en accourant vers moi, un rouleau de sopalin dans les mains.

Elle me nettoie le visage avant de s'attaquer à mon boubou. Je suis toujours incapable d'émettre le moindre son.

— Oh la la ! Quel terrible gâchis... se lamente Maman. Ce boubou t'allait si bien !

— Je suis réellement confuse ! fait enfin Evelyne en levant des mains jointes devant son visage. Comme je peux être maladroite, parfois... Pour me faire pardonner, Zeyn, tu seras la première à goûter ma sauce gombo !

Elle tapote légèrement mon épaule avant d'afficher une moue contrite. Minute... Cette lueur ardente qui brille dans son regard... C'est la même que le jour où, en me regardant droit dans les yeux, elle m'a accusée à tort devant Tanti Ténèh, sa mère, d'avoir abîmé la nouvelle nappe de cette dernière !

Oh mon Dieu ! Nana Abiba avait raison. Evelyne l'a fait exprès ! Pour me rabaisser devant tout le monde, comme elle a toujours aimé le faire depuis notre enfance.

— Elle l'a fait exprès ! répète Nana Abiba comme si elle lisait dans mes pensées. Ne la laisse pas s'en tirer !

Comment lui dire que ce n'est pas dans mes habitudes de tenir tête à Evelyne ? Ni à qui que ce soit d'autre, d'ailleurs. Pourtant, ce n'est pas l'envie qui m'en manque. Je sens un liquide bouillonnant parcourir mes veines et je dois me retenir très fort pour ne pas exploser de colère.

— Allez, *n'boh* ! s'impatiente Nana Abiba. Montre donc à cette petite peste de quel bois tu te chauffes !

Mon regard se pose sur Djifa, qui a arrêté de filmer et affiche un air sincèrement navré. Soudain, je comprends tout. Mais oui ! C'est à cause de lui qu'Evelyne m'a renversé de l'huile dessus. Juste pour le plaisir de m'humilier devant lui. Tout d'un coup, je n'ai plus envie de me contrôler et les digues internes qui retenaient ma colère cèdent les unes après les autres.

— Tu l'as fait exprès ! j'explose, attirant tous les regards sur moi.

— Je te demande pardon ?

— Oui, tu as fait exprès de renverser cette huile sur moi !

Le rire cristallin d'Evelyne emplit toute la pièce.

— Voyons, Zeyn, ne sois pas ridicule ! Et pourquoi voudrais-je faire une chose pareille ? Écoute, j'ai déjà dit que j'étais navrée. Que veux-tu de plus ?

— Allons, les enfants, on se calme ! intervient Tonton Alassane. Il s'agit simplement d'un accident...

— *Nana waye*, tu devrais aller te rafraîchir dans la salle de bains, suggère gentiment *Tassi* Saada.

— Regarde dans le placard de la chambre d'amis, ajoute Evelyne. Il y a des vêtements dont je ne me sers plus et qui devraient t'aller. Enfin, je crois... Taille S, ça ira ?

Elle arque un sourcil perplexe et je réalise qu'elle va, une fois encore, s'en tirer sans être inquiétée. Folle de rage, je me dirige d'un pas rapide vers la salle de bains où je m'enferme à double tour.

8

— Ne me dis pas que tu vas aller te servir dans sa garde-robe ? demande Nana Abiba en apparaissant derrière moi.

Je m'asperge le visage d'eau pour faire partir la mousse qui me pique les yeux. À moins que ce ne soit à cause des larmes de dépit qui menacent d'en jaillir à tout moment.

— Hors de question que je porte les vêtements d'Evelyne !

— C'est exactement ce que je voulais entendre !

Mon visage rincé, j'attrape la boîte de mouchoirs qui trône près du lavabo et commence à me tamponner le visage. Ce n'était visiblement pas le bon jour pour me maquiller !

— Quand tu me disais qu'elle était méchante, poursuit Nana Abiba, je n'imaginais pas que c'était à ce point. Tu aurais dû renverser le reste de l'huile sur ses cheveux. Ainsi, vous auriez été à égalité !

— Tu n'y penses pas ! Tout le monde aurait pensé que c'était moi la méchante.

— Et alors ? Tu t'en fiches de ce que les autres pensent !

— J'aimerais bien, mais ce n'est pas le cas. De toute façon, je ne fais pas le poids face à Evelyne. Elle s'arrange toujours pour se faire passer pour une gentille fille. Crois-moi, je la connais depuis assez bien longtemps pour savoir que si j'avais osé riposter, elle aurait trouvé le moyen de me le faire payer tout en gardant le beau rôle.

— Je ne la connais peut-être pas depuis aussi longtemps que toi, mais j'ai sondé son cœur et je sais exactement ce qu'elle est. Une trouillarde de première !

— Qui, Evelyne ?

J'éclate brusquement de rire.

— Tu dois la confondre avec quelqu'un d'autre, Nana.

— Je ne crois pas, non.

— Evelyne, une trouillarde ? Je t'assure que…

— Zeynab, tout va bien ?

La voix inquiète de Maman se fait entendre derrière la porte.

— Oui, Maman…

— Nous n'allons pas tarder à passer à table. Tu veux peut-être rentrer te changer ? Ce n'est pas grave si tu rates le début du repas. Nous te garderons de quoi manger.

Me garder à manger ? Comme si après ce qui vient d'arriver, j'ai encore envie de manger le fichu repas préparé par Evelyne. Mais je me connais. Si je rentre chez moi, je ne reviendrai pas. Oh, mais… C'est précisément ce que je devrais faire ! Encore une fois, comme si elle avait lu dans mes pensées, Nana Abiba fronce les sourcils et secoue son index sous mon nez.

— N'y pense même pas. Nous restons !

— Mais il vaut mieux que je rentre, je chuchote. Ça a si mal commencé ! Et de toute façon, je n'avais aucune envie de venir.

— Pourquoi te laisses-tu autant marcher sur les pieds ?

— Parce que je suis une froussarde, voilà tout.

— Que dis-tu là, ma grande ? Toi, une froussarde ? Certainement pas !

— J'ai toujours été une froussarde. Pourquoi crois-tu que tu es là ? Je n'arrive pas à m'imposer. Je n'y suis jamais arrivée. Je manque de courage, je m'écrase, je me défile... C'est justement pour ça que j'ai fait ce vœu, l'autre jour. C'est ça ta mission ! M'aider à gagner en assurance et à ne plus me laisser marcher sur les pieds.

Nana Abiba inspire profondément avant de croiser les bras devant sa poitrine.

— Je vois…

— Zeynab chérie, reprend Maman derrière la porte. Je n'ai pas entendu ta réponse. Tu retournes à la maison, oui ou non ?

— Écoute, *n'boh,* enchaîne Nana Abiba, je vais t'aider à reprendre le contrôle sur ta vie. Et les choses vont sacrément changer, tu peux me croire !

Elle tend une main sous mon menton et une aura invisible m'oblige à relever la tête. Ses yeux perçants plongent dans mes prunelles humides.

— Alors, fais-moi confiance. Je suis là, avec toi. Tout va bien se passer. Maintenant, tu vas me faire le plaisir de retourner auprès de ta famille et de montrer à cette chipie d'Evelyne que le vent a tourné.

Son expression déterminée et ses paroles encourageantes parviennent à me requinquer et je laisse échapper un long soupir. L'instant d'après, j'ouvre la porte et j'esquisse un sourire que je veux rassurant.

— Je ne vais pas rentrer, Maman… C'est bon. Allons rejoindre les autres.

***

Le repas commence et tout le monde s'extasie sur le talent culinaire d'Evelyne qui semble flotter sur un petit nuage. Quelle hypocrite… Nana Abiba, qui rode près de *Tassi* Saada, ne serait pas d'accord avec ce que je m'apprête à dire, mais… Un esprit là-haut a dû se tromper. Ça ne peut être que ça.

Sinon, comment expliquer qu'Evelyne parvienne à avoir un air aussi angélique alors que son cœur déborde de méchanceté ?

— Alors, Jeff, fait-elle à peine le repas entamé. Que penses-tu de ma sauce gombo ?

— Elle est excellente. Et le *akoumè*[26] qui l'accompagne est juste parfait. Franchement, bravo ! Tu m'avais caché que tu étais une aussi bonne cuisinière.

Oh, pitié… Il ne va pas se mettre à lui cirer les pompes, lui aussi ! C'est franchement insupportable. Mais difficile de lui en vouloir puisqu'ils sortent ensemble.

— Et toi, Zeyn ? Tu ne me complimentes pas ?

Passablement sur la défensive, je lève le nez de mon assiette. Quel coup tordu me prépare-t-elle encore ?

— Ta sauce est exquise, Evelyne.

— Merci, ma chérie ! Franchement, tous vos compliments me vont droit au cœur. Mais attendez de voir le deuxième plat que je vous ai concocté. Enfin, je parle surtout pour Jeff ! Pour les autres, vous connaissez déjà ma recette de riz-au-gras aux petits légumes. Aujourd'hui, vous aurez droit à la version enrichie avec son supplément de *wangash* et de viande d'agneau. En l'honneur de mon *invité spécial* !

Des exclamations approbatrices se font entendre.

— Félicitations, ma fille ! déclare Tonton Alassane. Tu es bien la digne fille de ta mère ! Tu devrais sérieusement penser à ouvrir un restaurant.

Evelyne exulte et sa poitrine se bombe de fierté.

— Ça risque d'être compliqué, Tonton. J'ai déjà fort à faire avec mon emploi à la banque et ma boutique de prêt-à-porter !

— Je suis très sérieux. Ton talent culinaire nous épate jour après jour !

— *Aww*, merci beaucoup, Tonton. Tu es un amour ! C'est vrai que j'ai un réel don pour la cuisine. Ce qui n'est pas le cas de tout le monde, malheureusement.

Elle marque une légère pause.

---

[26] Pâte généralement cuite avec de la farine de maïs (pouvant également être cuite avec de la farine de mil, de sorgho, ou avec du manioc ou de l'igname séchés).

— Oh… Désolée, Zeyn ! Je ne voulais pas te vexer.

Nous y voilà ! Je m'y attendais. Je suis même prête à parier que tout son discours était calculé avec minutie, à la seconde près. Je la dévisage en tentant de garder mon calme.

— Comment ça, me vexer ?

— Eh bien, je viens de dire que le don de cuisine n'était pas donné à tout le monde…

Bah, voyons. Ce n'est pas non plus donné à tout le monde d'être aussi perfide !

— Je suis désolée ! J'ai pensé que tu te sentirais visée.

— Je te rassure, Evelyne. Ce n'est pas le cas.

— Tant mieux ! Je me serais sentie mal si je t'avais offensée sans le faire exprès. Mais en parlant de cuisine, dis-nous tout, ma chérie. As-tu fait quelques progrès, dernièrement ?

— Quelle mégère ! s'offusque Nana Abiba. Elle ne s'arrête donc jamais ?

Je réponds à Evelyne, à nouveau d'une voix ultra calme.

— Je ne pense pas que mes progrès en cuisine intéressent qui que ce soit, ici.

— Que dis-tu là ? Je suis sûre que c'est tout le contraire ! continue Evelyne qui n'en a décidément pas fini avec moi. Ne sommes-nous pas une famille soudée ?

Je suis assise là, le visage démaquillé, avec mon boubou ruiné par des taches disgracieuses d'huile de palme. Par sa seule faute. Et ça ne lui suffit pas ?

— Je discutais justement l'autre jour avec Noura et nous nous demandions si tu savais désormais faire cuire du riz sans le faire brûler ou le transformer en bouillie ! Ha ha ha ! Nous nous sommes rappelées la fois où tu avais laissé brûler une casserole entière de riz, privant toute la maisonnée de dîner !

Elle ponctue ses paroles d'un grand éclat de rire, bassement repris par certaines de nos cousines et tantes.

— C'était il y a plus de dix ans, Evelyne. Nous avions quinze ans.
— Alors, ça veut dire que tu sais cuisiner, désormais ?

Autour de nous, les conversations se poursuivent mollement, le repas également, tandis que je me fais méthodiquement humilier. Je remarque que Djifa s'est arrêté de manger et dévisage Evelyne avec un agacement manifeste.

Vas-y, Jeff, découvre donc le vrai visage de ta petite amie !
— *Alafia déh*[27] ? s'indigne Nana Abiba en se tapant dans les mains. *Tiyabe !* Cette petite est décidément très sournoise. Qu'attends-tu, Zeynabou ? Rabats donc le caquet à cette fille odieuse ! Montre-lui que tu vaux mille fois mieux qu'elle !

Je relève la tête, emplie d'une colère sourde. Nana Abiba a raison. Je ne vais pas me laisser ridiculiser une deuxième fois, en l'espace d'une heure, sans rien dire.

— Bien sûr que je sais cuisiner !
— *Fok'daka*[28] ! se réjouit Nana Abiba avant de froncer les sourcils. Quoi ? Mais c'est complètement faux !

C'est vrai, je viens de dire un gros mensonge. La seule chose que je sais faire en cuisine, c'est faire bouillir des pâtes, cuire des œufs durs ou une omelette. Et encore, je serais capable de les rater.

— Ah oui ? commente Evelyne, les lèvres pincées. Eh bien, tu m'en vois ravie. En même temps, comme tu ne te portes jamais volontaire pour les repas de famille, je n'aurais pas pu le savoir. Du coup, tu participes désormais à la préparation des repas avec Tanti Aridja, n'est-ce pas ?

— Arrête un peu d'embêter ta cousine, intervient Maman. Elle joue la modeste mais elle s'est beaucoup améliorée, ces derniers temps.

---

[27] Expression en langue Bassar exprimant une indignation ou une surprise.
[28] Expression en langue Bassar qui signifie « goûtes-y pour voir », parfois utilisée pour exprimer de la satisfaction lorsqu'une personne malveillante se retrouve en mauvaise posture.

Pauvre Maman... Ce doit être une telle honte pour elle, si bonne cuisinière, de se voir dire devant toute la famille que sa fille n'est bonne à rien en cuisine. J'ai de la peine pour elle. Elle a pourtant tout essayé pour me transmettre ses compétences.

Mais je n'ai jamais réussi. Ce n'est tout bonnement pas mon truc.

— Tanti Aridja a raison ! s'écrie Joël. Pas plus tard qu'hier, Zeynab nous a régalés d'une bouillie de tapioca encore meilleure que celle de ma mère !

— Meilleure que celle de *Tassi* Assibi ? Impossible ! objecte Evelyne. Il s'agit d'une plaisanterie ! N'est-ce pas, Tonton Djamane ?

— C'est pourtant la vérité ! confirme Papa.

Pendant une fraction de seconde, je peux voir les lèvres d'Evelyne frémir de contrariété mais elle se reprend très vite.

— Wow... Je... Je suis sans voix, Zeyn ! Mais tu sais quoi, tout ceci me rend très curieuse et j'ai soudain très envie de goûter à ta cuisine. Tu devrais nous préparer quelque chose, un de ces quatre !

— Oui, oui... Un de ces quatre.

— Ou alors... Oh ! Je sais !

Elle rayonne de malice. On dirait qu'elle vient d'inventer la potion qui donne la vie éternelle.

— Je sais ce que nous allons faire ! Tu n'as qu'à cuisiner pour le prochain déjeuner de famille, qu'en dis-tu ?

Quoi ?

Ma pression monte en flèche et j'ai l'impression que le ciel vient de me tomber sur la tête.

— Tu oublies que c'est mon tour, le mois prochain ! réplique Tanti Maïmouna, et je suis tentée de me jeter à son cou pour l'embrasser. J'ai déjà tout organisé ! Je ne vais certainement pas céder mon tour.

Ouf ! Voilà qui me sort du pétrin dans lequel je me suis fourrée.

— Et les prochains mois sont déjà tous pris, ajoute *Tassi* Saada qui gère le calendrier des repas de famille. *Nana waye* ne pourra pas passer avant le mois d'avril.

Je sens la pression retomber doucement. Finalement, il n'y avait pas lieu de s'inquiéter. D'ici avril, Evelyne aura trouvé d'autres chats à fouetter !

— Ce n'est pas si grave ! dis-je. Il n'y a pas le feu !

— Quoi, tu te défiles ? insiste Evelyne.

— Mais non, pas du tout !

— Dans ce cas, nous n'avons qu'à fixer une date intermédiaire. Disons... Dans deux semaines ?

— Je... Il faut que je vérifie mes dispos...

— Qui est disponible dans deux semaines ? lance-t-elle à la cantonade. Dimanche 24 novembre ?

À ma grande surprise, plusieurs mains se lèvent pour confirmer leur disponibilité. Je n'en crois pas mes yeux. Je suis entourée de traîtres et de traîtresses !

— Alors, bloquons la date tout de suite ! s'exclame Evelyne. Pour ceux qui n'ont pas levé la main, rendez-vous disponibles si vous n'aviez rien prévu d'important ! On parle tout de même d'un déjeuner historique chez Zeynab ! Ça va rentrer directement dans les annales de la famille !

Elle se tourne vers moi, un sourire triomphant aux lèvres.

— Le rendez-vous est pris, Zeyn. Dans deux semaines. Chez toi !

Je ne parviens pas à répondre tellement j'ai du mal à respirer. Je me contente juste de hocher la tête en essayant d'esquisser un semblant de sourire. Est-ce que je viens réellement de convier toute ma famille à déjeuner chez moi ? Dans seulement deux semaines ?

Une idiote. Voilà ce que je suis !

Manifestement satisfaite d'avoir remporté la partie, Evelyne recommence à manger tandis que la plupart des convives en font de même et passent à d'autres sujets de conversation. Pour ma part, mon appétit est coupé. Je suis parfaitement incapable d'avaler la moindre bouchée supplémentaire.

Maman me jette un regard affolé et je lutte fort pour ne pas me prendre la tête entre les mains.

***

Idiote !
Stupide !
Sotte !

Ces trois mots et bien d'autres encore dansent une farandole mesquine dans ma tête depuis près d'une heure. Ils reviennent à intervalles réguliers comme rythmés par un *tingo tingo*[29] virtuel. Je n'arrive toujours pas à croire que j'ai été assez conne pour tomber dans le piège qu'Evelyne m'a si soigneusement tendu.

Le premier moment de panique passé, j'ai réussi à retrouver mon calme et à me ressaisir. Hors de question de me défiler une nouvelle fois ! Non ! Cette fois-ci, j'ai une alliée de taille à mes côtés, en la personne de Nana Abiba, et je sais que je pourrai compter sur elle pour m'aider à honorer mon engagement.

Nous en sommes à présent au dessert. Un délicieux cake à la mangue a été servi ainsi que des plateaux de fruits frais coupés en morceaux. Les assiettes en bois d'ébène de Maman ont été mises en valeur et servent à contenir des cookies à la noix de coco. Tandis qu'une musique festive résonne dans la maison, certains convives investissent la piste de danse, déterminés à éliminer sur place les calories accumulées pendant le repas copieux.

Tassi Saada est également de la partie. D'ailleurs, en ce moment même, elle exécute ses pas de danse *signature*, hautement extravagants et comiques, ce qui ne manque pas d'amuser la galerie.

Tenant une assiette avec une part de cake, je me tiens un peu à l'écart avec Joël, Arizétou et deux autres cousins, lorsque je vois Djifa s'approcher de nous. Je ne lui ai pas parlé depuis l'incident de la cuisine. Quand il passe près de *Tassi* Saada, elle lui tourne autour en exécutant des pas de danse censés l'inviter à se joindre à elle, ce qui provoque l'hilarité générale.

---

[29] Son obtenu à base d'une cloche traditionnelle.

Sacrée *Tassi* Saada ! Toujours prête à se donner en spectacle. Mais Djifa parvient, avec une classe admirable, à esquiver ses assauts loufoques sans paraître impoli.

— Je venais dire au revoir, annonce-t-il en arrivant à notre hauteur.

— J'espère que ce ne sont pas nos manières qui te font fuir ! ironise Arizétou, faisant référence aux excentricités de *Tassi* Saada.

— Pas du tout, c'est même tout le contraire ! J'ai été ravi de faire la connaissance de votre si belle et grande famille. Malheureusement, j'ai un autre rendez-vous à honorer.

— Le plaisir était partagé, dit Joël. Peut-être te reverrons-nous au prochain déjeuner de famille ?

— Peut-être... Bon. Eh bien, à bientôt ! Zeynab, puis-je te parler une minute ?

Tandis que nous cheminons vers le vestibule d'entrée, je surprends son regard sur les taches d'huile disgracieuses présentes sur mon boubou. Instinctivement, je passe les mains dessus, comme si ce geste pathétique pouvait les faire disparaître.

Djifa affiche une moue compatissante.

— J'aurais aimé te donner une lessive miracle pour les faire partir. Pourquoi n'es-tu pas rentrée te changer ?

— C'était l'un de mes boubous préférés. Foutu pour foutu, autant que je le porte jusqu'au bout.

Je sais qu'il sort avec Evelyne mais je ne peux pas m'empêcher de lancer une petite pique.

— Et puis, si je m'étais changée, j'aurais couru le risque de me faire asperger d'huile une deuxième fois !

Il lâche un soupir dépité en secouant lentement la tête.

— *Karaba-la-sorcière*, hein ? Je crois avoir compris la raison de ce surnom. Zeynab, je... Je suis sincèrement navré pour ce qui est arrivé.

— Tu n'as pas à l'être ! Tu n'y étais pour rien.

— J'ai été terriblement mal à l'aise durant tout le déjeuner. Je ne manquerai pas de dire à Evelyne le fond de ma pensée.

Il me regarde droit dans les yeux et je suis passablement troublée.

— Tu devrais rentrer chez toi. J'imagine que tu as hâte d'en finir avec ce supplice.

— Mes parents ne sont pas pressés de partir... Alors, je vais prendre mon mal en patience.

— Je pourrais t'appeler un taxi ?

— Mais non, ça ira ! C'est très gentil. Allez, tu ferais mieux d'y aller. Ne te mets pas en retard.

— Bon... À demain !

— À demain, Djifa.

Sans que je m'y attende, il se penche vers moi et me dépose un baiser sur la joue avant de s'en aller. C'est la première fois que nous nous faisons la bise. Ça fait au moins une minute qu'il a passé le pas de la porte, mais je suis toujours dans le vestibule, en train de caresser ma joue, un sourire perplexe aux lèvres.

***

— Il en est hors de question ! s'écrie Nana Abiba en croisant les bras devant la poitrine.

Debout près du canapé, je lui jette un regard incrédule. Elle ne manque vraiment pas de toupet !

N'est-ce pas elle qui a lourdement insisté pour que je tienne tête à Evelyne ? Voilà qu'elle refuse maintenant de m'aider à honorer l'engagement que j'ai pris devant toute ma famille !

— Je suis navrée, Zeynabou. Te prêter main forte en cuisinant à ta place reviendrait à cautionner ton mensonge. C'est contraire au règlement des esprits !

— Bon. Très bien ! Si tu ne veux pas cuisiner à ma place, tu n'as qu'à me montrer quoi faire. Dois-je te rappeler que tu avais offert de m'apprendre à cuisiner ?

— Je n'ai pas oublié et mon offre tient toujours. Mais je veux que tu apprennes à cuisiner si tu le veux. Pour toi. Pas pour impressionner ton horrible cousine ! Elle ne mérite pas que tu joues la comédie pour elle. Personne ne mérite qu'on joue la comédie pour lui !

Je me laisse choir sur le canapé avant de me frictionner le visage, hésitant entre grogner de rage et pleurer de dépit.

— Tu ne m'aideras donc pas ?

— Je suis désolée, *n'boh*. Tu vas devoir assumer tes actes et te débrouiller toute seule.

— Assumer mes actes ? Me débrouiller toute seule ?

Je me relève, furibonde.

— Je me souviens d'une voix qui me hurlait de réagir, de ne pas laisser cette peste d'Evelyne me marcher dessus ! Une voix qui m'exhortait à lui montrer que le vent avait tourné !

— C'est vrai, je t'ai encouragée à lui tenir tête. Mais je voulais que tu t'assumes, telle que tu es. Pas que tu t'embarques dans un stupide mensonge !

— Et qu'aurais-je dû faire alors qu'elle me provoquait ? Admettre que, comme elle le supposait, je ne sais toujours pas cuisiner ?

— Tout à fait ! Tu aurais dû lui confirmer que tu ne sais pas cuisiner.

Un rire nerveux m'échappe.

— La bonne blague ! Et me taper une honte interplanétaire devant toute ma famille ? Ma mère est un cordon bleu ! Toutes les femmes de ma famille le sont ! Et certains hommes aussi ! Alors, assumer devant tout le monde que je suis la seule tache au tableau, c'est au-dessus de mes forces !

— Je n'arrive pas à comprendre, Zeynabou. Quel mal y a-t-il à ne pas savoir cuisiner ?

— Mais je suis une femme, Nana Abiba ! Tu es pourtant bien placée pour savoir que les femmes doivent cuisiner. J'aurais été la risée de toute la famille si j'avais admis devant tout le monde que j'étais nulle en cuisine. J'aurais foutu la honte à mes parents, les railleries et les regards moqueurs auraient brisé le cœur de Maman, et pour finir, mon statut de looseuse aurait été définitivement confirmé !

— Ton statut de looseuse ? Aux yeux de qui ? Franchement, *n'boh*, quel dommage que tu accordes autant d'importance à ce que les autres pensent !

— Mais les choses sont ainsi, Nana ! La société est ainsi ! Elle fixe des règles que nous devons suivre et l'une d'entre elles est que les femmes doivent savoir cuisiner, point barre. Je ne rentre pas dans cette case, alors je suis une looseuse, point barre !

— Je ne suis pas d'accord avec toi.

Elle vient se planter devant moi en laissant échapper un long soupir.

— Tu es une jeune femme brillante, ma Zeynabou. Tu n'as rien d'une looseuse. Et puisque je suis là pour t'aider, laisse-moi te dire ceci. Tu dois faire les choses en étant alignée avec tes propres valeurs, tes propres envies, les règles qui te conviennent. Pas celles des autres ni celles que la société impose !

— Tu es bien drôle, Nana… Si ces règles n'existaient pas, tout le monde n'en ferait qu'à sa tête et ça foutrait un sacré bazar !

— Je ne dis pas que les règles de la société ne sont pas importantes. Elles doivent exister pour poser un cadre. Cependant, tu as le droit de faire ce dont tu as réellement envie. Pas ce que les autres veulent ou attendent de toi.

Nana Abiba parle d'une voix calme et posée, son regard perçant plongé dans le mien.

— À la fin de la journée, c'est toi et toi seule qui dois mesurer ton bien-être et ton bonheur. Pour cela, tu dois commencer à t'accepter telle que tu es. Sans chercher à te mentir ni à mentir aux autres. Tu ne sais pas cuisiner ? Eh bien, tu ne sais pas cuisiner ! Tu veux apprendre parce que ça te tient à cœur ou que tu aimes cela ? Dans ce cas, fais-le. Tu n'en as rien à faire ? Alors, ne le fais pas !

Mine de rien, les paroles de Nana Abiba font retomber ma colère et m'amènent à réfléchir. Je m'affale à nouveau dans le canapé avant d'attraper l'assiette de *wangash* frit qu'elle me tend. J'aime manger. J'aime regarder les autres cuisiner. Je suis fascinée par leurs gestes, impressionnée par leur savoir-faire, le plaisir qu'ils prennent à le faire.

Mais Nana Abiba a visé juste. Je n'aime pas cuisiner.

Je ne prends aucun plaisir à le faire et je n'ai pas plus envie d'apprendre à le faire qu'à apprendre à danser le *t'bol* ! Alors si j'écoutais Nana Abiba, je devrais en rester là. Je devrais accepter le fait que je n'aime pas cuisiner et laisser tomber.

Sauf que ça me rend malheureuse de ne pas savoir cuisiner. Je me compare à ma mère, mes tantes, mes cousines et je déteste l'idée d'être la brebis galeuse de la famille. Mon corps tout entier rejette l'idée d'être la seule à porter l'étiquette de *la-fille-qui-ne-sait-pas-cuisiner*.

J'aurais voulu avoir l'état d'esprit de Nana Abiba et n'y accorder aucune importance. Mais ce n'est pas le cas. Et là, tout de suite, ce que je sais, c'est que je me suis embarquée dans cette fichue histoire de déjeuner de famille et la seule issue que j'entrevois est d'aller jusqu'au bout.

Alors, oui, je vais le faire ! Je vais honorer ce déjeuner. Et tant pis si Nana Abiba ne veut pas m'aider ! S'il le faut, je passerai même mes prochaines soirées à regarder des tutoriels culinaires et à essayer de reproduire des recettes. D'un geste impatient, j'attrape mon téléphone pour entamer des recherches.

C'est dans deux semaines, hmm ? Je n'ai donc pas une minute à perdre.

9

Le lendemain

J'arrive au bureau avec des yeux bouffis. Je n'ai pas beaucoup dormi cette nuit et le peu de sommeil que j'ai eu était peuplé d'un cauchemar sans fin dans lequel je passais des heures à cuisiner des plats, je les faisais goûter à ma famille mais ils grimaçaient tous de dégoût avec en fond sonore le ricanement machiavélique d'Evelyne.

Brrr, j'en frissonne encore d'horreur !

Il est à peine sept heures et l'agence est quasiment vide. La plupart de mes collègues n'arriveront pas avant huit heures. Il me faut une bonne dose de café si je veux pouvoir tenir le coup aujourd'hui. Debout derrière la baie vitrée de la cafèt', une tasse dans la main, je mords avec gourmandise dans un *botokoin* tout en observant le va-et-vient des passants, des *zémidjan* et des voitures dans la rue.

Tiens, voilà Djifa qui arrive.

Lui aussi est bien matinal, aujourd'hui. Je me demande ce qui a bien pu le faire tomber du lit. Un cauchemar dans lequel il découvrait tous les visages fourbes et perfides d'Evelyne alias *Karaba-la-sorcière* ? Cauchemar après lequel il s'est réveillé en hurlant de terreur et de dégoût ? Hmm, l'idée me plaît assez, même si ce n'est pas très charitable de ma part.

Le téléphone collé à l'oreille, il s'arrête sur le trottoir juste devant notre immeuble. Bien planquée à mon poste d'espionnage, je l'observe en douce et un sourire attendri m'étire les lèvres. Je me rappelle la gentillesse dont il a fait preuve hier et surtout... le bisou qu'il m'a donné avant de quitter la villa d'Evelyne. Contrairement à ce que j'essaie de faire croire à Lali, je suis forcée de reconnaître qu'il ne me laisse pas indifférente.

Bon, d'accord... La vérité vraie ? J'en pince pour lui. Grave. Carrément. Je suis complètement mordue !

Mais une fois que j'ai dit ça, j'en fais quoi de cette attirance vaine que je ressens pour lui ? Il sort avec Evelyne, pardi ! Et moi, je sors avec Will. Enfin, je crois. Son silence, ces derniers jours, m'amène à me demander si notre break est toujours un simple break ou si je dois en déduire que notre histoire est définitivement terminée.

Ça fait presque deux semaines que je n'ai eu aucune nouvelle de lui. J'avoue que je commence à m'inquiéter. Peut-être lui est-il arrivé quelque chose de grave ? Mais non... Cette hypothèse ne tient pas la route. Ses proches m'auraient forcément appelée.

Djifa éclate de rire et mon cœur rate un battement. Bon sang ! Je dois me ressaisir. Suis-je sérieusement en train de reluquer le petit-ami de ma cousine alors que je suis moi-même en couple ?

— *Boouuuh* !

Je sursaute et me retrouve face à Lali qui vient de débarquer de je-ne-sais-où. Elle éclate de rire devant la mine ahurie que j'affiche.

— Ce n'est pas drôle ! je marmonne, passablement agacée. Tu m'as fait peur !

— C'était le but ! Tu veux un conseil ? Ferme la bouche quand tu baves devant un mec, tu pourrais gober une mouche !

Elle éclate d'un nouveau rire, très fière de sa tirade, tandis que je soupire en levant les yeux au plafond.

— Je ne bavais devant aucun mec, je réponds avant d'aller m'asseoir à une table.

Elle s'approche de la machine à café, appuie sur quelques boutons, et pendant qu'un liquide brunâtre s'écoule dans une tasse, elle se positionne derrière la baie vitrée, à la place que j'occupais quelques instants plus tôt.

— Ah oui ? Tu vas me faire croire que tu n'avais pas vu Djifa ?
— Djifa ? Où ça ?
— Zeynab…

Je soupire, à court d'arguments, incapable d'improviser le moindre mensonge. Je me suis fait prendre la main dans le sac. Inutile de continuer à jouer cette comédie puérile.

— Bon, d'accord ! C'est bien Djifa que je regardais. Mais ne va pas t'imaginer des choses. Je me rinçais l'œil, c'est tout !

Lali récupère sa tasse de café et vient s'asseoir face à moi.

— Je croyais que les chauves et toi…
— Tu croyais bien.
— Alors ?
— *Rhoo*, lâche-moi la grappe…

Un court silence s'installe. Nous savourons notre café. Lali pioche dans le sachet de *botokoin* que je lui tends. Elle en mange un, puis un deuxième, avant d'afficher une moue perplexe.

— Il paraît qu'il est pris.
— Pourquoi me dis-tu ça ?
— Il vaut mieux que tu le saches.
— Figure-toi que je sais déjà qu'il est pris. Et tu ne devineras jamais par qui…

Lali affiche des yeux ronds qui veulent dire : *raconte-moi tout !*

— Ma cousine Evelyne.
— Non… Tu veux dire *Karaba-la-sorcière* ?
— Elle-même !

Les yeux de Lali s'arrondissent de plus belle.

— Non ! Ce n'est pas elle.

— Puisque je te le dis !

— J'ai entendu dire qu'il sortait avec une fille qui a un prénom en « i ». Je ne me rappelle plus comment elle s'appelle. Sophie ? Virginie ? Stéphanie ?

Je lève la main pour dire « stop », car au rythme où elle est partie, je devine qu'elle va me citer tous les prénoms qu'elle connaît et qui se terminent par « i ».

— Ce ne serait pas plutôt un prénom en « ine » ? Caroline ? Aline ? Evelyne ?

— Non, il se termine par « i », j'en suis sûre. C'est Nima qui me l'a dit.

Je suis parfaitement incapable de cacher mon dépit.

— Cela voudrait dire qu'il... qu'il court deux lièvres à la fois ?

Lali hoche la tête.

— S'il sort vraiment avec ta cousine, oui. Tu sais, pour certains hommes, ça ne pose aucun problème de sortir avec deux filles à la fois !

Je n'arrive pas à intégrer cette hypothèse. L'image d'un Djifa sortant avec deux filles à la fois ne colle pas du tout à celle que j'avais de lui. Mais les apparences sont souvent trompeuses, n'est-ce pas ? Ce n'est pas comme si chacun de nous avait une pancarte collée au front, listant les informations importantes à savoir, de sorte qu'au premier coup d'œil, l'on sache instantanément à qui l'on a à faire.

— Je suis très déçue, poursuit Lali. Il avait pourtant l'air si correct !

— Ils ont tous l'air corrects jusqu'au jour où on découvre leur vrai visage...

Un soupir désappointé m'échappe. Sous ses airs élégants et propres sur lui, se pourrait-il que Djifa soit en réalité un coureur de jupons sans scrupules ? Des voix résonnent dans le couloir et deux collègues nous rejoignent à la cafèt'.

Ce n'est pas le moment de penser à Djifa ni à son profil de séducteur. Je case l'information quelque part dans mon cerveau en me promettant d'y revenir plus tard.

Avec son entrain habituel, Lali accueille nos collègues tandis que je m'efforce simplement – ou plutôt bravement – de ne pas avoir l'air trop renfrogné.

***

— Zeynab, as-tu finalisé l'*offer pack* pour la campagne *Ago* comme je te l'avais demandé ?

Le ton sec et impatient, la mine froissée et les lèvres pincées de Datane m'indiquent qu'il est d'une humeur massacrante ce matin. Pour changer.

— Il me reste les visuels des affiches urbaines à intégrer.

— Je le veux pour ce soir, dernier délai ! grogne-t-il sèchement avant de s'éloigner d'un pas rapide.

Dès qu'il est parti, je lève les yeux au plafond avant d'attraper mon calepin pour rajouter une ligne supplémentaire à mes priorités de la journée :

Urgentissime !!! Offer pack Ago pour ce soir !!! Grrrr !!!

Une fois que j'ai écrit ça, il ne reste plus que quelques lignes disponibles sur la dernière page du carnet. Zut ! Et si au lieu de remettre constamment à demain, depuis près d'une semaine, j'allais enfin me chercher un calepin neuf, hmm ? Oh – et j'ai honte de le dire – un nouveau paquet de stylos ne serait pas superflu !

J'ai une fâcheuse tendance à mordiller les capuchons et les bouchons de mes stylos à bille quand je planche sur une campagne client. Et non, ça n'a rien à voir avec le fait d'être affamé ou non. C'est juste une manie que j'ai développée depuis l'enfance et qui ne m'a jamais quittée.

Des éclats de rire accompagnent le retour dans l'open space de Yao et d'autres collègues qui reviennent de la cafèt'. Au moment où je vois Djifa prendre la direction de mon bureau, un sourire engageant aux lèvres, je me lève d'un bond, poussée par une main invisible. Et si j'allais chercher les fournitures dont j'ai besoin *maintenant* ?

Je me lève, bouscule une collègue – *oh... pardon* ! – emprunte l'allée secondaire, vu que Djifa arrive par l'allée principale, et j'essaie d'atteindre le couloir. Mais on dirait que les esprits ne sont pas de mon côté. Quelqu'un a laissé le tiroir de son caisson ouvert et je manque de tomber lorsque ma robe s'accroche dans le crochet du tiroir.

Lorsque je me redresse, je réalise que Djifa a changé d'allée et fonce droit sur moi.

— Salut, Zeynab !

— Hey, Djifa... Salut !

— Bien rentrée, hier ?

— Oui et toi ?

— Moi aussi. J'espère que la fin des réjouissances n'a pas été aussi mouvementée que le début ?

— Ha ha ! Étant donné que je n'ai pas été victime d'un nouvel incident, je suppose que non... Par contre, tu as raté le moment où les tornades de ma cousine Dapou ont bousculé *Tassi* Saada et l'ont fait tomber par terre. Les pauvres, ils ont eu le sermon de leur vie !

Il pouffe de rire et je dois faire un effort de dingue pour ne pas l'imiter, car il s'agirait d'écourter notre conversation. Et, de façon générale, d'éviter tout contact prolongé avec lui puisqu'il me fait beaucoup d'effet alors qu'il fréquente déjà deux autres filles...

— Je serais bien restée discuter, mais là... Je dois aller, euh... récupérer des fournitures puis finaliser un dossier pour Datane. On se reparle plus tard ?

— D'accord, répond-il en fronçant les sourcils. À plus tard, Zeyn.

Je file vers le couloir sans me retourner une seule fois, ce dont je me félicite intérieurement. Pendant que je fouille dans le placard à fournitures, mes pensées s'orientent vers Nana Abiba. Même s'il m'arrive encore de me dire que sa présence dans ma vie est complètement surréaliste, je m'y suis finalement habituée.

Hier soir, après notre petite dispute, nous avons fini par faire la paix. Et lorsque je quittais la maison ce matin, elle a voulu me suivre au bureau mais j'ai été intraitable : elle peut faire tout ce qu'elle veut, aller où bon lui semble, mais surtout pas à mon travail.

Je dois dire que je ne suis pas peu fière d'avoir réussi à lui tenir tête. Car elle est plutôt du genre à faire ce qu'elle veut. Enfin, bon. Ce n'est pas tout, mais l'*offer pack* pour le client *Ago* m'attend et Datane ne me donnera aucun répit tant que je ne le lui aurai pas envoyé.

C'est bien ma veine ! J'ai beau regarder dans le placard, il ne reste plus un seul calepin. Je lâche un soupir dépité à l'idée de devoir me rendre dans la réserve.

C'est une pièce sans fenêtre, dotée d'une petite ampoule qui diffuse une lumière sinistre, et où l'*authentique froussarde* que je suis ne se sent pas du tout rassurée. Mais ne pas y aller maintenant ne fait que repousser l'échéance, alors je décide de prendre mon courage à deux mains.

Lorsque j'y suis, je récupère très vite ce dont j'ai besoin, ce qui ne me prend que quelques minutes. Au moment où je referme la porte, j'entends des bruits étranges dans la salle d'archives attenante. Je regarde vers le bas de la porte mais je n'aperçois aucun filet de lumière.

Bizarre... Je m'approche et là j'entends de tous petits cris. Des grognements étouffés. On dirait que... Quelqu'un est en train de gémir ? Mes yeux s'écarquillent de stupeur et d'excitation mêlées.

Oh, mon Dieu ! Il y a des gens qui s'envoient en l'air au bureau !

À – je regarde ma montre – neuf heures du matin !

Mon radar à potins sort aussitôt du mode *veille*. Qui parmi mes collègues pourrait faire partie des suspects ? Difficile à dire... Tout le monde – ou presque – est casé. Sauf Lali et Yao. Mais je ne peux pas les imaginer en train de... beurk. Et de toute façon, ils étaient dans l'open space quand j'en suis partie. Alors qui ?

Oh, mon Dieu... Je sais !

Nima et Raoul ! Mais oui ! Je les ai vus échanger des regards louches à l'afterwork, vendredi soir. Eh ben... La prochaine fois que je les verrai, je serai terriblement gênée, je ne saurai pas quoi leur dire...

J'en suis là de mes réflexions lorsqu'un bruit plus distinct me parvient. Minute... Mais non, ce ne sont pas des gémissements de plaisir. On dirait plutôt... des sanglots ? Et soudain, j'entends un raclement de gorge familier. C'est à peine croyable... C'est Datane ! Il a cette façon particulière et tellement agaçante de se racler la gorge.

Je suis si surprise que je laisse échapper un petit cri. Oups... Il faut que je me tire d'ici, vite ! S'il découvre que je l'ai entendu pleurer, je subirai ses foudres pour le restant de mes jours. Du moins tant que je travaillerai à l'agence ! Je m'éloigne précipitamment et, au moment où j'entends une porte s'ouvrir loin derrière moi, je bifurque prestement vers l'open space en priant pour qu'il ne m'ait pas vue.

À peine suis-je installée à mon bureau qu'il arrive sur le plateau, le visage défait et... furieux. Zut ! Je voudrais disparaître sur-le-champ. Me mettre en mode invisible, comme Nana Abiba. Car je suis persuadée que si nous échangeons un seul regard, Datane devinera instantanément que c'est moi qui l'ai espionné.

Il jette un regard circulaire – et suspicieux – dans l'open space, et alors qu'il est presque arrivé sur moi, Bass déboule derrière lui. Ils entament une discussion et je soupire de soulagement.

Légèrement trapu, Bass porte une jolie barbe soigneusement dessinée. Ses cheveux courts sont travaillés au gel et il a un goût exagéré pour les jolies vestes et les chaussures à bouts pointus. J'imagine souvent son dressing : les vestes alignées par couleur, de la plus extravagante à la plus ordinaire. Et les chaussures, du bout le plus pointu au plus rond.

— Tout le monde en salle de réunion ! annonce-t-il de sa voix de stentor.

À ma connaissance, il n'y avait pas de réunion d'équipe prévue ce matin. J'ai peut-être raté une info. Quelques minutes plus tard, je fais partie des premiers à m'installer dans la salle lorsque Djifa arrive avec d'autres collègues. Il prend place en face de moi et me fait un sourire.

C'est moi qui prends mes rêves pour la réalité ou bien il essaie de me faire du charme ?

Dans tous les cas, ça ne change rien à la situation. Nous sommes casés tous les deux et je n'ai pas l'intention d'accepter ses avances. D'ailleurs, cherche-t-il réellement à m'en faire ? J'esquisse un vague sourire en réponse au sien avant de détourner la tête lorsque Bass arrive, une liasse de feuilles dans les mains.

La réunion démarre. Je ne sais pas ce que j'ai, mais je n'arrive pas du tout à me concentrer sur ce qu'il dit. Mon esprit est ailleurs. Je pense à Will, à la dernière fois où nous nous sommes vus, trois mois plus tôt.

Nous étions chez lui, dans sa chambre, et pendant que je lisais un livre, il jouait à des jeux vidéo. La plupart de nos rendez-vous se déroulaient ainsi. Il était rare que nous sortions pour aller boire un verre, aller au cinéma ou même tout simplement nous promener.

Will est plutôt du genre casanier. Très casanier. Il préfère passer son temps à l'intérieur, à jouer aux jeux vidéo ou à regarder des séries. Jusqu'à présent, ça m'allait plutôt bien. Je suis casanière, moi aussi. Mais contrairement à lui, j'aime bien sortir de temps à autre, faire des choses différentes, stimulantes, pour me changer les idées et sortir de la routine. Tant qu'il n'y a pas trop de monde, ça me va.

Ce jour-là, je suis revenue à la charge sur un film que j'avais envie de voir au cinéma alors que pour Will, il valait mieux attendre qu'il soit disponible en streaming pour le regarder à la maison. Sauf que ce film-là en particulier, je voulais absolument le voir au cinéma. Du coup, on s'est pris la tête et il m'a regardée d'un air pensif avant de déclarer qu'un break était la meilleure chose à faire.

Sérieusement, un nouveau break juste parce que je voulais qu'il vienne avec moi au cinéma ?

Avec le recul, je crois que j'aurais dû avoir une discussion de fond avec lui. Le problème, ce n'était pas le cinéma. Ce n'était pas non plus le côté parfois soupe au lait de Will qui n'était jamais partant pour rien.

C'était quelque chose de plus profond, comme notre façon de voir les choses, notre vision de la vie qui n'était plus tout à fait la même. C'est ça qui posait problème.

Étais-je toujours satisfaite de notre relation et parvenais-je à me projeter dans un avenir avec Will ? Et lui, parvenait-il à se projeter avec moi ? J'aurais dû poser clairement le problème et l'amener à en discuter. Pourtant, comme à mon habitude, j'ai accepté le break sans broncher.

Soudain, je crois entendre les mots *Albarka*, *fête* et *Noël*. Euh... Pourquoi en sommes-nous encore à parler de la fête de Noël pour *Albarka* alors que l'*offert pack* doit être bouclé ce soir ? Visiblement, j'ai encore dû rater quelque chose.

Je viens juste de prendre la résolution de me concentrer sur ce que Bass est en train de dire lorsqu'il prononce mon prénom. L'instant d'après, tous les visages convergent vers moi.

Oups... Pourquoi a-t-il fallu que je rêvasse au lieu d'écouter ?

— J'ai cru comprendre, poursuit Bass, que le brainstorming de vendredi dernier a été quelque peu mouvementé.

Il me fixe du regard et attend manifestement que je réponde.

Oh non... Il ne va pas reparler de cette histoire de Noël Africain, pas vrai ? C'était juste une réflexion personnelle, comme tant d'autres sur des tas de sujets divers et je n'avais pas l'intention d'en faire un sujet important. D'ailleurs, sans le jus de bissap au rhum, je n'en aurais jamais parlé !

— Alors, Zeynab ? s'impatiente Bass. Pouvez-vous me préciser le contenu de vos discussions ?

— Euh... En fait, je... Datane et moi étions en désaccord sur un point mineur du projet.

— Lequel ?

— La... la distribution des cadeaux.

Bass feuillette les documents qu'il tient dans les mains.

— Le compte-rendu de réunion ne fait état d'aucun débat. Puis-je savoir pourquoi ? Datane ?

— Nous avons fini par nous mettre d'accord, réplique ce dernier. Et Zeynab n'ayant exprimé aucune proposition concrète, je n'ai pas jugé utile de le mentionner.

— Pour autant, son intervention aurait dû figurer dans le compte-rendu. C'est le principe clé de nos brainstormings. Ne mettre aucune idée de côté. Je pensais que pour un Consultant Senior de ta trempe, ce principe était définitivement acquis.

— Toutes mes excuses, Bass. J'ai fait une erreur de jugement. Cela ne se reproduira plus.

Bass couvre Datane d'un regard passablement contrarié avant de hocher la tête. Puis, le visage fermé, il reporte son attention sur moi.

— Dites-nous tout, Zeynab. En quoi donc consistait votre idée ?

Et merde... Je lève un visage horrifié vers lui, tout en ayant une conscience aiguë de l'activité de chaque pore de mon corps. Je ne vais pas tarder à suer à grosses gouttes. Bon sang, j'ai envie de me gifler pour ne pas avoir anticipé le coup et préparé quelque chose de structuré à dire. Mais à ma décharge, il n'y avait qu'une chance sur mille pour que ce sujet revienne sur le tapis !

Une subtile odeur de citronnelle – mêlée à... une odeur de kola mâchée ? – me titille les narines. De la kola ? Qui mange ce truc de vieux dans l'équipe ? Je parie que c'est Datane.

— Psst, psst... Zeynab !

Je tourne la tête vers Lali qui a le regard rivé sur Bass. Ce n'est pas elle qui vient de m'appeler. Qui était-ce alors ? Soudain, je vois un petit bout de tissu bariolé surgir du néant puis, une fraction de seconde plus tard, une main parcheminée se dévoile. Nana Abiba !

À présent, elle apparaît en entier.

— Je sais que je n'étais pas censée te suivre, *n'boh*. Mais il faut que je te parle. Maintenant !

Les regards de Bass et de mes collègues, braqués sur moi, attendent que je développe. Je me demande comment je vais faire comprendre à mon aïeule que, peu importe ce qu'elle a à me dire, le moment est très mal choisi, lorsque soudain, c'est la panique générale.

— *Houuuu* ! hurle Nathalie en s'agitant dans tous les sens. Faites sortir ces bestioles !

Une nuée de guêpes volette dans la salle, sous les regards effarés et apeurés de mes collègues.

— Comment ont-elles fait pour arriver ici ? s'interroge Yao tandis que Lali se cache sous une table.

— Tu te poseras des questions plus tard, réplique Djifa en agitant des feuilles pour orienter les guêpes vers les fenêtres. Pour le moment, nous avons mieux à faire, je crois !

Pendant que mes collègues sont occupés à repousser l'invasion de guêpes, Nana Abiba m'entraîne hors de la salle et nous déboulons dans les toilettes où je lui jette un regard furieux.

— Les guêpes, c'était toi, n'est-ce pas ?

— Eh oui ! Héhé ! s'exclame-t-elle en gloussant comme une gamine qui vient de jouer un vilain tour. Il fallait bien que je prenne les choses en main. Ça devrait les occuper un moment !

— N'étais-tu pas censée te tenir loin de mon bureau, Nana ?

— Écoute, *n'boh*...

— Non, toi, écoute ! Nous avions un accord. Tu m'avais promis de...

Elle se plante devant moi et plaque une main devant ma bouche.

Oh, mon Dieu... C'est la première fois qu'elle me touche et... c'est la sensation la plus étrange que j'ai jamais eu à ressentir.

— Tu me gronderas plus tard, Zeynabou. Pour le moment, nous avons quelque chose de plus important à régler. Tu dois apporter une réponse claire et percutante à la question posée par ton chef !

Je la regarde avec de gros yeux.

— Je n'y arriverai pas, Nana !

— C'est précisément pour ça que je suis intervenue. As-tu oublié pourquoi je suis là ? Pour t'aider à gagner en assurance et à t'affirmer.

Tu as beaucoup d'idées pertinentes et tu es brillante. Je ne te lâcherai pas, *n'boh*. Je serai là pour te soutenir. Alors maintenant, tu vas retourner là-bas et faire valoir tes idées !

Je sais qu'elle a raison. J'ai là une occasion inespérée de défendre mon idée de Noël Africain qui, je dois l'admettre, vaut la peine d'être approfondie. Mais ma peur de prendre la parole en public est plus forte.

— Écoute, Nana… Merci pour tes encouragements mais ça ne suffira pas. Je n'ai rien préparé ! Or je n'ai jamais été douée pour improviser.

— Je vois. Je vais donc devoir intervenir.

— Quoi ? Que comptes-tu faire ?

L'air très sérieux, Nana Abiba plisse les yeux et lève un sourcil.

— Tu as visiblement besoin d'un petit coup de pouce. Alors…

Là, ce qui se passe sous mes yeux est carrément dément. Nana Abiba claque des doigts et une lumière dorée apparaît. Comme une flamme de bougie juste au-dessus de son pouce. Elle souffle sur la flamme qui se met à bouger et à voleter vers moi.

— *Hiiiiiiiii* !

En bonne froussarde, je tente de l'esquiver mais elle me poursuit.

— Reste tranquille, *n'boh* ! ordonne Nana Abiba. Ne bouge pas et aie confiance ! Laisse la flamme arriver jusqu'à toi.

Passablement tremblante, j'essaie tant bien que mal de rester immobile tandis que la flamme évolue lentement vers moi. J'expire bruyamment avant de fermer les yeux. Soudain, je sens le contact chaud sur ma peau. La flamme pénètre ma poitrine et je me sens emplie d'une énergie indescriptible. D'une vague d'audace extraordinaire.

C'est excitant, grisant… Incroyable ! Je lève un regard médusé vers Nana Abiba qui m'adresse un sourire plein de malice.

— Allez, ma Zeynabou ! Maintenant, va leur montrer ce que tu as dans le ventre.

10

Lorsque je reviens dans la salle de réunion, le calme y est revenu et personne ne semble avoir été piqué par les guêpes. Bass ramasse des feuilles éparpillées sur le plancher... Lali est sortie de sa cachette... Nathalie se repoudre le nez... Yao commente ce qui s'est passé à grand renfort de gesticulations et d'éclats de rire.

Personne ne semble s'être aperçu que j'avais déserté les lieux. Sauf peut-être Djifa qui me dévisage d'un air étrange...

— Bon ! fait Bass au moment où je m'assieds. Maintenant que ces maudites guêpes sont parties, nous allons pouvoir reprendre notre discussion. Où en étions-nous déjà ?

Son regard se pose sur moi et il semble retrouver ses esprits.

— Ah oui, Zeynab ! Votre idée pour le projet *Albarka*.

Emplie de la flamme d'audace de Nana Abiba, j'affiche une expression confiante avant de prendre la parole.

— Lorsque nous avons abordé la distribution des cadeaux, Datane a suggéré qu'elle soit faite par un père Noël. *Blanc.*

Comme Datane me jette un regard furieux, je marque une petite pause lorsque Nana Abiba apparaît brusquement à mes côtés.

— Ne t'arrête pas, Zeynabou ! Continue !

J'inspire profondément avant de poursuivre.

— Le point de vue de Datane est que Noël sans un père Noël *blanc* n'est pas un vrai Noël. Ma vision est qu'il ne devrait pas y avoir de père Noël tout court. Ni blanc, comme voudrait l'imposer Datane, ni noir comme a pu le suggérer Lali.

— Intéressant... commente Bass, en se frottant lentement la barbe. Quelle alternative proposez-vous ?

— Mon postulat est le suivant : pourquoi devrions-nous, en Afrique, fêter Noël comme les populations occidentales ?

Les idées se bousculent dans mon esprit mais j'arrive à les organiser sans céder à la panique. Mes collègues m'écoutent religieusement et je suis ravie d'apercevoir les sourires encourageants de certains d'entre eux, à l'instar de Lali, Yao et... Djifa.

— Chaque année, à Noël, à plusieurs ronds-points de Lomé, il y a des rennes ! Vous rendez-vous compte ? Des rennes !

— Et alors ? intervient Datane en ricanant. Quel mal y a-t-il à cela ? Les rennes font partie de l'imaginaire de Noël !

— Des rennes à New York, Barcelone ou Londres, quoi de plus normal. Mais à Lomé, au Togo, en Afrique ! Moi, ça me choque.

— Tant que tu y es, ironise Datane, tu vas aussi dire que les sapins te choquent puisqu'il n'y a pas de sapins en Afrique !

Il ricane bruyamment, interpellant nos collègues, avant de croiser mon regard amusé.

— Tu as raison, Datane. Et c'est justement ça mon propos. Il n'y a pas plus de sapins que de rennes en Afrique. Il n'y a pas non plus de père Noël dans la culture traditionnelle africaine. Normal, Noël est une fête importée mais qui est désormais bien ancrée dans nos sociétés africaines. Mais, plutôt que de reproduire la façon dont les populations occidentales célèbrent Noël, pourquoi ne l'adapterions-nous pas à notre contexte africain ?

Certains collègues me dévisagent avec circonspection. Nous y voilà ! Ils me prennent sans doute pour une allumée. Une sorte d'activiste en guerre contre les traditions importées. C'est cela quand on essaie de changer des habitudes qui sont profondément ancrées depuis bien trop longtemps.

Mais je me fiche de leur expression dubitative. Je suis déterminée à aller jusqu'au bout de mon idée et rien ne m'arrêtera.

— L'heure est venue de changer le narratif. Il est grand temps de réinventer Noël, à notre manière. Nous le réapproprier pour inventer un Noël typiquement Africain, un Noël qui nous corresponde. Je ne parle pas ici d'une quelconque référence religieuse. Je parle de Noël en tant que fête laïque, commerciale, dont nous créerions nos propres codes. Avec des éléments bien africains !

Mais Datane n'est pas prêt à rendre les armes.

— *Tsss* ! Sottises ! Je suppose que, maintenant, tu vas aussi t'en prendre aux décorations de Noël ?

— Les décorations de Noël ! J'allais justement en parler. Des boules, des guirlandes... Passe encore. Mais des figurines en forme de flocons de neige, des sucres d'orge, du gui ou des bonhommes en pain d'épice... C'est le summum du ridicule. Il s'agit d'éléments culturels occidentaux, pas africains ! Ça ne devrait pas être la norme chez nous.

Je m'arrête pour affronter Datane, Nabine et tous ceux qui me couvrent d'un regard hostile. Car même si je me heurte à des murs, je ne veux pas baisser les bras. D'autres avant moi ont mené des combats idéologiques similaires et ont dû faire face à l'incrédulité, le dédain, les bâtons dans les roues.

Bon, mon combat n'a peut-être pas la même envergure, mais... Purée ! Il faut aux Africains un Noël bien à eux ! Je veux changer l'imaginaire autour de Noël. Avec des codes couleur, des icônes, et des références bien africaines. Pas ces trucs importés auprès d'autres cultures et qui n'ont rien à voir avec la culture africaine.

La flamme de Nana Abiba me galvanise, un peu comme si j'étais shootée sans avoir bu une seule goutte d'alcool. D'ailleurs, c'était quoi, cette flamme ? Peu importe, c'est de la bombe ! Je voudrais en avoir tous les jours.

— Les mythes s'inventent, se construisent. Inventons notre mythe de Noël ! Toute tradition se construit, petit à petit. Si nous trouvons la tâche trop grande, la montagne trop haute, nous n'y arriverons jamais. Il faut commencer quelque part. Et petit à petit, d'année en année, nous réussirons à changer les choses !

Bass bondit de son siège et, sans que je m'y attende, il se met à applaudir, aussitôt suivi par Djifa, Lali et d'autres collègues. Nana Abiba jubile, en fredonnant un chant Bassar et en exécutant une majestueuse danse de *lawa*, le dos courbé, balançant ses bras de droite à gauche, tandis que des applaudissements nourris font vibrer la salle. À moins que ce ne soit moi qui aie du mal à contenir mes tremblements ?

— Votre concept est brillant, Zeynab ! s'exclame Bass en affichant un sourire conquis. Je veux que vous le mettiez au propre pour que nous l'intégrions dans l'*offer pack* pour *Albarka* !

— Mais… intervient Datane, le visage livide. La deadline imposée par le client est pour ce soir !

— Je la ferai repousser ! Les dirigeants d'*Albarka* sont très sensibles aux idées novatrices et ils comprendront que nous ayons besoin de plus de temps pour leur proposer une alternative anticonformiste mais solide et innovante. Zeynab, pensez-vous pouvoir rendre votre copie d'ici mercredi ?

Oh la la… Dans deux jours ? C'était bien beau de susciter l'adhésion de mon chef, mais comment vais-je faire pour tout formaliser dans un laps de temps si court ?

— Eh bien, je… Je vais faire au mieux.

— Il vous faut du renfort ! Y a-t-il des volontaires pour aider Zeynab à marketer son idée de Noël Africain ?

Sans surprise, Lali lève la main, suivie de Yao et Djifa, ce qui me remplit secrètement de joie. D'ailleurs, mon petit doigt me dit qu'il n'est pas complètement étranger à cette réunion impromptue organisée par Bass et je ne peux que lui en être reconnaissant.

Il me décoche son *sourire-fossette* auquel je réponds volontiers.

— Eh bien, je pense que l'équipe projet est créée ! se réjouit Bass. Zeynab, Lali, Djifa et Yao. Quant au reste de l'équipe, commencez à plancher sur le projet *Ségné*. Nous sommes en concurrence avec d'autres agences sur ce dossier et nous avons grand intérêt à prendre de l'avance.

***

— Qu'est-ce que tu m'as fait, Nana ?

Alors que de gros nuages gris s'agglutinent dans le ciel, je descends d'un taxi à Agoè Assiyéyé, tout près d'une grande boutique d'équipements informatiques d'où provient un rythme endiablé de *coupé décalé*. Sur le trottoir où une dame tient un étal de cacahuètes grillées, je m'arrête un instant pour en acheter un petit sachet.

Tout en marchant, je retire les cacahuètes de leurs coques pour commencer à les manger, sous le regard envieux de Nana Abiba.

— Alors ?

— Hmm ? fait-elle distraitement, visiblement fascinée par mon sachet de cacahuètes.

— Tout à l'heure, au bureau, c'était quoi, cette flamme ?

— Oh, ça... Trois fois rien.

— Ah non ! C'était tout sauf rien !

Je me rappelle encore l'euphorie qui m'animait, les applaudissements de mes collègues et je n'en reviens tout simplement pas. Était-ce bien moi cette fille sûre d'elle qui n'avait pas peur d'exprimer ses opinions les plus impopulaires ?

Il faut croire que oui ! J'étais comme survoltée et – *oh, mon Dieu !* – que c'était grisant ! Ce moment restera gravé dans mon esprit comme l'un des plus marquants de toute ma vie.

— J'étais complètement galvanisée, Nana ! Et c'est grâce à cette flamme ! Alors tu ne peux pas me dire que c'était *trois fois rien*.

— Bon, disons que j'ai juste avivé la flamme d'audace en toi. C'est une flamme qui existe en chacun de nous, mais que tu as laissée se ratatiner à cause de la peur. Avec mon coup de pouce, tu sais maintenant de quoi tu es capable si tu oses te lancer avec détermination. Tu dois continuer à nourrir cette flamme en ne laissant pas la peur dicter tes actes.

— Oh ça... C'est plus facile à dire qu'à faire...

Je fronce brusquement les sourcils, car je sens à nouveau une odeur de citronnelle et de kola mâché, la même que ce matin en salle de réunion. Je parcours les alentours pour voir d'où elle provient et j'en arrive à renifler mes propres vêtements lorsque Nana Abiba se met à rôder autour de moi, le regard interrogateur.

— Que t'arrive-t-il ?

J'ai soudain une révélation.

— Cette odeur, c'est toi ?

Elle renifle avant de désigner l'étal appétissant d'une vendeuse de *koliko*, qui plonge des morceaux d'igname dans une marmite d'huile bouillante, près d'une petite table sur laquelle trônent de grandes casseroles emplies de morceaux de viande frits, de spaghettis cuits à la sauce tomate et de purée de piments verts.

— Cette odeur-là ?

— Mais non, Nana ! Je parle de l'odeur de citronnelle et de kola. C'est la deuxième fois que je la sens aujourd'hui. La première fois, c'était ce matin, au bureau, pendant la réunion... et juste avant que tu ne débarques !

— Hmm... C'est peut-être bien moi, alors. Comment la sens-tu ? Fort ? Ou juste un peu ?

— Plutôt fort, oui.

— Parfait !

Son visage rayonne et elle semble assez contente de la situation.

— C'est le signe que ma mission évolue dans le bon sens et que l'aide que je t'apporte commence à porter ses fruits. Autant que je te prévienne, tu devrais la sentir de plus en plus fort.

— Eh ben... Les gardiens du monde n'ont rien trouvé d'autre qu'une odeur de citronnelle et de kola ?

— Ne sois pas irrespectueuse ! Et figure-toi que ce n'est pas toujours la même odeur. Elle varie en fonction de mes missions.

— Ah oui ? (J'enfourne une poignée de cacahuètes dans la bouche). Et sur quoi est-elle basée ? Les gardiens piochent dans la multitude d'odeurs qui peuplent notre monde ?

— Non, *n'boh*. Seulement dans celles qui me plaisent bien.

— Tu veux dire que tu aimes vraiment cette odeur de kola mâché ?

— Et pourquoi pas ? Toi, tu aimes bien l'odeur du *kokanda*, non ? Et ne nie pas, je t'ai vue en manger en cachette dans ta chambre !

Elle fait claquer sa langue et je glousse comme une gamine.

— *Rhoo*, qui n'aime pas le *kokanda*, Nana ?

— Moi ! Et je n'ai jamais compris ce que les gens trouvent à cette friandise. Tout ce sucre ! Caramélisé en plus ! Beurk...

— Ha ha ! Pour en revenir à la flamme d'audace... Je me disais que tu pourrais me donner la formule magique pour la raviver, à chaque fois que j'en ai besoin, qu'en dis-tu ?

— Il n'y a pas de formule magique ! Ah, ces jeunes... Toujours à chercher la solution de facilité !

— Comment t'y es-tu pris, déjà ? Ah oui, tu as claqué des doigts et la flamme a apparu. C'est peut-être un truc de famille... Qui ne tente rien n'a rien, n'est-ce pas, Nana ?

Au moment où j'arrive en vue d'une maison de stature modeste, je joins le geste à la parole en claquant des doigts mais, sans surprise, il ne se passe rien.

— *Rhoo*... Et moi qui croyais qu'il suffisait de claquer des doigts !

Nous échangeons un regard complice avant de pouffer de rire. Puis je lève un regard indécis vers la maison.

J'y vais ou j'y vais pas ?

Will habite ici, chez ses parents. En partant du boulot, un peu plus tôt que d'habitude, j'étais déterminée à venir. Will ne travaille qu'en soirée et en cette fin d'après-midi, j'ai de grandes chances de le trouver chez lui, en train de se préparer à partir au boulot. Mais maintenant que je me trouve devant la maison, je me demande si c'était une bonne idée.

Allez, courage, Zeyn ! Je ne suis quand même pas venue jusqu'ici pour rebrousser chemin sans avoir pris de ses nouvelles. J'appuie sur la sonnette, j'attends une petite minute, puis la porte s'ouvre sur Tanti Rosa, la tante maternelle de Will.

Elle est toujours d'humeur maussade, le visage fermé – je crois que je ne l'ai jamais vu esquisser le moindre petit sourire – et arbore son look habituel : une vieille camisole sur un pagne noué à la taille et un foulard en wax sur la tête.

Après les salutations d'usage, je lui demande si son neveu est là et c'est le moment que Nana Abiba choisit pour s'évaporer dans le néant, ayant visiblement mieux à faire que de rester à mes côtés. Tanti Rosa me demande de patienter un instant et disparaît à l'intérieur, avant de revenir quelques instants plus tard.

Le visage toujours fermé, elle m'annonce que Will n'est pas là.

— Euh… Il va bien au moins ? Je demande parce que je n'ai pas eu de ses nouvelles dernièrement.

De grosses gouttes de pluie commencent à tomber et viennent s'écraser au sol. Tanti Rosa me jette un regard de travers.

— Oui, il va bien ! Il est juste sorti faire quelques courses.

La pluie s'intensifie. Soit je vais à l'intérieur pour m'abriter – ce qui paraît une option incongrue vu le regard peu amène de Tanti Rosa – soit je me hâte de retourner au bord de la grande avenue pour y chercher un taxi.

Bon… Eh bien, il ne me reste plus qu'à repartir ! Au moins maintenant, je sais qu'il n'est rien arrivé de grave à Will. Après avoir chargé Tanti Rosa de l'informer de ma visite, je commence à m'éloigner lorsque Nana Abiba réapparaît devant moi, en affichant une mine de conspiratrice.

— Elle a menti ! affirme-t-elle en pointant l'index en direction de Tanti Rosa.

Au moment où je me retourne, cette dernière disparaît derrière la porte qu'elle vient de refermer. J'interroge Nana Abiba du regard et elle hoche la tête.

— Ton Will est bien dans la maison !

Je suis abasourdie. Si Will est bien là, pourquoi Tanti Rosa m'a-t-elle dit le contraire ?

— Ne reste pas plantée là ! ronchonne Nana Abiba. Allons-nous-en !

Nous en aller ? Alors qu'elle vient de me dire que Will est bien chez lui ? Je ne comprends plus rien.

— Il n'y a rien à comprendre, ajoute-t-elle, ce qui me confirme définitivement qu'elle arrive à lire dans mes pensées.

Quelle horreur... Mais ce n'est pas le moment de me remémorer tout ce que j'ai pu avoir comme pensées inavouables en sa présence.

— Tu ferais mieux de t'abriter si tu ne veux pas être trempée de la tête aux pieds. Là ! Rentre dans cette boutique pour attendre que la pluie s'arrête.

La boutique en question est un petit commerce de quartier qui propose des produits d'alimentation générale. Le gérant m'accueille avec bienveillance et accepte de me laisser attendre à l'intérieur. Un autre passant trouve bientôt refuge dans la boutique et, tandis qu'il engage une conversation animée avec le gérant, je m'approche de la fenêtre.

Bientôt, la pluie semble diminuer d'intensité. Qui sait combien de temps cette accalmie va durer ? Je ferais peut-être mieux d'en profiter pour partir, avant que la pluie ne reprenne de plus belle.

— Attends un peu, ordonne Nana Abiba avant de diriger son index devant nous. Là, regarde !

En suivant son regard, je vois une silhouette sortir de la maison de Will. C'est lui. Il tient un parapluie dans les mains. Ainsi, Nana Abiba avait raison. Il était bien là ! Je n'arrive toujours pas à comprendre pourquoi Tanti Rosa m'a affirmé le contraire.

Une autre silhouette sort de la maison et vient rejoindre Will sous le parapluie. Avec la pluie, je n'arrive pas à voir clairement mais je crois qu'il s'agit d'une fille. Soudain, mon cerveau bug lorsque je vois Will la tenir par la main.

Qui tient la main d'une fille, comme ça, juste pour le fun ? Ils discutent un peu puis se rapprochent l'un de l'autre. Que sont-ils en train de faire ? Est-il en train de lui dire un truc à l'oreille ? Je me fige brusquement en réalisant qu'ils sont en train de s'embrasser.

Je suis sous le choc. À quelques mètres de moi, mon petit-ami est en train d'embrasser une autre. J'ai du mal à l'admettre mais je dois regarder la réalité en face. Will me trompe. C'est pour ça qu'il voulait faire un break au lieu d'essayer d'arranger les choses entre nous. C'est pour ça qu'il ne répondait pas à mes messages. Et moi comme une idiote, je me suis inquiétée pour lui !

Alors que la fille s'éloigne, abritée sous le parapluie, et que Will retourne à l'intérieur de la maison, je reste pétrifiée, à regarder les gouttes de pluie glisser sur les vitres de la fenêtre.

***

Trois jours plus tard

Assise à mon bureau, un stylo coincé entre les dents, je tente tant bien que mal de me concentrer sur un projet client. A ma droite, Nana Abiba a pris place sur mon bureau et jette des regards curieux en direction de Nathalie, visiblement tentée d'aller l'espionner. Mais mon regard dur semble l'en dissuader. Alors elle reste sagement assise sur le bureau en arborant une moue dépitée.

Quelle comédienne ! Oser afficher cet air malheureux, comme si je l'obligeais à rester avec moi, alors que c'est tout le contraire ! Elle avait pourtant promis de ne plus revenir au bureau. Enfin… L'avait-elle vraiment promis ? En me remémorant notre conversation, je n'en suis soudain plus très sûre. La prochaine fois, il faudra que je lui fasse jurer !

Nous sommes jeudi, soit trois jours après que j'aie vu Will en train d'embrasser une autre fille. Je crois que, sans m'en rendre compte, j'avais dû me faire à l'idée qu'entre nous tout était fini car malgré ma tristesse, je n'ai pas réussi à verser une seule larme ce soir-là, lorsque je suis rentrée chez moi, trempée jusqu'aux os.

Le lendemain, avec Lali, Yao et Djifa, nous avons travaillé sur la formalisation du projet de Noël Africain pour *Albarka*. Mes trois collègues sont tous arrivés avec des idées intéressantes et, durant notre session de travail, j'ai été ravie de voir à quel point mon concept de Noël Africain les enthousiasmait.

Après plusieurs heures de travail, nous avons pu rendre le document final à Bass qui l'a envoyé au client hier, comme convenu. En y repensant, l'enthousiasme de mes collègues m'a d'ailleurs fait réaliser que j'avais tort de garder mes idées pour moi au lieu de les exprimer.

C'est vrai, je n'avais jamais pensé qu'une simple réflexion née dans mon esprit puisse devenir une idée intéressante puis un projet à part entière. Si je veux continuer mon cheminement vers plus d'assurance et plus d'affirmation, je dois arrêter de toujours tout garder pour moi.

Ce n'est qu'ainsi, en repoussant mes limites et en m'ouvrant aux autres que je gagnerai en confiance. Mais même si j'en suis consciente, je sais que ça ne va pas être simple.

Mais qui a dit que la vie était simple ?

Tenez, les relations amoureuses par exemple ! On croit très bien connaître l'autre jusqu'au jour où il dévoile son vrai visage. Mais étrangement, je n'en veux pas à Will. Moi aussi, j'ai une part de responsabilité dans cette histoire. Cet énième break était la dernière chose à faire. Nous aurions tout simplement dû arrêter les frais.

Ça faisait un moment que nous n'étions plus sur la même longueur d'onde. Mais j'avais peur de me retrouver seule. Célibataire. L'idée de repartir à la recherche d'un nouveau petit-ami me paraissait insurmontable. Alors je me suis accrochée à Will car il apportait de la stabilité dans ma vie. Je ne voulais pas prendre le risque de tout faire exploser et faire face à un avenir incertain.

J'ai eu tort. Et maintenant, que va-t-il se passer ? Devrais-je lui dire que je suis au courant de tout ou vaut-il mieux le laisser sortir du bois, tout seul ?

Peinant à contenir ma nervosité, je m'applique à mordiller le bouchon de mon stylo lorsque Lali déboule devant moi.

— Tu ne devineras jamais la nouvelle ! s'exclame-t-elle, le visage lumineux.

Elle a le sourire jusqu'aux oreilles et derrière elle, Yao et Djifa arrivent, en affichant la même mine.

— Si je dis *Team Zeynab* ou *Team Datane*, poursuit Lali, ça t'évoque quelque chose ?

— Zeynab ! s'écrie également Yao. C'est ton projet qui a été retenu par *Albarka* !

— Yes ! renchérit Lali. C'est la *Team Zeynab* qui l'a remporté ! *Yoohooo* !

Oh, mon Dieu !

— Vous êtes sérieux ?

— Bien sûr ! répond Djifa avec son adorable *sourire-fossette*. Crois-tu vraiment que nous plaisanterions sur un sujet pareil ?

C'est vrai. Yao pourrait le faire, sans doute. Mais pas Djifa et encore moins Lali.

— Wow... C'est une nouvelle extraordinaire ! Je suis si contente !

Nos éclats de voix joyeux attirent d'autres collègues qui ne tardent pas à se joindre à nous pour célébrer la bonne nouvelle. Au loin, je surprends les visages renfrognés de Datane et Nabine mais je ne m'en formalise pas. Je comprends qu'ils soient déçus que leur idée n'ait pas été retenue par le client mais pour l'heure, je veux juste planer sur un petit nuage.

— Je sais exactement ce qu'il nous faut pour célébrer cette excellente nouvelle ! s'agite Yao en brandissant son téléphone portable.

Une jolie mélodie s'élève dans l'open space et je souris en reconnaissant la chanson *Finale* de l'artiste béninoise Zeynab.

Ado-sabado, dosaba dosaba dosabado
Ado-sabado, dosaba dosaba dosabado

Certains collègues se laissent volontiers prendre au jeu et exécutent de joyeux pas de danse tandis que d'autres applaudissent en rythme sur la chanson. Nana Abiba n'est pas en reste non plus et parade gaiement en exécutant un superbe *lawa*.

— Mesdames et messieurs, voici notre star : *Zeyn Ado-sabado !* s'exclame Yao en exécutant une révérence devant moi, ce qui nous fait tous rire.

Nous sommes encore en train de nous réjouir lorsque Bass arrive, le visage souriant.

— Je vois que vous avez déjà appris la nouvelle. Toutes mes félicitations, Zeynab ! Non seulement votre projet a été retenu, mais le client a aussi débloqué un budget additionnel pour nous confier le pilotage de la mise en œuvre, en collaboration avec le prestataire événementiel.

Wow, je n'en crois pas mes oreilles ! Je suis si contente ! Mais l'instant d'après, je me fige en entendant Bass poursuivre :

— Le client veut voir l'équipe projet demain matin, à dix heures. Zeynab, je compte sur vous pour faire la présentation de votre concept devant le comité de direction d'*Albarka*.

11

L'euphorie de la bonne nouvelle est désormais retombée et mes collègues sont retournés à leur bureau. Pour ma part, ma joie a très vite fait place à une terrible panique. Tandis que mes collègues se réjouissaient à coups de « *chouette ! génial ! super !* », dans ma tête, c'était plutôt « *au secours ! oh non ! quelle horreur !* ».

Faire une présentation devant le comité de direction d'*Albarka* est tout bonnement au-dessus de mes forces. Je n'arrive déjà pas à faire un discours en réunion d'équipe, alors le faire chez un client de l'envergure d'*Albarka* ! Rien qu'à y penser, mon cœur rate un battement et j'ai soudain du mal à respirer. Pour me projeter, j'essaie d'imaginer la salle où va se dérouler la présentation. Y aura-t-il la lumière du jour ou non ?

Sérieusement, Zeynab, quelle différence ça fait ?

Tous les regards seront fixés sur moi. Ils seront critiques, c'est sûr ! Dubitatifs. Et franchement pas accueillants. Oh la la ! L'angoisse revient au galop sous la forme d'une barre oppressante logée juste sous ma poitrine. Je ne vais pas y arriver. Je vais en être malade !

Il me faut plusieurs inspirations profondes avant de réussir à me calmer un peu. J'ai beau me rappeler ce que Nana Abiba m'a dit, l'autre jour, sur le fait d'affronter mes peurs et d'aviver la flamme d'audace en moi, je ne me sens pas capable d'un tel exploit.

Après avoir tourné ça dans ma tête quelques dizaines de fois, j'en arrive à la même conclusion : je ne suis pas en mesure de faire cette présentation demain.

Dans l'absolu, l'idée de la faire ne m'enchante pas, mais si j'avais eu du temps pour me préparer, pourquoi pas ? J'aurais eu besoin d'une semaine au moins. Que dis-je, plutôt deux ou trois. Voire même plus ! Mais ça, c'est dans mes rêves et la réalité est tout autre. La seule solution serait que la réunion soit repoussée à une date ultérieure...

Mais oui ! C'est ce que je dois faire. Aller voir Bass et lui demander de la décaler. Je n'aurai qu'à trouver une excuse, du genre... Oohh... Je sais ! Je vais lui dire que j'ai mes règles et que la période est vraiment mal choisie. C'est vrai, quand j'ai mes règles, je ne suis pas au mieux de ma forme.

Or Bass ne pourra qu'être d'accord sur le fait qu'il vaut mieux que je dispose de toute mon énergie pour tenir un discours devant le comité de direction d'*Albarka*. Requinquée par l'idée géniale que je viens d'avoir, je me mets à la recherche de Bass, en espérant qu'il ne soit pas en réunion toute l'après-midi.

Heureusement pour moi, la porte de son bureau est entrouverte et je le vois assis derrière l'imposante table en bois. Il est au téléphone et me fait signe d'entrer. Je suis en train de fixer les toits des immeubles voisins, à travers la fenêtre, lorsqu'il met fin à sa conversation et me regarde d'un air étrange.

Quoique... En y prêtant plus attention, je me rends compte que ce n'est pas moi qu'il regarde. Il semble fixer un point derrière moi et ses yeux s'écarquillent de plus en plus. Je me retourne brusquement et ce que je vois me donne envie de pester bruyamment mais j'arrive à me retenir.

Juste à côté de la bibliothèque remplie de trophées en bois d'ébène et de beaux livres, dont des *must-have* pour tout professionnel du marketing digne de ce nom, Nana Abiba s'amuse à faire tourner le gouvernail d'un des voiliers miniatures de la collection privée de Bass.

Sérieusement ?

N'a-t-elle donc rien de mieux à faire que de me rôder autour et me mettre dans l'embarras ? Je me rappelle qu'elle avait dit qu'elle ne resterait pas avec moi tout le temps et qu'elle irait souvent du côté de Bassar ou de Bafilo.

Tsss ! C'était visiblement des bobards. Car si je fais le compte, à part la nuit et de rares moments en journée, elle est presque tout le temps collée à mes basques. Dès qu'elle aperçoit mon regard furibard, elle affiche un sourire espiègle avant de disparaître sur-le-champ, laissant derrière elle son parfum de citronnelle et de kola à laquelle je me suis désormais habituée.

Je me retourne vers Bass qui a la bouche entrouverte et lève son index en direction des voiliers. Oh non, il va me demander si j'ai vu la même chose que lui ! Je vais prétendre que non. Bien sûr que je dois prétendre que non. Que pourrais-je dire d'autre ?

Tout va bien, Bass ! C'est juste le fantôme de mon aïeule qui faisait joujou avec l'un de vos bateaux !

Je décide de faire comme si de rien n'était et je me racle bruyamment la gorge.

— Bass, à propos de la réunion chez *Albarka*, pensez-vous que... Enfin, je... Je me demandais si nous pouvions la décaler à un autre moment.

Bass fronce brusquement les sourcils et c'est à mon tour de garder ma bouche entrouverte. Nana Abiba vient de réapparaître juste à côté de lui et semble fascinée par sa chevelure travaillée au gel. Grrr ! Je meurs d'envie de lui passer un de ces savons !

— Ah ? commente Bass. Demain après-midi vous conviendrait-il mieux ?

— Non, je voulais dire... Un autre jour ! La semaine prochaine, par exemple ?

Je suis censée lui parler de ce qui m'empêche d'honorer le rendez-vous – c'est-à-dire mes règles – mais je me trouve parfaitement incapable de le faire. Quelques minutes plus tôt, ça paraissait pourtant une idée lumineuse, la solution miracle au problème. Mais maintenant que je suis devant Bass et qu'il me regarde dans les yeux, lui parler de mes règles me semble l'idée la plus stupide au monde...

Et le trophée de l'idée la plus saugrenue est décerné à Zeynab Twéré ! Yoohooo !

Comme Bass ne dit rien, je poursuis.

— Oui, la semaine prochaine, ce serait mieux ! Ça me laisserait plus de temps pour...

— Je suis navré, Zeynab, me coupe-t-il d'un ton ferme tandis que Nana Abiba affiche un sourire satisfait. J'avais déjà fait reculer la deadline pour la remise de l'*offer pack*. Je ne peux malheureusement pas demander le report de la réunion de demain.

Je suis complètement désespérée.

— Dans ce cas, quelqu'un d'autre pourrait peut-être... faire la présentation à ma place ?

Ma proposition arrache une moue horrifiée à mon aïeule. Quant à Bass, il me regarde comme si je venais de dire la plus grosse énormité du siècle.

— Comment ça, quelqu'un d'autre ? Mais il s'agit de votre idée !

— Je sais, mais...

— Écoutez, Zeynab, je comprends que vous soyez intimidée. C'est normal ! Ce sera votre premier oral en clientèle. Mais vous avez préparé ce projet et je ne doute pas une seconde que vous êtes capable de la présenter au client. De plus, vous ne serez pas seule ! Vos collègues seront avec vous. Et moi aussi. Alors, soyez rassurée et ne vous mettez pas trop de pression. Tout ira très bien !

Les épaules affaissées, je lâche un soupir dépité. J'aurai au moins essayé. Je suis presque arrivée à la porte lorsque la voix de Bass me parvient :

— Je compte sur vous, Zeynab. Demain, à dix heures, dans les locaux d'*Albarka*. Soyez à l'heure !

La mine défaite, je sors de son bureau et je n'ai pas le cœur à retourner dans l'open space. Je m'adosse à une commode dans le couloir et je ferme les yeux en lâchant un nouveau soupir.

— Quelque chose ne va pas ?

Je n'ai pas besoin d'ouvrir les yeux pour savoir de qui il s'agit mais je les ouvre quand même. La mine inquiète, Djifa tient sa sacoche d'ordinateur dans les mains et s'apprête visiblement à quitter l'agence. J'aimerais lui répondre que « *mais non, tout va bien !* », mais je ne trouve pas la force de faire semblant alors que je suis dans un tel pétrin.

— Non, je… Je ne me sens pas très bien. Je crois que je vais rentrer chez moi…

Il plonge son regard dans le mien.

— J'espère que tu n'es pas trop stressée pour la présentation de demain ?

L'entendre me parler de cette présentation redonne de la vigueur à mon désespoir déjà très grand. Je lâche un soupir découragé tandis qu'il arbore une moue compatissante. À quoi bon nier l'évidence ?

— Ça se voit tant que ça ?

— Juste un tout petit peu, tente-t-il de me rassurer.

Mais je ne suis pas dupe. Et bien qu'il soit la dernière personne devant laquelle je voudrais étaler ma vulnérabilité, je suis tellement angoissée que je décide de me confier.

— Si tu savais… Je suis complètement paniquée à l'idée de faire cette présentation demain. Je viens de suggérer à Bass de reporter le rendez-vous ou de demander à l'un d'entre vous de prendre ma place. Mais il n'a rien voulu entendre. Ah la la… Je crois que je vais en faire des centaines de cauchemars cette nuit !

— Mais non, Zeyn, ça va bien se passer, tu verras ! Écoute, je sais que les présentations, ce n'est pas ta tasse de thé. Mais ne te sous-estime pas. Tu es une femme pleine de ressources. Rappelle-toi vendredi dernier, tu t'en es très bien sortie ! Et lundi, tu as passé la barre encore plus haute. Nous étions tous subjugués par ton discours !

— Oui, mais… Ces deux fois ne comptent pas ! Vendredi, j'avais bu de l'alcool et lundi, je…

Je m'arrête brusquement.

Je suis idiote ou quoi ? J'étais sur le point de lui dire que j'avais bénéficié d'un sacré coup de pouce de la part de mon fantôme d'aïeule !

Djifa lève un sourcil interrogateur.

— Oui ?

— Euh… Ce que je veux dire, c'est que je n'étais pas dans mon état normal. Et avant que tu me dises de boire de l'alcool…

— Je n'allais pas te dire de boire de l'alcool. (Il me fait un *sourire-fossette* et, malgré mon désespoir, mon cœur rate un battement). Il y a certainement une autre solution !

Je soupire une nouvelle fois. Si seulement, je pouvais compter sur l'intervention de Nana Abiba ! Mais tout à l'heure, dans les toilettes, je lui ai demandé d'allumer la flamme d'audace une deuxième fois et, sans grande surprise, elle a refusé.

Tu dois le faire toute seule, Zeynabou. Prépare-toi bien. Aie confiance en toi. Écoute ta voix intérieure et allume la flamme toute seule. Tu vas y arriver !

Voilà ce qu'elle m'a dit. Tu parles… Je suis foutue !

— Crois-moi, tu peux le faire, continue Djifa. De quoi as-tu peur ?

— Prendre la parole en public a toujours été un exercice stressant et inconfortable pour moi. Je ne suis pas fière de le dire, mais… Je n'irai pas à ce rendez-vous. Je prétendrai que je suis tombée brusquement malade !

Djifa secoue la tête avant de se frotter le menton.

— J'ai une bien meilleure idée, finit-il par dire, d'un air mystérieux. Que fais-tu, ce soir, après le boulot ?

***

Alors que je patiente à quelques mètres du Grand Rex – une salle de spectacles où se déroulent notamment des séances de cinéma, des spectacles, concerts, défilés de mode, séminaires et diverses manifestations culturelles – je me demande encore comment je me suis retrouvée là.

Plus tôt dans l'après-midi, lorsque Djifa m'a proposé de l'y rejoindre après le boulot, je n'ai pas su quoi répondre. Alors, il m'a décoché un *sourire-fossette* avant d'ajouter :

— Je pars en rendez-vous client. Retrouvons-nous devant la salle à dix-huit heures !

Puis il s'est hâté vers la porte d'entrée. Depuis notre discussion, j'ai pensé à l'appeler des dizaines de fois pour lui dire que tout bien réfléchi, j'avais déjà quelque chose de prévu. Mais finalement, je ne sais pas trop pourquoi, je me suis rendue sur le lieu du rendez-vous.

Il est dix-huit heures cinq mais il n'est pas encore là. J'espère qu'il n'a pas l'intention de me poser un lapin ! Je suis en train d'observer les alentours lorsque je le vois sortir de la salle.

— Zeynab ! Je suis content que tu sois venue.

— Eh oui… Je suis là !

S'il savait que je m'en mords déjà les doigts…

— Allez, viens ! Entrons.

Je suis intriguée. M'a-t-il demandé de le retrouver ici pour… m'inviter au cinéma ? Euh… Honnêtement, la dernière chose dont j'ai besoin ce soir, c'est d'aller perdre du temps à regarder un film – même en très bonne compagnie – alors que je suis si angoissée par ma présentation de demain.

Comme nous traversons un couloir mal éclairé, mon côté froussarde se joint à la partie. Djifa n'a pas l'air d'être un coupeur de têtes, mais… Un coupeur de têtes a-t-il une apparence spécifique ? Aisément reconnaissable ? J'en reviens à l'histoire de la pancarte sur le front qui aurait été bien utile dans ce type de situation.

Soudain, il s'arrête devant une porte et je manque de lui rentrer dedans.

— Après toi, dit-il en ouvrant.

Je retiens mon souffle et lorsque je risque un coup d'œil à l'intérieur, je suis étonnée de voir une petite salle de spectacles avec une estrade et des gradins.

— Salut, les amis ! fait un homme qui vient de surgir derrière nous.

La quarantaine, de taille moyenne, il porte une tenue *décontractée-chic* et de longs dreadlocks encadrent son visage avenant.

— Si cela vous convient, nous allons commencer dans une petite minute ! Le temps de régler un dernier détail…

Il passe devant nous et disparaît par un petit passage à côté de l'estrade. Je jette un coup d'œil interrogateur à Djifa.

— Commencer quoi ?

Il réprime un sourire amusé tandis qu'une lueur espiègle brille dans ses yeux.

— Rien de dangereux, je te rassure !

À peine a-t-il prononcé ces paroles sibyllines que des projecteurs s'allument, si bien que la scène est désormais en pleine lumière. Les rideaux au fond de l'estrade s'écartent et l'homme aux dreadlocks fait une entrée théâtrale.

— Soyez les bienvenus sur la scène du Grand Rex, les amis ! Djifa, veux-tu accompagner notre charmante invitée jusqu'ici ?

— Je ne pense pas que…

— Aie confiance, me rassure Djifa en me prenant par la main.

Le contact chaleureux de sa paume me cloue instantanément le clapet et je suis parfaitement incapable de retirer ma main de la sienne. Pas parce qu'il la tient plutôt fermement. Mais parce que je n'en ai aucune envie.

Nous montons les marches pour rejoindre l'estrade.

— Je m'appelle Gerry, fait l'homme aux dreadlocks, lorsque nous le rejoignons. Et ce soir, j'aurai le plaisir de vous dispenser un cours express de prise de parole en public par les techniques théâtrales !

Hein ? Je jette un regard ahuri à Djifa qui m'encourage d'un hochement de tête.

— J'enseigne le théâtre depuis une quinzaine d'années, poursuit Gerry, et des cours de prise de parole en public depuis plus de cinq ans. Prendre la parole en public est un exercice délicat pour bon nombre de gens. L'une des difficultés qui reviennent le plus souvent est le stress que génère l'exercice. On a le trac, on panique et on préférerait ne pas avoir à le faire.

Je me reconnais entièrement dans ce que Gerry est en train de décrire.

— Zeynab, c'est bien ainsi que vous vous appelez, n'est-ce pas ? (Je réponds par l'affirmative). Dites-moi, que ressentez-vous lorsque vous êtes amenée à prendre la parole en public ?

Sérieusement ? Mon regard passe de Gerry à Djifa puis je reviens sur Gerry. J'aimerais pouvoir répondre ceci :

Lorsque je dois prendre la parole en public, je suis tétanisée. J'éprouve un malaise indescriptible à l'idée de me tenir debout devant des gens, d'être sous le feu des projecteurs, d'être le centre de l'attention, d'affronter le regard des gens...

Cependant, partager ce que je ressens me donne l'impression de me mettre à nu devant des inconnus et ça aussi, c'est assez inconfortable. Mais l'expression joviale de Gerry me donne du courage et je prends une profonde inspiration.

— Je... J'ai le cœur qui bat à cent à l'heure, j'ai la gorge sèche, l'estomac complètement noué. Je tremble aussi, parfois. C'est... C'est une véritable torture !

— Je vois. Bon, je ne pose pas la question à Djifa puisque nous nous connaissons déjà. J'ai oublié de vous le dire, Zeynab. Djifa est l'un des élèves les plus assidus de mes cours de théâtre !

Ils échangent un regard entendu puis Djifa m'adresse un clin d'œil.

— Pour commencer, reprend Gerry à mon attention, sachez que les manifestations physiques que vous ressentez lorsque vous devez prendre la parole en public sont tout à fait normales. Il s'agit de réactions physiologiques naturelles face à une peur. En l'occurrence, la peur de prendre la parole devant d'autres personnes.

Il fait quelques pas pour se rapprocher de moi.

— L'une des premières choses que vous devez savoir, Zeynab, c'est que cette peur ne va probablement jamais disparaître et vous allez devoir composer avec elle. Savoir qu'elle est là, accepter d'avoir l'estomac noué, le cœur qui bat un peu plus vite, mais décider consciemment de faire quand même ce que vous avez à faire ! Nous allons commencer par des exercices pour vous aider à gérer votre stress avant et pendant la prise de parole. Puis nous terminerons par des exercices de respiration et de posture. Alors, êtes-vous partante, Zeynab ?

J'ai une furieuse envie de prendre mes jambes à mon cou, mais en croisant le regard encourageant de Djifa, je capitule.

— Je suis déjà là, donc... Je suppose que oui ?

— Alors, c'est parti !

***

Gerry est un professeur impliqué, patient et prévenant. Il sait trouver les mots justes pour susciter l'engagement de ses interlocuteurs. Après une demi-heure sur scène, je commence à me sentir nettement moins tendue qu'au début du cours. À présent, il me fait faire des exercices qui se font généralement en groupe.

Naturellement, Djifa est mis à contribution pour me servir de binôme. La voix de Gerry retentit derrière moi.

— Tenez-vous à moins d'un mètre, l'un de l'autre. Là... Parfait ! Maintenant, regardez-vous droit dans les yeux. Ne parlez pas. N'exprimez aucune émotion. Et plus important encore : ne cherchez pas à fuir le regard de l'autre. Bien… Maintenez cette posture pendant une petite minute !

Je n'arrive pas à trouver les mots pour dire à quel point l'exercice est inconfortable. Djifa, lui, semble parfaitement à l'aise et me fixe intensément du regard. Je me demande à quoi il pense. Mais surtout… Que pense-t-il de moi ?

Pour ma part, les pensées qui tournent en boucle dans ma tête sont :

Son parfum sent divinement bon !
Oh, mon Dieu ! Son regard est décidément très troublant !

Au bout de quinze secondes, je suis déjà à bout. Cet exercice a un côté tellement intime, surtout pour moi qui ai toujours eu du mal à soutenir le regard des autres. Je ne sais plus où me mettre. Le regard de Djifa me brûle. C'est si troublant de devoir se tenir debout devant lui et de le regarder droit dans les yeux.

Je suis censée regarder ses yeux mais mon regard commence à être attiré ailleurs. Plus bas. Vers ses lèvres pleines, douces, sensuelles. J'ai soudain trop chaud, la gorge sèche. Je ne vais pas pouvoir continuer.

— Vous pouvez détourner le regard ! s'écrie Gerry et je ressens un soulagement indescriptible. Dites-nous tout, Zeynab. Qu'avez-vous ressenti pendant cet exercice ?

Je ne peux pas répondre que j'ai trouvé le regard de Djifa troublant. Ni que sa personne toute entière me trouble à un point indicible.

— Je… J'ai ressenti du trac… Beaucoup d'inconfort. Quelques secondes de plus et je me serais sans doute mise à trembler…

— Vous pouvez être fière de vous parce que vous avez réussi à tenir. Malgré l'inconfort, vous n'avez pas détourné le regard, ce qui est très bien ! Je voulais vous amener à vivre une expérience où vous avez conscience de l'inconfort, mais vous vous accrochez à votre objectif. En l'occurrence, fixer Djifa du regard. Et vous avez réussi ! De la même manière, quand vous avez un discours à faire, acceptez l'inconfort et accrochez-vous à votre objectif de délivrer le discours.

Une heure plus tard, après plusieurs exercices pratiques de prise de parole dont je ne me suis pas trop mal sortie, nous finissons le cours sur une note festive. Je n'aurais pas cru cela possible lorsque j'ai fait mon entrée sur la scène, mais je me sens trois fois plus à l'aise.

Gerry a dégainé son téléphone et me croirez-vous si je vous dis qu'en ce moment même Djifa et moi nous dansons sur l'estrade au rythme d'un *soukouss* endiablé ? Eh bien, vous devriez ! Car c'est exactement ce qui est en train de se passer. Au début, j'avais quelques réticences à le faire, mais lorsque Djifa a commencé à se déhancher à coups de mimiques comiques, je n'ai pas su garder mon sérieux très longtemps.

J'ai toujours eu une conscience aiguë du regard des autres sur moi et il a tendance à me bloquer, me tétaniser même. Que vont penser les gens ? Comment vont-ils me trouver ? Mais cet exercice est censé nous libérer du regard des autres et je trouve qu'il tient plutôt bien ses promesses.

Je réalise à quel point il faut que j'apprenne à lâcher prise sur le regard des autres. C'est OK de ne pas plaire. D'ailleurs, un célèbre dicton ne dit-il pas qu'on ne peut pas plaire à tout le monde ?

Mon regard s'accroche un court instant à celui de Djifa et mon esprit me renvoie des images des exercices de respiration, quelques instants plus tôt, qui ont notamment impliqué que Djifa se tienne debout derrière moi et pose ses mains sur mon ventre, ce qui a considérablement fait grimper ma température interne.

Nous étions vraiment très proches et je pouvais sentir son parfum viril, la puissance et la chaleur de ses mains sur mon ventre. Il y a aussi eu cet exercice où nous devions apprendre à mieux nous connaître à travers nos hobbies, nos qualités et nos défauts, nos plats, couleurs, livres ou musiques préférés, avant de monter sur scène pour présenter l'autre et vice-versa.

J'ai ainsi pu apprendre beaucoup plus de choses sur lui que depuis son arrivée à l'agence, un mois plus tôt. Je découvre des facettes de lui que je n'ai pas l'occasion de voir au bureau. Et j'adore la personnalité que je découvre.

Je sais désormais qu'il adore faire du vélo, que sa couleur préférée est le bleu, qu'il fait du théâtre et suit des cours de lutte Kabyè, qu'il a déjà parcouru le Togo, du sud au nord, au moins cinq fois et qu'il rêve de faire pareil avec des tas d'autres pays d'Afrique. Et aussi qu'il déteste les jours de pluie, car ils lui rappellent la fois où il a failli finir dans un fossé parce que son vélo avait dérapé…

Djifa se lâche, fait le fou et j'aime ça. Que dis-je… J'adore ça ! Moi aussi, je ne suis pas en reste et je fais la folle. J'en oublie presque qu'en temps normal, je suis plutôt dans la retenue lorsque je suis avec lui.

Mine de rien, alors que j'ai débuté ce cours à contrecœur parce que je trouvais la scène vachement impressionnante et que j'étais intimidée et mal à l'aise à l'idée de devoir me mettre à nu devant Djifa, j'ai adoré chacun des exercices que nous avons faits et ils m'ont fait un bien fou !

Pendant que nous dansons et que l'atmosphère est si détendue entre nous, c'est le moment d'admettre pleinement que Djifa me plaît décidément beaucoup. J'ai envie d'apprendre à mieux le connaître. J'ai envie d'être plus proche de lui, d'être plus qu'une simple collègue.

Et plus encore, j'ai envie de prendre mes rêves pour des réalités.

Ce *sourire-fossette* qu'il n'arrête pas de m'adresser et qui fait battre mon cœur un peu plus vite… Cette façon si douce et intense à la fois qu'il a de me regarder… Ça ne peut vouloir dire qu'une seule chose, pas vrai ?

Je sais reconnaître quand un homme me fait du charme. Et là, ce sont des signaux clairs ! Se pourrait-il que Djifa soit lui aussi attiré par moi ? Je voudrais que ça soit le cas. Je le désire de toutes mes forces.

Mais l'instant d'après, une pensée fugace fait retomber mes illusions. À quoi bon espérer qu'il soit attiré par moi ? Il n'est pas libre et une histoire entre nous est tout bonnement impossible.

Bravo Zeynab ! Te voilà entichée d'un mec déjà pris.

12

Il est plus de vingt heures lorsque nous quittons le Grand Rex. Comme nous n'avons pas dîné, Djifa propose de s'arrêter dans un petit restaurant, à quelques encablures de la salle, et j'accepte volontiers car je meurs de faim. Et aussi parce que j'ai envie de profiter encore un peu de sa compagnie si agréable.

Après qu'un serveur ait pris notre commande, Djifa me décoche un *sourire-fossette*.

— Alors, tu n'es pas trop fâchée d'être tombée dans ce traquenard ?

— Pour un traquenard, c'en était un sacré ! Mais non, je ne suis pas fâchée. J'ai passé un excellent moment et Gerry était super !

— N'est-ce pas ? J'ai tout de suite accroché la première fois que j'ai assisté à son cours.

— Alors comme ça, tu fais du théâtre ?

— Eh oui ! Depuis deux ans maintenant.

Bientôt, nos plats arrivent – du *pinon*[30] et de la pintade frite pour moi, du *akoumè* à la sauce *adémè* avec de la viande bœuf pour Djifa – et nous commençons à manger tout en discutant. Nous apprenons à mieux nous connaître et j'ai l'impression de passer une soirée enchantée. Depuis que nous sommes montés sur l'estrade, j'ai oublié tous mes soucis. Mon trac. Mon appréhension. L'épreuve qui m'attend demain.

---

[30] Pâte cuite et assaisonnée, à base de gari et de purée de tomates.

Discuter avec Djifa, être en sa compagnie me fait un bien fou et je n'ai pas envie que ça s'arrête. À présent, nous évoquons les endroits où nous aimons nous rendre pour nous ressourcer et Djifa me parle de ses vacances, l'été dernier, avec des amis.

— Nous avions loué une baraque à Cotonou et nous passions le plus clair de notre temps à nous promener, prendre du bon temps et aller à la plage. C'était vraiment génial ! L'ambiance était chouette et surréaliste. Enfin… Jusqu'à ce qu'un fâcheux incident nous contraigne à écourter notre séjour. Nos vacances se sont terminées sur une note beaucoup moins joyeuse.

— Que s'est-il passé ?

— En l'espace d'une soirée, j'ai perdu mon meilleur ami. Et j'ai rompu avec ma petite amie !

— Oh… Je… J'en suis navrée.

Comme j'affiche un air désolé, il éclate de rire.

— Rassure-toi, personne n'est mort ! Mais surprendre mon meilleur ami avec ma petite amie a été un sacré choc. Le genre de choc qui vous fait hurler comme un loup et vous donne envie de taper dans un mur comme un fou furieux !

Il aborde le sujet avec humour, mais je comprends aisément que cela a dû être une épreuve terrible pour lui.

— Je suis doublement navrée.

— Ne le sois pas ! Avec le recul, je me dis que c'était finalement la meilleure chose qui pouvait arriver.

Une question me traverse l'esprit et je suis horriblement gênée à l'idée de la poser. Mais l'occasion est si inespérée que je décide de la poser malgré tout.

— Co… Comment s'appelle-t-elle ?

— Qui ça ?

— Ton… ex-petite amie.

Djifa me jette un regard perplexe.

— Oh, euh… Valérie.

Et voilà ! Le mystère du prénom en « i » est finalement percé !

— Nous sommes restés ensemble trois ans. Et toi ? Es-tu en couple ?

Oups... Je n'ai pas vu la question arriver. J'aurais pourtant dû m'y attendre vu la tournure que prenait la conversation.

— Je l'étais mais je ne le suis plus, depuis peu.

Un serveur vient récupérer nos assiettes vides et nous propose la carte des desserts. Nous craquons tous les deux pour le même dessert – un cake au corossol – ce qui nous arrache des sourires amusés. Et voilà qu'il me jette encore un regard intense. Zut ! Ce n'est pas possible que j'aie faux sur toute la ligne.

Mais avant de poursuivre mes plans sur la comète, il demeure un autre mystère sur lequel je dois faire la lumière. Alors, subtilement, l'air de rien, je me lance.

— Du coup, Evelyne et toi, vous... Je veux dire, ça fait combien de temps que vous êtes ensemble ?

— Pardon ?

Il manque de s'étrangler avec une part de cake et avale une gorgée d'eau avant d'éclater de rire.

— C'est vraiment ce que tu pensais ? Que j'étais en couple avec Evelyne ?

Il rigole encore.

— Sérieusement, non. Sans façon ! Nous sommes juste amis. Et à dire vrai, je ne suis pas tellement fan du style *Karaba* !

J'aimerais lui demander quel est son style mais ça serait un peu étrange, non ? D'ailleurs, toute cette conversation est carrément *étrange*. Il y a encore quelques heures, nous n'étions que de simples collègues. Et à présent, que sommes-nous devenus ?

Djifa aussi me regarde d'un air *étrangement* profond.

— D'autant plus que je suis déjà attiré par quelqu'un d'autre.

Il ne me quitte pas des yeux et j'ai soudain un coup de chaud. Est-il sérieusement en train de parler de... moi ? Une partie de moi voudrait le laisser continuer et en avoir le cœur net tandis qu'une autre m'exhorte à ne surtout pas le laisser faire. Car une fois qu'il m'aura officiellement déclaré sa flamme, que suis-je censée faire ?

Stop ! Tout va beaucoup trop vite. Nous venons à peine de passer de la case « *collègues* » à la case « *amis* ». Je ne me sens pas prête à accueillir la suite aussi vite. Je crois que j'ai besoin de digérer l'idée que je lui plais et de me préparer mentalement à... sortir avec lui ?

Oh mon Dieu !

Comme je ne réagis pas à sa dernière phrase, Djifa interprète mon silence comme un rejet car il m'adresse un sourire dépité.

— Tu dois être fatiguée par la séance au théâtre et je suis là à te bassiner avec des sottises !

— Mais non, tu ne...

Il jette un coup d'œil à son téléphone avant de se lever.

— Je ne peux pas t'en vouloir. Il est tard et une longue journée nous attend demain... Nous devrions y aller.

Est-il vraiment en train d'écourter notre dîner magique ? Oh non... Je suis soudain prise d'affreux remords. Je n'aurais pas dû garder le silence. J'aurais dû faire fi de l'extrême confusion dans laquelle je me trouve et l'encourager à faire sa déclaration. Il n'est peut-être pas trop tard. Je devrais peut-être...

Mais déjà, il lève la main pour héler le serveur, tandis que je me sermonne intérieurement.

Bon sang... Pourquoi faut-il toujours que je sois aussi froussarde ?

***

De retour chez moi, je me repasse mentalement les événements de la soirée, histoire de faire durer la bulle de bonheur créée par mon rapprochement avec Djifa, mais la réalité me rattrape dès que mon regard se pose sur mon ordinateur. Je dois faire une présentation orale demain matin et je ne me sens absolument pas prête !

C'était top de travailler la forme au théâtre avec Gerry mais ça ne fera pas tout. Je dois aussi bosser le fond. Et même si l'idée du Noël Africain vient de moi, je suis loin d'être capable d'en parler de façon fluide et percutante sans avoir révisé un minimum ma copie.

Il est plus de vingt-deux heures, je devrais dormir pour être fraîche demain mais je me connais. Je n'arriverai pas à fermer l'œil si je ne prépare pas minutieusement le contenu de ma présentation.

J'ouvre l'ordinateur pour relire plusieurs fois le document final que nous avons fait parvenir à *Albarka*. Puis je formule mes idées principales, je définis le fil conducteur de mon discours et je choisis des tournures de phrases qui sonnent bien pour introduire mes idées. Une demi-heure plus tard, j'arpente le salon de long en large en répétant mon discours à voix haute.

Au bout de la dixième répétition, je m'écroule de fatigue sur le canapé. Ah la la ! En plus d'être épuisant physiquement, l'exercice est si stressant ! Je n'en peux plus ! Finalement, je voudrais que la présentation ait lieu tout de suite. Que je la fasse une bonne fois pour toutes et qu'elle soit derrière moi le plus vite possible afin de ne plus avoir à y penser !

Et dire qu'à la base, j'avais espéré qu'elle soit reportée de plusieurs semaines... Tout compte fait, attendre plus longtemps aurait été pire. J'aurais passé des semaines angoissantes. Ce n'est finalement pas plus mal que l'échéance soit aussi courte. C'est moins de temps à stresser.

Bon ! Après une dernière répétition, je décide d'en rester là. Demain est un autre jour. Et je me jetterai à l'eau ! Quoiqu'il arrive, je ferai de mon mieux. Je pose l'ordinateur sur la table basse et me dirige vers la chambre lorsqu'on frappe à ma porte. L'horloge indique vingt-trois heures trente-deux. Qui cela peut-il être ?

Je suis surprise de découvrir Maman sur le pas de la porte.

— Je craignais que tu ne dormes déjà mais j'ai vu de la lumière, alors je suis venue. Tu n'es même pas restée papoter un peu, ce soir !

Je lui montre mon ordinateur ouvert.

— Je te l'ai dit, j'avais beaucoup de boulot.

— Je vois. Je me demandais... As-tu besoin d'aide pour le déjeuner de famille ? Nous pourrions cuisiner ensemble ce week-end, qu'en dis-tu ?

Oh mon Dieu ! Le déjeuner de famille !

Avec le projet de Noël Africain, il m'était complètement sorti de la tête. Purée... Comment vais-je m'en sortir ? Pour être honnête, à part dimanche soir où j'ai visité quelques blogs culinaires et lu une dizaine de recettes, je n'ai pas beaucoup avancé. Et dire que c'est dans une dizaine de jours !

Je jette un regard sincèrement paniqué à Maman.

— Je crois que je ne vais pas y arriver. C'était une idée absurde ! Je n'aurais jamais dû accepter ce déjeuner.

— Ce n'est pas de ta faute ! Ta cousine Evelyne est une vraie peste. C'est elle qui n'aurait jamais dû planifier ce déjeuner absurde dans le seul but de te mettre au défi de cuisiner pour toute la famille !

Je soupire profondément.

— Elle m'a tendu un piège et je suis tombée dedans comme une débutante....

— Il est encore temps de tout annuler, tu sais. Tu n'es pas obligée de faire ce déjeuner si tu n'en as pas envie.

— Tu n'y penses pas ! Annuler ce déjeuner revient à reconnaître devant toute la famille que je suis une piètre cuisinière. Papa et toi seriez si embarrassés !

Maman s'approche de moi et prend mes mains dans les siennes.

— C'est ce que tu penses ? Oh, ma Zeynab... Ton père s'en fiche complètement que tu saches bien cuisiner ou non. Et moi encore plus ! Si tu es heureuse ainsi, nous le sommes aussi. Il est vrai que j'ai essayé de te transmettre ma passion pour la cuisine. Mais j'ai fini par comprendre que cuisiner, ce n'était pas ta tasse de thé. Tu as trouvé d'autres compétences à développer. Et c'est OK.

— On croirait entendre Nana Abi...

Je m'arrête brusquement avant de commettre une gaffe. Mais c'est trop tard. Maman a froncé les sourcils et me dévisage avec curiosité.

— Pardon ?

— Euh... Je... Je me disais que c'était le genre de choses que Nana Abiba aurait pu dire !

Je désigne le vieil album photos posé sur un meuble près du canapé.

— Ces derniers jours, j'ai passé beaucoup de temps à regarder ces vieilles photos et celles de Nana Abiba m'ont beaucoup marquée. Tu vas sans doute trouver ça bizarre, mais... Je me suis parfois imaginée discutant avec elle, partageant son quotidien. Elle a l'air d'avoir été une femme de caractère et de poigne.

Un sourire distrait aux lèvres, Maman semble convaincue de ma réponse. Ouf, j'ai plutôt bien rattrapé ma bourde !

— Alors, qu'as-tu décidé pour le déjeuner ?

— Je vais y réfléchir encore un peu...

— Allez, viens par là.

Elle m'attire dans ses bras et nous nous étreignons longuement.

— Peu importe ce que tu décideras, sache que je suis déjà très fière de toi, ma Zeynabou.

— Merci, Maman. Je t'aime fort.

— Moi aussi, je t'aime fort, ma chérie.

Nous retombons dans les bras l'une de l'autre lorsqu'une odeur de citronnelle me chatouille délicieusement le nez. Debout dans l'embrasure de la porte de la cuisine, Nana Abiba nous couvre d'un regard attendri.

— Bon, il est tard ! s'écrie Maman. Je ferais mieux d'y aller sinon ton père va venir me chercher en rouspétant !

Connaissant Papa, il est bien capable de le faire. Nous nous embrassons une dernière fois, avant de nous souhaiter la bonne nuit, puis Maman repart vers la cour principale. J'attends qu'elle ait bien refermé le portail qui sépare les deux cours avant de fermer ma porte. Comme si quelque chose pouvait lui arriver sur un si court trajet !

Nana Abiba flotte jusqu'à moi.

— Comment s'est passée ta soirée ?

— Super bien ! Comme si tu ne le savais pas déjà !

— Oserais-tu insinuer que je t'espionne ?

— Je suis même prête à le parier !

Elle lève le menton et affiche une moue vexée mais je ne me laisse pas attendrir. C'est quand même bizarre qu'elle n'ait pas pointé le bout de son pagne une seule fois de la soirée alors qu'elle ne m'a pratiquement pas quittée de la journée. Si je l'interroge, elle va encore me servir son excuse de balade à Bafilo à la noix alors que je suis persuadée qu'elle m'a espionnée en mode invisible et qu'elle a préféré me laisser en tête-à-tête avec Djifa.

Sacrée Nana Abiba... Plus carabinée qu'elle, tu meurs ! Drôle d'expression pour parler d'elle, sachant que morte, elle l'est déjà... Mais je n'ai rien trouvé de mieux !

Elle se penche vers l'ordinateur ouvert.

— Es-tu prête pour ta présentation de demain ?

— On va dire que oui... En tout cas, j'ai mis toutes les chances de mon côté.

— Ça, c'est ma Zeynabou ! Volontaire, travailleuse, battante ! Je savais que tu ne te morfondrais pas sur ton triste sort !

Comme si elle m'avait laissé le choix !

— Sinon, tu n'as toujours pas changé d'avis ?

— A quel sujet ?

— Tu es incroyable, Nana !

— Quoi ?

— Tu vas vraiment faire comme si tu ne savais pas de quoi je parle ?

— Je ne sais pas, Zeynabou. Dis-le-moi, clairement.

Ben voyons, ce n'est pas comme si elle ne savait pas lire dans mes pensées !

— Je parle du déjeuner de famille.

— Oh ! Celui que tu as voulu organiser pour impressionner ta cousine ?

J'accuse le coup en comprenant que non, elle n'a toujours pas changé d'avis.

— Tu ne m'aideras donc pas ?

— Non, ma Zeynabou. Et j'en suis désolée ! Au risque de me répéter, il n'y a aucun mal à ne pas savoir cuisiner. Regarde-toi, tu as plein d'autres talents !

— Oui, mais cuisiner, c'est *le* talent des femmes de notre famille !

— Eh bien, tu es l'exception à la règle ! Crois-moi, il n'y a aucun mal à être une exception.

— Donc, c'est ton dernier mot ?

— Oui.

— Et que feras-tu le jour du déjeuner ? Tu resteras là à me regarder galérer ?

— Non. Figure-toi que j'ai mieux à faire ! Il y aura une fête à Bassar et je ne la raterai pour rien au monde.

— Tu préfères aller faire la fête plutôt qu'aider ton arrière-petite-fille à briller devant toute la famille ? Pourtant, en semaine, je ne te vois pas beaucoup partir à Bassar, Bafilo ou Bandjéli. Au lieu de ça, tu t'obstines à venir m'importuner au bureau !

— Ma mission est la priorité ! rétorque-t-elle d'un ton très professionnel. Mes balades viennent en second.

J'ai envie de lui décocher une réplique acide mais je parviens à me retenir. Sa mission ? N'est-elle pas justement là pour m'aider ? Au lieu de quoi, elle préfère me laisser galérer toute seule alors qu'il suffirait qu'elle lève un seul petit doigt. Ou plutôt qu'elle claque des doigts !

— Bon, poursuit-elle en affichant un air amusé. Au lieu de nourrir des pensées peu charitables à mon égard, et si tu me disais plutôt comment tu comptes t'y prendre pour ce déjeuner que tu refuses d'annuler ?

Je repense aux blogs culinaires que j'ai visités dimanche dernier. Eh bien, dès demain, je vais y retourner puis je me mettrai à la tâche ce week-end pour tout mettre en pratique. Je n'aurai qu'à suivre scrupuleusement les directives pour arriver au résultat escompté.

Je suis sûre que je me mets la pression pour trois fois rien ! Après tout, cuisiner n'est guère qu'une histoire d'ingrédients, de quantités et de dosages…

Relax, Zeyn, tu t'en sortiras très bien !

***

Le lendemain

Arrivés dans les locaux d'*Albarka* il y a tout juste dix minutes, nous patientons dans une grande salle de réunion où les membres du comité de direction devraient nous rejoindre d'un instant à l'autre.

Alors que Lali, Yao, Djifa et Bass discutent en affichant un air décontracté, je lutte pour ne pas prendre mes jambes à mon cou. Pour éviter de céder à la panique, je me repasse en boucle les paroles de Gerry.

Ne te mets pas trop de pression et donne-toi le droit à l'erreur.
Ça n'a pas besoin d'être parfait !
Respire à fond, sois dans le moment présent et fais juste de ton mieux.

Djifa s'approche de moi et me murmure à l'oreille.

— Détends-toi… Tout va bien se passer, il n'y a pas de raison !

Puis il me frictionne gentiment le bras avant de retourner vers les autres. Tout à l'heure, Lali aussi m'a abreuvée de paroles stimulantes. Et je n'oublie pas les regards encourageants de Bass ainsi que les blagues de Yao pour détendre l'atmosphère. Je me sens vraiment chanceuse d'avoir autour de moi des personnes aussi bienveillantes.

Debout près de la baie vitrée, je ferme les yeux et j'inspire profondément. Je sais ce que je vais dire, j'ai structuré et répété mon discours des dizaines de fois. Djifa a raison. Il n'y a pas de raison que je n'y arrive pas !

Dans quelques instants, les membres du comité de direction d'*Albarka* vont faire leur entrée dans la salle et je vais devoir me tenir devant eux. Soutenir leurs regards. Délivrer mon discours. Aïe aïe aïe, rien qu'à y penser, le stress remonte en flèche.

Relax, Zeyn, relax ! J'essaie de converser avec mon moi intérieur qui est tétanisé. J'ai besoin de toi. J'ai besoin que tu allumes le feu !

Je suis Zeynab Mariam Twéré, descendante de Abiba Dansofo, une femme forte, battante, audacieuse.

Je viens d'une lignée de femmes vaillantes et audacieuses.

Je suis une femme audacieuse !

Que va-t-il m'arriver de grave quand je prendrai la parole ? Absolument rien. Les gens ne vont pas me manger. Il y aura des regards hostiles. Et alors ? C'est OK. Ils ont le droit de ne pas être convaincus. Suis-je convaincue moi ? Oui ! Alors je dois juste faire le job, parler avec enthousiasme et conviction pour embarquer autour de mon projet. Point barre.

J'inspire et j'expire plusieurs fois. Les battements de mon cœur se calment peu à peu. La boule qui s'était logée dans mon estomac semble se disloquer et je me concentre sur ma respiration pour dompter ma peur. Cette peur infondée qui me gâche la vie. Cette peur qui a le droit d'être là, pour me protéger, qui est un mécanisme de défense normal, mais qui ne doit pas devenir un handicap insurmontable.

D'autres paroles de Gerry me reviennent en tête.

La peur te prévient qu'il y a un danger, un enjeu important. Elle allume des signaux d'alerte, mais tu as le choix entre fuir et faire face. Fais face, toujours.

Le trac est là. La peur aussi est bien présente. Mais c'est OK. Je suis consciente qu'elle ne partira pas et j'ai décidé de faire avec.

Quelques instants plus tard, lorsque les membres du comité de direction d'*Albarka* arrivent, je me positionne à l'avant de la salle, déterminée à mettre ma peur de côté et à juste faire de mon mieux.

13

Je peux enfin souffler.

Je peux à nouveau respirer à pleins poumons !

La présentation s'est bien passée. Je n'irais pas jusqu'à dire que c'était une réussite totale mais je pense ne pas avoir trop bégayé. Et pour être honnête, la réalité était très différente de tous les scénarios que j'avais pu imaginer.

Tous les regards n'étaient pas hostiles. Il faut dire que j'avais un avantage dont je n'avais pas conscience : les directeurs d'*Albarka* connaissaient *déjà* mon concept de Noël Africain. Ils étaient *déjà* séduits par le projet. Ils ne cherchaient pas à être convaincus, ils l'étaient *déjà* !

Alors, même si j'étais extrêmement intimidée par l'exercice, j'ai su trouver le courage de rester debout devant eux et affronter leurs regards. Pour une première présentation en clientèle, il semble que je ne m'en sois pas trop mal sortie. Bref, j'ai fait du mieux que je pouvais, je suis contente que ça soit passé et je peux à présent relâcher la pression de dingue que je me suis mise toute seule.

Après le rendez-vous client, j'ai eu droit aux félicitations de Bass et de mes collègues, Djifa en tête, sachant qu'il était le seul à savoir ce que ça m'a coûté de préparer cette présentation.

Puis Bass nous a tous invités au restaurant et, alors que nous discutions en attendant nos plats, je me sentais aussi légère qu'un brin de raphia, la présentation étant désormais derrière moi.

— Zeyn, tu viens ?

La voix de Lali me sort de ma rêverie. Autour de nous, le soleil tire sa révérence et plusieurs collègues s'apprêtent à quitter le bureau pour un afterwork bien mérité.

— J'arrive ! je réponds à Lali avant de sauvegarder mon travail et fermer mon ordinateur, non sans un certain empressement.

Je n'aurais jamais cru que le moment de l'afterwork provoquerait autant d'impatience chez moi. Et pourtant, c'est le cas ! Il n'y a que les imbéciles qui ne changent pas, pas vrai ?

Un quart d'heure plus tard, nous arrivons en force au *Tchin-Tchin* bar et les serveurs nous installent. Une fois n'est pas coutume, je ne rechigne pas à prendre place en terrasse. J'éprouve même un certain plaisir à y être. Quoique… Est-ce le fait d'être en terrasse qui me fait cet effet-là ou plutôt les *sourires-fossette* de Djifa ?

Depuis ce matin, les signaux sont de plus en plus clairs. D'abord dans les locaux d'*Albarka* quand il m'a murmuré des encouragements à l'oreille, puis pendant le déjeuner au restaurant où il a multiplié les attentions galantes à mon égard. Et encore cet après-midi au bureau, lorsqu'il a proposé de me rapporter quelque chose à boire de la cafèt.

D'ailleurs, à voir la mine intriguée de Lali et la façon dont elle nous dévisage Djifa et moi, je devine qu'elle a remarqué qu'il se passait un truc *chelou* entre nous deux et qu'elle ne manquera pas de me cuisiner en bonne et due forme dès que nous serons seules.

Nos commandes arrivent. Ce soir, exit la Zeynab *hyper sage* ! Je ressens l'envie de m'amuser follement. Alors, pour moi qui roule généralement au *Pompom*, je me laisse aller à boire deux verres d'une liqueur sucrée à base de *sodabi*[31]. L'alcool aidant, je suis d'humeur légère, badine, joyeuse !

Les tournées de bières et d'autres boissons s'enchaînent. Les conversations aussi vont bon train. En ce moment, Yao raconte qu'il a

---

[31] Liqueur obtenue par distillation de vin de palme, très répandue en Afrique de l'Ouest.

surpris Datane, l'autre jour, en train de pleurer au téléphone. Ça me rappelle la fois où je l'ai entendu pleurer dans la salle d'archives.

— De ce que j'ai compris, poursuit Yao, il traverse une période difficile avec sa femme et cette dernière lui mène la vie dure !

— Ce n'est pas une raison pour être aussi méchant avec nous, rouspète Lali.

— Je sais ce que nous devrions faire, intervient Djifa, l'air farceur. La prochaine fois qu'il s'en prend à l'un de nous, demandons-lui comment va sa femme !

Sa blague provoque un éclat de rire général et nous peinons à reprendre notre sérieux. Un long moment plus tard, alors qu'il est plus de vingt-et-une heures, les vestiges d'un copieux *koliko* accompagné de spaghettis, de poulet frit et de brochettes de bœuf relevées avec de la poudre de piment, gisent sur la table devant nous.

Yao, qui a un peu trop bu, entonne le refrain d'un célèbre chant traditionnel Mina.

— Héhé ! Tu es mûr pour le karaoké, mon vieux ! le chambre Raoul.

— Pas de karaoké pour moi ce soir, réplique Yao en affichant un sourire rêveur. Ce qui me botterait vraiment, c'est une virée à la plage ! *Ouep* ! Je meurs d'envie de tremper les pieds dans la mer.

— La plage ? répète Lali, les sourcils froncés. Je crois qu'il est un peu tard pour ça !

— Ce n'est pas une si mauvaise idée ! intervient Nima. Quand on y pense, la mer n'est qu'à quelques encablures.

— L'idée me tente assez, moi aussi ! fait Djifa. Et toi, Zeyn, ça te dirait ?

Vous voyez ? Quand je vous disais que les signaux sont très clairs...

— Pourquoi pas ? Mais je ne pourrai pas rester longtemps au risque de ne pas trouver de taxi pour rentrer chez moi.

— Je veux bien servir de chauffeur, ce soir ! propose Raoul qui est le seul du groupe à posséder une voiture. Mon carrosse est à votre disposition, les amis !

— Et moi, personne ne m'écoute ? bougonne Lali. Je disais qu'il est un peu tard pour une virée à la plage !

Yao pouffe de rire en secouant la tête.

— C'est vraiment le monde à l'envers ! D'habitude, c'est Zeynab qui fait toujours sa *relou* ! Alors si elle vient, tu n'as aucune excuse, *Lali Lalo* !

— Comment ça, *c'est Zeynab qui fait toujours sa relou* ? je demande, l'air faussement énervé.

Nima fait des yeux ronds tandis que Lali éclate de rire.

— Est-ce que c'est faux ? Tu n'es jamais partante pour rien, en temps normal ! C'est à se demander ce qui…

Pour empêcher Lali de terminer sa question que je devine embarrassante à mon égard, je me lève d'un bond en lançant un appel à la cantonade.

— Bon, on y va ou bien je me remets en mode *relou* ?

— C'est bon, c'est bon ! pouffe Raoul. Allez, on décolle !

Puis sans laisser le temps à Lali de protester, je glisse mon bras sous le sien pour l'entraîner à la suite de Raoul.

***

Il règne une ambiance délurée dans le bar de plage que nous choisissons comme point de chute. On dirait que quelqu'un fête son anniversaire ce soir. La chanson *Buga* de Kizz Daniel résonne à plein volume, de nombreuses bougies sont allumées, dont des bougies effervescentes, et un groupe de jeunes se rassemblent autour d'un de leurs compagnons pour prendre des photos.

Même s'il a un peu décuvé pendant le trajet, Yao ne peut s'empêcher de faire le fou et de taper l'incruste sur les photos, ce qui lui vaut de vives protestations. Finalement, Raoul parvient à l'éloigner du groupe de jeunes et, pieds nus, chaussures et boissons en main, nous parcourons une longue distance avant de nous asseoir, à même le sable, à seulement quelques mètres des vagues.

Nima improvise un chant a capella sur *Ségné* de Ralycia et nous sommes tous épatés par sa voix angélique qui donne une touche encore plus féérique à cette soirée déjà si belle.

Un peu plus tard, alors que Nima et Raoul partent en promenade et que Yao et Djifa discutent non loin de nous, Lali se penche vers moi.

— Que s'est-il passé entre vous deux ?

— Entre moi et qui ?

— *Rhoo*, ne fais pas l'innocente ! Je parle de Djifa et toi, bien sûr !

— Ah ! Entre Djifa et moi ? Il ne s'est rien passé du tout.

— Alors, ça ne devrait pas tarder. Tu en as conscience, n'est-ce pas ?

— Absolument.

— Et ça ne te dérange pas ?

— Pourquoi, ça devrait ?

— Bah oui, si je me fie à ce que tu m'as dit l'autre jour ! Rassure-moi, tu as aussi conscience qu'il a toujours le crâne rasé, pas vrai ?

— Absolument !

Lali me donne une tape furibarde sur le bras.

— *Aïeuhhhh* ! Mais qu'est-ce qui te prend ?

— Arrête de me servir du absolument par-ci, absolument par-là !

— Ha ha ha ! Bon, je vais essayer... Mais c'est dommage parce que c'était vraiment trop drôle de te faire marcher !

J'éclate de rire devant sa mine agacée et, soudain, elle écarquille les yeux.

— Attends une petite seconde... Toute cette histoire de crâne rasé et de chauve, ce n'était que des bobards, n'est-ce pas ?

Là, je suis parfaitement incapable de retenir le bruyant éclat de rire qui monte à ma gorge.

— Ça alors ! Je n'en reviens pas ! *Rhooohhh*, Zeynab, tu vas regretter de t'être foutue de ma gueule !

À présent, mon rire s'est transformé en fou rire. Impossible de m'arrêter ! Intrigué par mon hilarité pour le moins inhabituelle, Djifa et Yao s'approchent de nous.

— Eh ben, Zeynab ! s'exclame Yao. Quelle humeur explosive tu as, ce soir ! Si c'est la présentation chez *Albarka* qui t'a mise dans cet état, tu devrais en faire plus souvent !

— Anh anh ! intervient Lali, l'air revanchard. Mon petit doigt me dit que son *humeur explosive* a plutôt rapport avec un nouveau prétendant. N'est-ce pas, Zeyn ?

— Voilà qui est super intéressant... renchérit Yao. Alors, dis-nous tout, *Zeyn Ado-sabado* ! Pour ma part, je suis tout ouïe !

— *Rhoo*, ne me cherchez pas, vous deux ! On n'a plus le droit d'être joyeux sans avoir à se justifier ?

— Zeynab a raison ! approuve Djifa en souriant. Vous devriez vous mêler de vos affaires. D'ailleurs (il renifle), je pense qu'il y a un peu trop de curiosité dans l'air, ce soir... Tu ne trouves pas, Zeyn ?

Il ponctue sa question d'un clin d'œil à mon égard et nous nous esclaffons avant de nous faire un *high five*, sous les regards médusés de Lali et Yao.

Désormais, les signaux ne sont plus seulement clairs : ils sont d'une limpidité flagrante.

***

Il est plus de vingt-trois heures lorsque nous reprenons place dans la voiture de Raoul : Yao à l'avant pour lui servir de copilote ; Nima, Lali, Djifa et moi serrés comme des sardines à l'arrière. La circulation est fluide. Nous arrivons bientôt à Tokoin Trésor où Nima descend, ce qui nous permet de disposer de plus de place.

Plus tard, après que Lali soit descendue à Forever et que nous poursuivons notre route à travers Agbalépédo, la voiture fait une légère embardée à cause d'un énorme nid-de-poule. Yao chambre Raoul sur sa conduite musclée, ma main frôle celle de Djifa et je réalise avec une joie mêlée d'inconfort que nous ne sommes plus que deux à l'arrière.

Un *sourire-fossette* apparaît sur ses lèvres et lorsqu'il tend sa main vers la mienne, mon cœur s'emballe. *Oh mon Dieu ! Il va m'embrasser !* Est-ce que j'en ai envie ? Quelle question ! J'en meurs littéralement d'envie depuis notre arrivée sur la plage mais, jusqu'à présent, aucun de nous n'a encore pris les devants. L'atmosphère festive et légère s'y prêtait pourtant.

Là, alors que quelques centimètres seulement nous séparent l'un de l'autre, je ressens une horrible frustration d'être si près de lui, de sentir son pouls battre dans la paume de ma main, sans oser l'embrasser. Si j'étais plus audacieuse, je le ferais ! Hélas, je ne le suis pas.

En raison de l'heure tardive et des routes dégagées, le trajet entre Agbalépédo et Avédji ne dure qu'une dizaine de minutes. Raoul, qui prend son rôle de chauffeur très au sérieux, insiste pour me déposer devant la porte de ma maison, comme avec les autres.

Comme Djifa tient toujours ma main dans la sienne, je lui jette un regard insistant censé lui faire passer un message subliminal.

Allez, bon sang ! C'est le moment ou jamais. Embrasse-moi... Embrasse-moi !

Il libère ma main, se penche vers moi – *oh mon Dieu !* – et me dépose un baiser sur... la joue ? Quelle horreur... On dirait bien que mes compétences de médium n'existent que dans ma tête. Je suis vachement déçue.

Lorsque la voiture s'éloigne, j'ai envie de courir, la rattraper en hurlant : *Attendez ! Nous ne nous sommes pas embrassés sur la bouche !* Mais ce serait d'un ridicule.... En plus, si ça se trouve, je me suis fait des films.

Même s'il m'a pris la main et que j'ai cru percevoir des signaux clairs tout au long de la journée, Djifa avait-il réellement envie de m'embrasser ?

***

De retour chez moi, je décide de ne pas en faire tout un plat. Après tout, il y aura des tas d'autres occasions et je finirai bien par découvrir si Djifa en pince réellement pour moi ou non. Je laisse tomber mon sac sur le canapé et je fais une pirouette pour tourner sur moi-même.

Malgré l'absence d'un vrai baiser, je suis d'une humeur excellente. De celles qui vous donnent envie de mordre la vie à pleines dents ! Et bien qu'il soit tard, je n'ai pas envie d'aller me coucher. Ce soir, j'ai envie de chanter, danser, faire la folle. Alors, musique !

Je pianote sur mon téléphone et lorsque l'air entraînant de *Kiniwara*, une chanson de Serge Beynaud, résonne dans la pièce, je me mets à chanter, puis à danser comme si toute ma vie en dépendait. Je me prends pour une véritable star !

Chapitre dix-neuf de la vie des introvertis, paragraphe sept :

Quand tu te retrouves seul(e), loin des regards d'autrui, et que tu vis ta meilleure vie...

Quand tu es extraverti(e) avec toi-même, à défaut de l'être avec les autres...

J'en parle avec humour mais en vrai, c'est un truc de dingue ! Parfois j'ai vraiment l'impression de mener une double vie, d'avoir une double personnalité. D'être deux personnes en une : une extravertie lorsque je suis seule avec moi-même et une introvertie lorsque je suis en public.

En réalité, tout ce que je ne peux pas vivre à l'extérieur, je le vis à l'intérieur. Dans ma tête, je suis une star qui fait des chorégraphies complexes et spectaculaires, une grande actrice qui monte sur scène et parade avec succès devant un public qui l'applaudit avec une grande dévotion. Mais toutes ces choses extraordinaires que j'arrive à vivre dans ma tête, je suis parfaitement incapable de les vivre à l'extérieur.

Je suis encore en train de me dandiner comme une folle lorsque Nana Abiba débarque, accompagnée de son odeur *signature*.

— Eh ben, je ne savais pas que tu dansais si bien !

— Tu veux que je t'apprenne ?

— Pour quoi faire ? Je ne compte pas passer mon temps à amuser la galerie dans l'au-delà !

Elle laisse échapper un petit rire avant de reporter un regard intrigué sur moi.

— Que veut dire ce sourire ? je lui demande. Tu trouves ma danse ridicule, peut-être ?

— Non, non ! Ça n'a rien à voir avec ta danse. Je me disais juste qu'il y avait quelque chose de changé en toi…

Un nouveau sourire vient illuminer son visage.

— Mais oui, suis-je bête ! La leçon numéro une est acquise. Bravo, ma Zeynabou !

— De quelle leçon parles-tu ?

— S'affirmer et faire preuve d'audace ! Lors de ta présentation, ce matin, tu as su faire preuve de plus d'affirmation, tu as su regarder les gens sans détourner le regard. Tu as su croire en toi et je suis très fière de toi ! Maintenant, nous allons pouvoir passer à la leçon numéro deux.

— Qui est ?

— *Tsss* ! Tu verras bien !

— Et tu en as combien de leçons à m'enseigner ?

— Ne sois pas si pressée. Ça aussi, tu le verras bien !

Elle me lance un sourire amusé.

— Tout compte fait, j'aimerais bien que tu m'apprennes quelques pas de danse, histoire que je puisse en boucher un coin à quelques esprits taquins. Comment t'y prends-tu déjà ?

Tandis que la playlist se poursuit, Nana Abiba et moi échangeons des regards et des rires complices tout en nous déhanchant sur *Ambassadeur* de Dadju.

***

Le lendemain

Nous sommes samedi, soit pile une semaine avant la date fatidique, et je me suis enfin décidée à me mettre aux fourneaux. Après plusieurs heures à lire des recettes depuis mon réveil aux aurores, je suis allée faire des courses au marché et maintenant... Place à la pratique ! *Yoohooo* !

Debout devant le plan de travail de ma cuisine, je jette un regard indécis aux ingrédients que j'ai achetés. Par quoi commencer ? Devant moi : des tomates, du piment rouge et vert, des poivrons, une igname, des bananes plantains, du gombo, des patates douces, des carottes, des oignons...

Et si je commençais par l'igname ? Avec ce tubercule miracle, on peut faire des frites, du foufou, de l'igname cuite, du ragoût... Bref, j'ai un large choix de déclinaisons à explorer ! De plus, étant une digne fille de Bassar, ville où l'igname est une véritable institution – il y a carrément une fête et un festival dédiés à l'igname – je ne peux que commencer par l'igname.

D'aussi loin que je m'en souvienne, il y a toujours eu de l'igname dans notre maison. C'est la seule chose, avec le *wangash* et le *kouklui*[32], qui ne manque jamais à la maison. Ces trois-là sont incontournables dans la gastronomie bassaroise et mes parents en font régulièrement venir de Bassar.

Et petite précision qui a son importance, cette igname-ci vient tout droit de la plantation d'ignames de *Tassi* Assibi. Alors le tubercule reconnaîtra sans doute notre lien de parenté et ne me fera pas trop suer. Du moins, je l'espère ! Bon, trêve de bavardages.

Mon cerveau fait tout ce qu'il peut pour ne pas se concentrer sur ce qu'il y a à faire, c'est-à-dire cuisiner. Revenons donc à l'igname... Eh

---

[32] Bâtonnets de pâte d'arachide pimentée (encore appelés Koulikouli)

ben, je suis tombée sur une vraie dure à cuire ! Cinq minutes que j'essaie de la peler sans grand succès.

Igname +5 — Zeynab -10

Pourquoi faut-il que les ignames aient la peau si dure ? Est-ce comme une sorte de rite initiatique ? Pour mériter de les manger ? Je laisse échapper un soupir dépité en avisant les autres ingrédients disposés sur le plan de travail. C'était une fausse bonne idée de démarrer avec l'igname. Les légumes devraient me donner moins de fil à retordre.

Une bonne heure plus tard, je crois que je tiens le bon bout. J'ai découpé des oignons et des poivrons, suivi les instructions d'une recette à la lettre en y rajoutant de la purée de tomate et des épices, et maintenant tout ça mijote sur le feu. Il ne reste que quelques minutes et ça devrait être prêt. Je suis plutôt confiante car pour le moment, à l'odeur, ça ne présage d'aucune catastrophe.

D'ailleurs, j'ai fait exprès de ne pas goûter au fur et à mesure de la cuisson, car je ne voulais pas risquer d'avoir envie d'abandonner en plein milieu si ce n'était pas à la hauteur de mes attentes.

J'entends frapper à la porte et je m'empresse de me laver les mains avant d'aller ouvrir. C'est Lali et ses deux tornades. Je ne suis pas surprise de voir Lali car c'était prévu. Hier soir, sur la plage, je lui ai demandé si elle était dispo pour venir me filer un coup de main en cuisine. Mais ses enfants ne faisaient pas partie du programme.

— La baby-sitter m'a lâchée ! se justifie-t-elle en soupirant.

— Bonjour Tata Zeyn ! s'écrient les enfants en se jetant sur moi.

— Salut, mes chéris ! Comme je suis contente de vous voir !

Nous rentrons à l'intérieur et je vais chercher des verres pour leur servir à boire.

— J'ai essayé de t'appeler, dit Lali. Et je t'ai envoyé des SMS mais tu n'as pas répondu.

J'avais mis mon téléphone sur silence pour ne pas être dérangée pendant la bataille des fourneaux. En le consultant, je vois l'appel manqué et les SMS de Lali. Une autre surprise – d'un niveau

« d'agréabilité » extrême ! – m'attend également : un SMS de Djifa qui voulait voir si j'étais disponible pour aller boire un verre ! *Youpiii* !

— Tu n'as qu'à lui dire de nous rejoindre ici...

Je sursaute en réalisant que Lali lit par-dessus mon épaule.

— Hé ! Interdit de m'espionner !

J'aimerais bien voir Djifa mais il faut d'abord que je finisse mes essais cuisine. Je répondrai à son SMS plus tard. Une fois Lali et ses enfants installés devant leurs verres de jus de fruits, je les invite à patienter au salon pendant que je retourne dans la cuisine. Mais égaux à eux-mêmes, Ekué et Enam ne tiennent pas plus d'une minute assis.

Ils se cachent derrière la porte entrouverte de la cuisine et m'espionnent aussi discrètement que peuvent le faire deux gamins de leur âge. Quoique, ils ont de qui tenir ! En temps normal, leur maman aussi est une redoutable espionne ! Mais là, elle a pris un appel et rigole bruyamment au téléphone.

Je me rapproche de la porte, en faisant mine de chercher un truc dans un placard, et sans qu'ils ne s'y attendent, j'ouvre la porte en grand.

— *Bouhhhh* ! je hurle et ils sursautent de peur avant de pouffer de rire.

— C'est pas du jeu, Tata Zeyn ! se plaint Enam. Tu nous as fait peur !

— C'est ce qui arrive quand on me cherche ! Maintenant, retournez m'attendre sagement au salon. J'en ai pour deux petites minutes et je vous rejoins.

— Qu'est-ce que tu prépares, Tata ? demande Ekué, qui se hisse sur les talons pour tenter de voir le contenu de la casserole.

— Une sauce tomate, mon grand.

— En tout cas, ça ne sent pas bon ! commente Enam, en affichant une moue de dégoût.

La vérité sort-elle toujours de la bouche des enfants ?

J'en reste bouche bée, incapable de répondre du tac au tac, et j'appréhende soudain le moment où je devrai goûter ma sauce.

— Enam ! gronde Ekué. Présente des excuses à Tata Zeyn sinon je dirai à Maman que tu as été très vilaine !

— Pardon, Tata... bredouille l'adorable impertinente. Je ne recommencerai pas. C'est promis !

— Ce n'est rien, ma chérie, dis-je en lui faisant un câlin. Allez, filez au salon, maintenant.

Lorsqu'ils sont hors de vue, je m'approche de la gazinière pour éteindre le feu. Ma sauce tomate a finalement mijoté un bon quart d'heure de plus que ce qui était indiqué sur la recette. En espérant que cela n'ait aucune conséquence négative sur son goût...

Bon. Nous y sommes... Je dois la goûter maintenant ! Je prends un peu de sauce sur une cuillère que je lève vers mes lèvres. C'est le moment que Lali et ses enfants choisissent pour débouler dans la cuisine. Comment se fait-il qu'ils arrivent pile au moment où j'envisage de goûter ma sauce ? Étaient-ils en train de m'espionner ? Sans l'ombre d'un doute...

Pour la peine, ils seront les premiers à goûter, tiens ! Une fois leurs mains propres, je leur dépose une petite quantité de sauce dans la paume et j'attends qu'ils goûtent. Ekué est le premier à réagir et la vilaine grimace qu'il fait ne présage rien de bon. Quant à Enam, elle se précipite vers l'évier pour recracher la sauce.

Rhooohhh, que de cinéma ! Voyons, ce n'est quand même pas si terrible... Non ? Je jette un coup d'œil en direction Lali et... Zut ! Elle, non plus, n'a pas l'air très emballée.

— Qu'y a-t-il ? Pas assez de sel, c'est cela ?

En guise de réponse, elle affiche une grimace encore plus prononcée. Bon, il va bien falloir que je la goûte aussi, cette sauce ! Alors, autant me jeter à l'eau.

Beurkkk ! C'est vraiment infect ! C'est la plus mauvaise sauce que j'ai jamais goûtée. Je crois que j'ai mis beaucoup trop de poudre de néré. J'ai dû me tromper dans le dosage et intervertir des quantités. Quelle cruche !

Je retire ce que j'ai dit l'autre jour. Cuisiner n'est pas qu'une simple histoire d'ingrédients, de quantités et de dosages... C'est aussi beaucoup de concentration et de... talent.

— Tu peux encore la sauver, m'encourage Lali. Avec un peu plus de tomate et quelques épices moins fortes, tu devrais pouvoir rectifier le goût.

— Je n'ai plus de tomate en conserve, je soupire en regardant autour de moi.

— Mais tu as des tomates fraîches. Tu n'as qu'à les mixer ! Tu as bien un mixeur, n'est-ce pas ?

Bien sûr que j'en ai un ! Bon... Il est encore dans son carton d'achat mais oui, j'en ai un ! Soudain, je remarque qu'Enam se tortille puis se balance d'un pied sur l'autre. Quand elle se tortille ainsi, ça veut dire quoi déjà ? Je lui jette un regard distrait alors que je sors le mixeur de sa boîte. Soudain, ça me revient. Elle a envie de faire pipi !

— Enam, vite, aux toilettes ! s'écrie Lali qui vient également de s'en rendre compte.

Je me retrouve seule avec Ekué qui me regarde avec une perplexité à peine dissimulée. Il se demande sûrement si sa Tata Zeyn sait comment utiliser cette drôle de machine. Bien sûr que je sais utiliser un mixeur, pour qui me prend-il ? Il suffit de... de...

Bon. Et si je lisais la notice ? En douce, bien sûr. Je refuse d'admettre devant un gamin que je n'ai jamais utilisé un mixeur de ma vie. Mais ce n'est sûrement pas sorcier. J'ai déjà vu Maman le faire des tas de fois !

Je découpe les tomates en gros morceaux, je remplis le mixeur et j'appuie sur le gros bouton vert, comme indiqué sur le mode d'emploi. Mais il ne se passe rien. Ne me dites pas que j'ai acheté un mixeur défectueux ?

Sourcils froncés, je tourne la machine dans tous les sens pour finir par me rendre compte que je ne l'avais pas branchée.

Sérieusement, Zeyn ? Allez, cette fois-ci sera la bonne. Je branche le mixeur, je relis rapidement le mode d'emploi et j'appuie une nouvelle fois sur le gros bouton vert.

— *Hiiiiiii* !

Malheur ! J'ai oublié de fermer le couvercle et des petits morceaux de tomate volent sur le plan de travail, sur le sol… et aussi sur mon visage, mes vêtements et dans mes cheveux. Quelle poisse ! Ekué pousse un cri d'horreur et comme j'ai également crié, Lali et Enam accourent, passablement paniquées. Dans un éclair de lucidité, je me précipite vers le mixeur pour l'éteindre mais il est déjà trop tard.

La scène est juste surréaliste. Il y a des morceaux de tomate partout, même au plafond ! Mon regard croise celui de Lali qui a porté une main à sa bouche pour retenir des cris d'horreur. Soudain, sa main se met à remuer doucement. Il n'y a pas que sa main qui remue d'ailleurs. Tout son corps bouge et semble en proie à un phénomène étrange. Puis j'entends de tout petits cris… Non… Ne me dites pas qu'elle est en train de… rigoler ?

Mais si, c'est bien cela ! Au lieu de compatir à mon malheur, Lali hoquette, émet des petits cris, tente de contrôler son hilarité, puis lorsqu'elle ne parvient plus à se retenir, elle éclate bruyamment de rire, aussitôt imitée par ses deux chenapans.

Complètement dépassée par la tournure des événements, je suis partagée entre l'envie de les imiter et celle de pleurer. Finalement, je décide de prendre les choses avec philosophie. À quoi bon pleurer sur mon sort ?

Tomates +10   –   Zeynab -30

Je suis sur le point d'opter pour le rire lorsqu'on frappe à ma porte. Je parie que c'est Maman qui vient voir comment je m'en sors. Je lui ai pourtant dit de ne venir sous aucun prétexte et que je lui ferais goûter plus tard. Mais la patience n'a jamais été le point fort de Maman.

Je nettoie rapidement mon visage et mes vêtements tachés de tomate et je vais ouvrir. Là, je reste sans voix. Je suis sûrement en train de faire un drôle de rêve. Car juste devant ma porte se trouve… Djifa.

14

— Salut ! s'écrie-t-il avec un *sourire-fossette* avant de froncer les sourcils. Euh... Tout va bien, Zeynab ?

Je suis littéralement pétrifiée, mais je ne manque pas de remarquer qu'il semble encore plus attirant que d'habitude – il porte une chemise bleue à manches courtes, avec un liseré en wax autour des manches, sur un jean noir.

Que fait-il là ? Par quelle étrange circonstance se trouve-t-il devant chez moi ?

— Oui, ça va. Je... Comment es-tu...

Je n'ai pas le temps de terminer ma phrase car il vient de lever une main vers mon visage.

— Tu as un truc là, dit-il en me frottant doucement la joue. Qu'est-ce que...

Oups ! Dans la précipitation, je n'ai pas complètement nettoyé la purée de tomate qui a atterri sur mon visage et mes cheveux. À ma décharge, j'étais persuadée que c'était Maman qui frappait à ma porte. Comment aurais-je pu prévoir que ce serait Djifa ? Soudain, je réalise que mon look est loin d'être au top. De quoi ai-je l'air ?

Enfin Zeynab... Est-ce bien nécessaire de poser la question ?

Il est presque quinze heures, je suis debout depuis des lustres, je porte des vêtements banals, je viens de passer deux bonnes heures dans ma cuisine et, pour couronner le tout, j'ai de la purée de tomate partout ! Je ne suis assurément pas au top pour concourir à Miss Togo. Ni même à Miss Bassar, d'ailleurs…

Quand je disais tout à l'heure que j'étais complètement dépassée par la tournure des événements, c'est parce que je n'avais pas encore vécu ce moment-ci. Sans doute l'un des plus humiliants de ma vie.

— J'aurais dû appeler en arrivant… commente Djifa. Je réalise que je tombe mal.

— Mais pas du tout ! s'exclame Lali qui vient de surgir derrière moi. Voyons Zeyn, tu ne vas tout de même pas le laisser dehors. Allez, entre, Djifa !

Je m'efface pour le laisser entrer puis je me hâte d'aller fermer la porte de la cuisine qui laisse entrevoir la scène post-*tomato-apocalyptique* que j'y ai laissée. Misère ! Ekué et Enam se trouvent dans la cuisine et font les pitres avec les épluchures d'igname qui traînent sur le plan de travail. Je m'occuperai de ces deux-là plus tard.

J'attrape une serviette en papier que je tends à Djifa pour qu'il s'essuie les mains.

— J'étais en cuisine ! D'ailleurs, je… Je dois y retourner pour, euh… pour nettoyer un peu.

— Tu n'as qu'à rester là, intervient Lali. Je peux me charger du nettoyage.

Soudain, ses enfants déboulent de la cuisine, les épluchures d'igname enroulées autour des bras, en guise de bracelets.

— Allez me jeter ça tout de suite ! les gronde Lali en leur courant après. Non, mais quels chenapans ! Vous risquez d'avoir des démangeaisons à cause de ces épluchures !

Elle parvient à les rattraper et les ramène à la cuisine dont la porte reste grande ouverte. Quelle horreur… C'est désormais impossible que Djifa n'ait rien vu du chaos qui y règne. Que le sol s'ouvre sous mes pieds et m'engloutisse. Maintenant !

— Je tombe vraiment mal, répète-t-il. Quand j'ai reçu ton SMS, je n'ai pas pensé à t'appeler.

Je regarde Lali frotter les mains de ses tornades au-dessus de l'évier et l'information met un peu de temps avant d'arriver à mon cerveau. Quoi ? Quel SMS ? Je ne lui ai envoyé aucun SMS.

— Mon SMS, dis-tu ?

Il pianote sur son téléphone avant de me tendre l'appareil sur lequel je peux lire :

Je suis chez moi avec Lali. Rejoins-nous !
Voici la géolocalisation.

Lali sort de la cuisine avec ses enfants. Nous échangeons un regard et elle me fait un clin d'œil complice. Je n'y crois pas... Elle lui a envoyé un SMS *à ma place* avec mon téléphone !

— Les enfants ! j'appelle. Ça vous dirait des sucettes ?

— Oh oui, Tata Zeyn !

— Tu es la meilleure !

Je saisis la boîte de petites douceurs – que j'engloutis, allongée sur le canapé, les soirs de déprime – et je leur en donne une chacun. Puis j'invite Djifa à s'installer dans le canapé avant d'entraîner Lali vers la cuisine.

— Je peux savoir pourquoi tu as fait ça ? je gronde dès que la porte est refermée.

— Pourquoi j'ai fait *quoi* ? demande-t-elle, l'air innocent.

— C'est toi qui lui as envoyé ce message !

— C'était pas moi ! T'as pas de preuve !

Je ferme les yeux en laissant échapper un long soupir. L'instant d'après, je me laisse choir sur le sol tandis que deux grosses larmes glissent lentement sur mes joues.

— Oh, Zeyn... Qu'est-ce qui t'arrive, ma belle ? Je suis désolée ! Je ne pensais pas que tu le prendrais aussi mal. Je me suis dit que tu serais contente de le voir... Je suis vraiment, *vraiment*, désolée, OK ?

Lali s'assied près de moi et je la laisse me prendre dans ses bras. Mais elle a faux sur toute la ligne. Je ne pleure pas parce que Djifa est chez moi, assis dans mon canapé. Je pleure parce que cette scène de bataille autour de nous me rappelle que malgré tous mes efforts, mes compétences en cuisine sont toujours aussi déplorables.

Toutes les femmes de ma famille cuisinent divinement bien : Maman, mes tantes, mes cousines... Qu'est-ce qui cloche chez moi ? Pourquoi les esprits de la cuisine ne se sont-ils pas penchés sur mon berceau ? Je jette un coup d'œil dépité à la casserole remplie de sauce tomate immangeable.

J'ai pourtant sorti l'artillerie lourde, cette fois-ci. J'ai consulté des dizaines de blogs culinaires, lu des centaines de recettes. Je me suis donnée à fond ! Je n'ai pas ménagé mes efforts. Je me suis même réveillée aux aurores, ce matin.

Je suis lessivée, éreintée, épuisée. J'ai tout donné. Mais tout ça n'aura servi à rien car je vais être la risée de ma famille. Une fois de plus.

— Zeyn, tu m'as entendue ?

La voix de Lali me ramène à la réalité.

— Oh, Lali, si tu savais...

Je fonds à nouveau en larmes et elle me serre fort dans ses bras.

— Là, là... Ça va aller, ma chérie. Ne te mets pas dans un état pareil, voyons ! Si tu veux, je peux lui dire de repartir et nous pourrons finir de cuisiner ensemble...

— Mais non, ça va aller... Et puis, je crois que j'ai eu ma dose pour aujourd'hui. Je ne suis plus d'humeur à cuisiner...

J'essaie de prendre une voix normale tout en luttant pour chasser les nouvelles larmes qui affluent à mes yeux. Ce n'est vraiment pas le moment de pleurer. De l'autre côté de la porte, il y a les enfants de Lali. Et aussi Djifa.

Lali me tend des mouchoirs en papier et je me tamponne les yeux.

— De quoi ai-je l'air ? je lui demande.

— D'une belle jeune femme qui s'apprête à retrouver son prétendant !

Elle ponctue sa phrase d'une moue coquine, ce qui réussit à m'arracher un tout petit sourire.

***

Après l'épisode des pleurs, j'ai réussi à me reprendre en main. Lali et moi sommes retournées au salon puis j'ai proposé un truc à boire à Djifa. Heureusement qu'il me restait quelques canettes dans le frigo. Lali est sortie nous acheter des pastels et autres amuse-bouches à grignoter. À présent, les enfants regardent un dessin animé sur le téléphone de leur mère tandis que nous bavardons entre adultes.

Enfin... Lali et Djifa bavardent. Car depuis que Djifa est là, je ne sais plus où me mettre ni quoi raconter. C'est comme si mon côté introverti profond m'avait anesthésié la langue. Lali, quant à elle, est une véritable pipelette et n'arrête pas de bavarder. Où trouve-t-elle toutes ces histoires à raconter ?

Pour ma part, j'essaie tant bien que mal de participer à la conversation mais, contrairement à hier où les verres de liqueur m'ont aidée à libérer la parole, aujourd'hui je suis en mode *parfaite introvertie*.

— Zut, je n'ai pas vu le temps passer ! s'exclame Lali au bout d'une petite heure. Nous devons y aller, Zeyn. J'ai promis à Kodjo de lui ramener les enfants avant la tombée de la nuit.

Et voilà ! Le moment que je redoutais est finalement arrivé. Lorsque je me retrouverai seule avec Djifa, que vais-je bien pouvoir lui raconter ? Nous raccompagnons Lali et ses enfants dehors et tandis qu'ils traversent la rue pour aller héler un taxi, j'entends la petite Enam dire à sa maman que la sauce de Tata Zeyn avait vraiment un goût horrible, ce qui provoque un éclat de rire chez son frère. Sacrés chenapans !

Djifa et moi rebroussons chemin vers la maison.

— Tu as l'air épuisée, constate-t-il.

— Je me suis levée avec les poules, ce matin.
— Je vois.

Nous pénétrons dans mon appartement et je referme la porte derrière nous. En me retournant, je remarque qu'il se trouve juste derrière moi. Quelle est cette lueur étrange dans ses yeux ? Instinctivement, je recule d'un pas mais je me retrouve dos à la porte. Impossible de fuir plus loin.

Il plonge son regard dans le mien et me fait un adorable *sourire-fossette*.

— Vas-tu vraiment continuer à faire comme si de rien n'était ?

Je pourrais faire semblant de ne pas avoir compris. Je pourrais même pousser le bouchon plus loin en lui demandant : *que veux-tu dire par là* ? Mais je n'ai pas la force de faire semblant. Pas aujourd'hui. Je suis épuisée physiquement, moralement. J'en ai marre de lutter contre cette attirance immense que je ressens pour lui.

J'en ai marre de me retenir alors que je meurs d'envie de me jeter dans ses bras. Alors, je rentre dans son jeu.

— Que devrais-je faire à la place ?
— Assumer que je ne te laisse pas indifférent.

Il se rapproche de moi et tend une main vers ma joue. Sa douce caresse déclenche une onde de sensations exquises en moi.

— Je suis attiré par toi, Zeyn. Et là, maintenant, je n'ai envie que d'une chose…

Son regard se fait plus insistant, brûlant, et il se penche lentement vers moi. Je devine ce qui va se passer et je veux ce baiser. Oh que oui ! Mon corps tout entier en meurt d'envie. Si j'étais plus audacieuse, j'en prendrais même l'initiative.

Alors, lorsque ses lèvres se posent enfin sur les miennes, j'accueille ce baiser tant attendu avec une hardiesse dont je n'ai pas fait preuve depuis des lustres.

***

Il est presque vingt heures lorsque je viens enfin à bout du ménage dans ma cuisine. Vous aurez peut-être du mal à le croire, mais j'ai retrouvé des taches de tomate jusque derrière le frigo !

Pfiouuu... Quelle aventure !

Djifa est parti il y a deux heures, peu après le coucher du soleil. D'autres baisers ont suivi le premier. Il y a aussi eu des câlins, des rires complices, des *tu me plais beaucoup, Zeyn / tu me plais aussi, Jeff !* Mais nous ne sommes pas allés plus loin.

Depuis qu'il est parti, je suis sur un petit nuage. De temps à autre – quasiment toutes les minutes – je me demande si je n'ai pas rêvé nos baisers et notre complicité. Sommes-nous vraiment passés de la case « *amis* » à... Quoi ? Suis-je sa petite amie désormais ?

Whoo ! Pas si vite, Zeyn... Inutile de tirer des conclusions hâtives ! Ce n'étaient que quelques baisers. De toutes petites déclarations mutuelles. Aucune promesse n'a été faite, aucun engagement n'a été pris. Et c'est tout aussi bien.

Je ne sais pas encore où cette histoire nous mènera. Mais nous verrons bien ! Je le revois demain. *Youpiii !* Il m'a proposé de le retrouver à une fête organisée par le club JCDL.

Exténuée, je me laisse choir dans le canapé lorsqu'un bout de tissu bariolé fend l'air près de la table basse. Nana Abiba fait son apparition, élégamment vêtue d'un boubou majestueux aux couleurs chatoyantes.

— Alors, ces essais cuisine ?

Y repenser m'arrache une moue de dépit.

— Je me suis vraiment donné beaucoup de mal, Nana, mais ça n'a rien donné de bon...

— Et pourquoi fais-tu cette tête ? Quelqu'un est malade ? Quelqu'un est mort ? Une guerre a éclaté ?

Sourcils froncés, Nana Abiba parle en faisant de grands gestes et je secoue la tête en souriant.

— Alors, relativise ! s'exclame-t-elle. Ça ne vaut pas la peine que tu sois si chagrinée parce que tu n'as pas réussi à cuisiner. J'ai conscience du poids des traditions, mais les choses évoluent avec le temps et tu as la chance de vivre à une époque où les femmes n'ont jamais été aussi libres ! Tu ne sais pas cuisiner, et alors ? Il y a des tas d'autres choses dans lesquelles tu es douée !

Elle vient s'installer près de moi dans le canapé.

— J'aimerais que tu comprennes ceci, *n'boh* : tu t'épuises inutilement à vouloir ressembler aux autres, à vouloir agir selon ce que d'autres personnes veulent pour toi. En faisant cela, tu subis ta vie. Or nul ne peut trouver le véritable bonheur en subissant les choix d'autrui. Alors, autorise-toi à être *toi* ! Assume-toi telle que tu es. Toi, Zeynabou Mariam Twéré, que veux-tu pour ta vie ? Que te faut-il pour être heureuse ? Te l'es-tu déjà demandé ?

Je suis profondément émue par ce qu'elle est en train de me dire.

— Tu dois faire des choix, *n'boh*, tes propres choix. Tu dois cibler ce dans quoi tu mets ton énergie. À qui, à quoi tu l'accordes. Et il faut que ça soit aligné avec tes valeurs et tes envies.

Mille pensées se bousculent dans mon esprit. Je pourrais m'entêter à vouloir apprendre à cuisiner, à demander de l'aide à Lali et à Maman. Mais à quoi rimerait tout ça ? Ai-je vraiment envie d'apprendre à cuisiner ?

La réponse est non, je n'en ai pas envie. La seule raison qui me pousse à vouloir le faire est que je ne supporte pas l'idée d'être la brebis galeuse de la famille. Mais développer des compétences culinaires ne m'intéresse tout simplement pas. Nana Abiba a raison.

Quel mal y a-t-il à être piètre cuisinière ? Il y a des tas d'autres choses que je sais faire, que je suis réellement contente de savoir faire et qui me rendent pleinement heureuse. À quoi bon continuer à faire semblant ? Et dire que je traite les autres d'hypocrites ! Au fond, moi aussi j'en suis une. Et cette idée me déplaît vachement plus que de ne pas savoir cuisiner.

La bonne nouvelle, c'est que je peux dire « *stop* » à cette hypocrisie en m'assumant telle que je suis. Si j'ai réussi à assumer ma difficulté à prendre la parole en public devant Djifa, je devrais être capable d'assumer que je suis nulle en cuisine auprès de ma famille.

Je ne suis pas seulement épuisée par la journée riche en émotions qui vient de s'écouler. Je suis aussi fatiguée de faire semblant au quotidien, de m'accommoder de ce que la société voudrait que je fasse et de ce qui serait bien perçu par autrui.

Alors j'ai envie de dire : Stop ! Je ne veux plus subir tout ça. Je veux me libérer de cette charge mentale de dingue. Je veux juste être moi, Zeynabou Mariam Twéré ! Piètre cuisinière, qui devrait être fière de l'être car cela seul ne définit pas qui je suis.

Encore une fois, Nana Abiba lit dans mes pensées et déclare :

— Oh oui, il y a des tas d'autres choses dont tu peux être fière ! Tu es une bonne petite, ma Zeynabou. Tu es gentille, généreuse. Tu n'aimes ni le mensonge ni l'hypocrisie... Tu aimes ton prochain, tu ne veux de mal à personne, tu as bon cœur ! Tu n'es pas rancunière, tu pardonnes aisément.

C'est assez étrange de l'entendre énumérer mes traits de caractère, mais je dois reconnaître que tout ce qu'elle vient de dire à mon sujet est vrai.

— Bien sûr que je dis vrai ! susurre-t-elle tandis que je lève les yeux au plafond.

— Veux-tu arrêter de lire dans mes pensées, Nana ?

— Impossible ! Je ne le fais pas exprès.

— Mais bien sûr...

— Tu dois me croire !

Je la couvre d'un regard incrédule.

Tu sais quoi, Nana, je te croirai le jour où ma cousine Evelyne aura réellement inventé la potion qui donne la vie éternelle !

— Zeynabou...

— Quoi ?

— Ne sois pas insolente !

— Mais quoi, Nana ? Je n'ai prononcé aucune parole !

Nous échangeons un regard plein de défi avant de pouffer de rire comme deux gamines. Sacrée Nana Abiba ! Elle n'est dans ma vie que depuis sept jours mais j'ai l'impression de la connaître depuis toujours.

Je tends les mains pour la prendre dans mes bras avant de me rappeler la sensation étrange que j'ai ressentie la seule fois où elle m'a vraiment touchée.

— Je peux faire en sorte que ça soit moins étrange, affirme-t-elle, l'air espiègle.

— Vraiment ?

Elle écarte les bras et je me blottis contre elle. Elle disait vrai. J'ai l'impression d'étreindre une vraie personne, en chair et en os. Et c'est beaucoup plus agréable.

Soudain un *toc toc* résonne à la porte.

— Zeynab ? appelle la voix de Joël. Le dîner est prêt !

Avec toutes ces émotions, j'en avais presque oublié que je n'ai rien mangé ce soir. Je quitte les bras de Nana Abiba, à regret, et au moment où j'ouvre la porte de mon appartement, elle disparaît en laissant derrière elle son habituelle odeur de citronnelle.

***

Le lendemain

— Wow, cette robe te va à ravir !

Maman me tient la main et me fait tourner sur moi-même pour admirer ma tenue. Il faut dire que j'ai sorti *the* robe ! Elle est d'une élégance subtile et ses coloris sont d'une extrême beauté. Je l'ai faite coudre depuis quelques années déjà et je ne la mets que pour des occasions spéciales mais elle fait toujours le même effet : l'effet *wow* ! Je suis assez contente de moi.

— Où vas-tu déjà ? demande Papa, en allumant sa radio pour écouter une émission de foot.

— A une fête en centre-ville. J'y retrouve des amis.

— Amuse-toi bien, ma Zeynabou ! s'écrie-t-il avant de me déposer un bisou sur le front.

— Merci, Papa !

— Attends une seconde, intervient Maman.

Elle tend une main pour tirer sur mes tresses, arranger ma coiffure, lisser les plis de ma robe. Elle fait toujours ça. Lorsque nous sommes apprêtés pour nous rendre à un événement important, elle met un point d'honneur à s'assurer que notre look est parfait, elle qui a horreur que les choses soient de travers.

— Là, voilà qui est mieux ! conclut-elle l'air satisfait. Amuse-toi bien, ma chérie !

— Merci, Maman. À ce soir !

Dehors, un soleil cuisant darde ses rayons brûlants sur tout ce qui est à sa portée, moi y compris. Je positionne mes lunettes de soleil sur mes yeux, mes écouteurs dans mes oreilles au cas où Nana Abiba aurait la bonne idée d'apparaître sans prévenir, et je me mets en quête d'un taxi.

Une bonne heure plus tard, la voiture me dépose devant le lycée de Tokoin et je termine le trajet assise derrière un conducteur de *zémidjan*. La fête du club JCDL se déroule dans la résidence des Frères de Saint-Jean – une communauté catholique – disposant de grandes terrasses couvertes et de jolis jardins fleuris qui sont régulièrement loués pour des célébrations en tous genres.

Lorsque je pénètre dans la résidence après avoir montré mon invitation à un agent de sécurité, la fête bat déjà son plein. Des enceintes diffusent de la musique, des dizaines de membres du club discutent assis à une table, debout sur la pelouse verdoyante, et certains d'entre eux ont même déjà investi la piste de danse.

Un rapide coup d'œil à ma montre m'indique qu'il est un peu plus de quinze heures. Djifa est sûrement déjà là, mais j'ai beau chercher, je ne le vois nulle part. Près d'une grande table chargée de victuailles, deux jeunes femmes distribuent des encas et des boissons. Même s'il fait nettement moins chaud sous les terrasses couvertes, un bon *Pompom* frais ne serait pas de refus !

Je récupère une canette et je ferme les yeux en savourant le liquide frais qui coule dans ma gorge.

— Zeynab ! appelle une voix familière derrière moi.

En me retournant, je découvre Evelyne, clinquante de la tête aux pieds. Elle porte une robe courte en wax, agrémentée de détails irisés, de larges créoles en or pendent à ses oreilles, et un magnifique collier scintille autour de son cou. Et pour compléter ce look clinquant : de jolis bracelets en or aux poignets et de superbes sandales dorées à ses pieds.

— Salut, Evelyne...

— Salut ! Je suis surprise de te voir ici. Je ne savais pas que tu avais adhéré au club !

— Oh, je ne suis pas adhérente. J'ai été invitée par...

— Au fait, je suis à la recherche de Djifa ! L'aurais-tu vu ?

— Non, j'étais justement à sa recherche moi aussi.

Evelyne plisse les yeux, visiblement contrariée à l'idée que je recherche la compagnie de Djifa. Mais l'instant d'après, elle affiche une moue espiègle.

— Au fait, tu n'as pas oublié le déjeuner de famille samedi prochain, j'espère ? Je suis si impatiente d'y être ! Je compte même les jours !

Un sourire détendu apparaît sur mes lèvres.

— Il n'y aura pas de déjeuner, Evelyne.

— Comment ça, pas de déjeuner ?

— Je vais l'annuler.

— Tout le monde a déjà bloqué la date ! Tu ne peux pas faire ça !

— Bien sûr que si ! Je peux le faire, si je veux.

Sous son regard intrigué, je m'approche d'elle en pianotant énergiquement sur mon téléphone, puis je lève un visage rayonnant vers elle.

— Et voilà ! Le déjeuner est annulé.

Son téléphone vibre dans ses mains et elle s'empresse de le déverrouiller pour le consulter. Au fur et à mesure qu'elle prend connaissance du message que j'ai posté dans notre groupe de discussion familial, ses yeux s'écarquillent d'incrédulité.

— Je n'y crois pas... Tu n'as pas vraiment fait ça, Zeyn ?

Chère famille,
Le déjeuner qui était prévu chez moi, samedi prochain, est annulé.
La vérité est que je ne sais pas cuisiner et je doute que vous ayez envie de me servir de cobayes.
Alors, rendez-vous le mois prochain chez Tanti Maïmouna qui, contrairement à moi, saura parfaitement régaler vos papilles !
Zeynabou

— Alors là, ma vieille, commente Evelyne en ricanant, tu t'es ridiculisée toute seule !

— Et alors ? Je m'en fiche !

Pfiouuu, qu'est-ce que ça fait du bien de me libérer du regard d'autrui ! Je ne me suis jamais sentie aussi libre, aussi ancrée, aussi vivante !

C'est le moment que Djifa choisit pour apparaître à quelques mètres de nous. Je lève aussitôt la main pour attirer son attention. Occupée à lire mon message et les réactions des membres du groupe familial, Evelyne ne le voit pas arriver.

— Salut ! Es-tu là depuis longtemps ? demande-t-il en arrivant à notre hauteur.

— Oh, à peine cinq minutes.

— Tu aurais dû m'appeler.

Il se penche vers moi et dépose un doux baiser sur mes lèvres. Lorsqu'il s'écarte, j'ai la très agréable satisfaction de voir Evelyne en train de nous dévisager. Elle est sous le choc, bouche bée, incapable de bouger. Sa main qui tient le téléphone reste calée en l'air, dans une posture hautement comique. Si je m'écoutais, je poufferais bruyamment de rire.

Mais je sais me tenir, voyons !

— Bonjour, Evelyne ! reprend Djifa, qui n'a l'air de se rendre compte de rien. Comment vas-tu ?

— Je... Je vais bien ! Et toi ? Je t'ai cherché partout...

— J'étais dans l'une des salles, avec Jean-Pierre. Nous avions un détail à revoir pour la réunion de jeudi.

Mon téléphone n'arrête pas de vibrer. Je reçois des notifications toutes les trente secondes. J'y jette un coup d'œil rapide et je peux voir des messages de Joël, Abou, Maman et plein d'autres membres de la famille. Sans doute des réactions au message que j'ai posté. Mais, même si je suis curieuse de les lire, le moment n'est pas bien choisi. Alors je mets mon téléphone en mode silence et je le range dans mon sac.

Evelyne semble avoir recouvré ses esprits et enroule son bras autour de celui de Djifa.

— Maintenant que je t'ai trouvé, je ne te lâche plus ! Oh, la piste de danse se remplit... M'accorderais-tu cette danse ?

Mais Djifa se soustrait poliment à son étreinte.

— J'ai réservé toutes mes danses pour Zeynab, décline-t-il en me couvrant d'un regard étrange. D'ailleurs, peut-être est-ce le moment de le lui annoncer, qu'en dis-tu, Zeyn ?

— M'annoncer quoi ? s'étrangle Evelyne.

Elle semble sur le point de faire une attaque et affiche une moue perplexe.

— Zeynab et moi, nous sortons ensemble.

Quelques secondes plus tard, Evelyne n'a toujours pas réagi, mais je peux voir sa paupière droite tressauter imperceptiblement, signe qu'elle est en proie à une contrariété extrême. Sa main agrippe fermement son téléphone et ses pupilles se dilatent.

— Ah ! finit-elle par lâcher, les lèvres serrées. Et peut-on savoir depuis quand vous... vous êtes en couple ?

— Depuis hier !

Djifa et moi venons de parler en même temps, ce qui nous arrache un petit rire complice. Il passe son bras dans mon dos et m'attire doucement vers lui. Je n'en crois pas mes yeux. Ce qui est en train de se passer est du pur délire. Du plaisir en barre.

C'est officiel : Djifa et moi nous sortons ensemble ! Yoohooo !

— Eh bien... En voilà une nouvelle ! commente sèchement Evelyne. Je ne savais pas que... Zeynab était ton type de femmes.

Elle affiche un air dédaigneux qui me donne envie de lui filer une paire de baffes aller-retour. Mais même si je commence à faire preuve de plus d'affirmation, je n'en suis pas encore à ce niveau de *badass attitude*.

— Zeynab est carrément mon type de femmes ! réplique Djifa. Je la trouve merveilleuse.

Il me jette un regard de connivence.

— Et si nous allions danser, Zeyn ?

— Volontiers.

Nous prenons congé d'Evelyne qui reste plantée comme un piquet et nous nous dirigeons vers une terrasse ou plusieurs autres convives sont en train de danser.

Rutata ruta, rutata ruta, rutata duda duda, rutata ahah, ahah
Rutata duda...

Djifa m'enlace étroitement et nous bougeons en rythme tandis que la voix envoûtante de Tony X résonne sur *La conviance*. Alors que nos deux corps s'emboîtent et remuent sur ce son langoureux, je ferme les yeux pour savourer ce moment exquis. Lorsque je les ouvre, j'aperçois Evelyne au loin, ses yeux lançant des éclairs de fureur.

Je comprends sa frustration – je sais qu'elle aurait voulu mettre le grappin sur Djifa – et je suis sincèrement désolée pour elle. La connaissant, je sais aussi qu'elle voudra se venger. Elle ne me laissera pas m'en tirer sans me le faire payer. Mais ça m'est égal.

La nouvelle Zeynab Twéré s'en tape complètement !

15

— Attention où tu mets les pieds ! prévient Djifa en poussant la porte de son appartement.

Il déplace quelques cartons pour dégager l'entrée et nous nous frayons un passage jusqu'au salon. L'appart, situé au dernier niveau d'un petit immeuble de quatre étages dans le quartier de Wuiti, est en travaux et Djifa se charge des dernières finitions lui-même.

— Il ne reste plus grand-chose à faire, déclare-t-il en désignant un mur recouvert d'enduit. J'ai encore ce pan de mur à peindre, celui-là aussi, des meubles à monter (il jette un regard circulaire dans la pièce) et tout ce bazar à ranger !

C'est vrai que la pièce est assez encombrée mais lorsque tout sera fini, le résultat devrait être top. Djifa me fait faire un rapide tour du propriétaire – il y a une chambre à coucher avec un grand lit et des placards de rangement, une salle d'eau et des toilettes, une autre chambre avec un lit d'appoint et un grand bureau, une belle vue depuis la petite terrasse.

Puis il m'emmène dans la cuisine, qui est finalisée et très réussie, et me propose un truc à boire. À peine notre soif étanchée, il m'enlace et nous nous embrassons avec fougue.

Je sais que tout va trop vite. Mais mon attirance pour lui est à son paroxysme. Lorsqu'après trois heures passées à la fête, il m'a proposé d'aller chez lui, j'ai accepté sans réfléchir. Maintenant que nous sommes là, je me dis qu'il avait peut-être une idée coquine derrière la tête. De toute façon, moi aussi j'en ai très envie. La faute aux moments hautement excitants et chargés de désir que nous avons partagés sur la piste de danse.

Nos langues s'entremêlent, nos bouches s'explorent. Une subtile odeur de citronnelle flotte dans l'air, mais je me sens tellement heureuse en ce moment précis que je me fiche de savoir que Nana Abiba est cachée quelque part dans le néant et nous observe. Elle est majeure et vaccinée, alors si ça la botte de mater deux adultes qui s'embrassent, eh bien, je n'y peux rien !

La seule chose sur laquelle j'ai envie de me concentrer, ce sont les baisers de Djifa. Les bras chaleureux de Djifa. Son souffle chaud sur mon visage, ses mains qui sèment des caresses exquises aux endroits les plus sensibles de mon corps. À présent, il me plaque contre un mur de la cuisine et je laisse échapper un gémissement.

Oh la la ! C'est inévitable : nous allons finir dans son lit ! Mais au moment où je nous imagine en train de passer aux choses sérieuses, il me serre fort contre lui, enfouit son visage dans mon cou et laisse échapper un long soupir.

Un court silence s'installe. Que se passe-t-il ? Je n'ose pas bouger au risque de briser définitivement la magie.

— Je meurs de faim… finit-il par lâcher près de mon oreille et je manque de tomber à la renverse.

Qui pense à manger dans un moment pareil ? N'a-t-il donc pas envie de moi comme je meurs d'envie de lui ? Visiblement, non. Je déglutis péniblement et, lorsqu'il recule pour planter son regard dans le mien, je parviens tout juste à plaquer un sourire de façade sur mes lèvres.

— Ça te dirait que je nous prépare un truc à manger ? demande-t-il.

Là, je dois me retenir très fort pour ne pas faire la grimace. C'est quoi cette grosse blague ?

Ce que je voudrais, c'est que tu m'emmènes au lit, bordel de…

Mince ! Voilà que je me mets à jurer comme une charretière. Je voudrais lui demander ce qui ne va pas. Je voudrais comprendre pourquoi il a subitement arrêté de m'embrasser. Mais je n'ose pas. Je n'arrive pas à formuler la question à voix haute.

Comme je ne réponds pas, il s'écarte pour s'éloigner en direction du frigo et se sert un grand verre d'eau qu'il vide d'un trait. Lorsqu'il revient vers moi avec un *sourire-fossette*, l'envie de lui filer une baffe aller-retour me prend par surprise et je dois la refouler très fort.

Reste digne, Zeynab.

S'il ne veut pas me mettre dans son lit, ce n'est pas la fin du monde. Et si j'insiste, pour qui va-t-il me prendre ? De toute façon, je n'ai pas assez de cran pour insister.

— Alors ? demande-t-il encore. On cuisine ?

— Je ne sais pas cuisiner.

Je m'attends à ce que mon aveu le choque mais, en lieu et place d'un regard hébété, un nouveau *sourire-fossette* lui étire les lèvres.

— Ça, ce n'est pas un problème. Je m'occupe de tout ! En revanche, je veux bien que tu me serves de commis.

Un quart d'heure plus tard, je ne suis toujours pas remise du changement de comportement de Djifa. Nous nous affairons autour du plan de travail. Il fait revenir des filets de bœuf dans une poêle tandis que je découpe des légumes. Il est charmant, m'embrasse de temps à autre. Mais le cuisant revers de tout à l'heure m'est resté en travers de la gorge.

Lorsque j'ai fini la tâche qu'il m'a confiée, je déverrouille enfin mon téléphone et j'écarquille les yeux en voyant le nombre impressionnant de messages que j'ai reçus. Après en avoir parcouru quelques-uns, un sourire éclatant m'illumine le visage.

Mes parents m'ont écrit pour me féliciter d'avoir eu le courage de m'assumer telle que j'étais et me dire à quel point ils étaient fiers de moi. Les SMS de Joël, d'Abou et d'autres membres de ma famille, portent sensiblement le même message.

Wow, je suis si touchée par leurs félicitations, leurs encouragements, leur soutien. Je réponds à leurs messages et j'en profite pour prévenir les parents que je risque de rentrer tard. Comme il fait chaud dans la cuisine, Djifa retire sa chemise et le voir torse nu fait défiler des images suggestives dans mon esprit.

Et si j'allumais ma flamme d'audace pour prendre les choses en main ?

***

Bientôt, le dîner est prêt – des spaghettis sautés aux petits légumes, accompagnés de filets de bœuf grillés et d'une bouteille de vin – et nous passons à table. Le repas est vraiment très bon. Je me régale tout en me concentrant sur l'objectif à atteindre : amener Djifa à reprendre les choses là où nous les avons laissées tout à l'heure.

Depuis un moment, je multiplie donc les tentatives pour attirer son attention. Tantôt je le frôle l'air de rien, tantôt je suis carrément plus tactile. Mais même s'il répond avec enthousiasme à mes sollicitations, il ne semble pas vouloir passer à la vitesse supérieure.

Après le dîner, nous nous installons sur un tapis, dans le salon, pour disputer une partie d'*awalé*. Ça faisait des lustres que je n'y avais pas joué et j'ai quelque peu perdu la main. Au début, Djifa rafle toutes mes graines et enchaîne les victoires. Mais après la troisième partie, j'arrive à renverser la vapeur.

— *Rhoo* ! bougonne-t-il. Et moi qui me voyais déjà battre mon record de victoires !

— Ha ha ha ! Dans tes rêves ! Il fut un temps où j'étais imbattable à l'*awalé*. À l'époque, mon frère Abou et mon cousin Joël redoutaient même de se mesurer à moi.

— Je n'y crois pas... Si j'avais su que j'avais pour adversaire *la reine de l'awalé* en personne, j'aurais misé sur un autre jeu !

— Eh oui, on ne gagne pas à tous les coups !

Je prends une profonde inspiration, je rassemble toute l'audace dont je me sens capable, et je lui lance un regard plein de défi.

— En parlant de gagner... Il y a un autre jeu auquel je pense pouvoir te battre à plates coutures.

— Chiche ! Lequel ?

En proie à une nervosité sans nom, que je m'applique à dissimuler, je repousse le plateau de jeu, je m'approche lentement de lui et je dépose un tendre baiser sur ses lèvres. Il laisse échapper un grognement et répond fougueusement à mon baiser, pour mon plus grand bonheur.

De baiser en baiser, de caresse en caresse, nous nous retrouvons sur le canapé, lui sur moi, nos jambes enchevêtrées. L'excitation est à son comble. Je peux sentir l'évidence de son désir tout contre mon entrejambe. Yes, cette fois-ci, c'est la bonne !

Mais une fois encore, il se dérobe.

— Je crois qu'il se fait tard... Je ferais mieux de te raccompagner chez toi.

Mais que se passe-t-il, bon sang ? Là, je suis parfaitement incapable de me retenir.

— Je peux savoir à quoi tu joues ?

Ma voix était plus forte que je ne l'aurais voulu mais tant pis. Ainsi, il saura exactement à quel point son attitude incompréhensible m'agace.

— Pardon ?

— Pourquoi t'arrêtes-tu à chaque fois que nous partageons un moment sensuel ?

Un lent sourire apparaît sur ses lèvres et il laisse échapper un petit rire.

— T'ai-je déjà dit que tu me plaisais beaucoup, Zeynab ?

Sa voix a pris des accents si rauques et si caressants que ma colère fond instantanément, comme un pot de *fan milk*[33] au soleil.

— Oui... Tu me l'as déjà dit.

---

[33] Marque de crème glacée très répandue en Afrique de l'Ouest.

Il m'attire vers lui et pose son front contre le mien.

— Mais je ne crois pas t'avoir dit à quel point j'avais envie de toi…

J'ai du mal à déglutir.

— Je te désire comme tu ne peux l'imaginer, Zeynab. Mais je ne veux pas précipiter les choses. Je voudrais que nous prenions notre temps. Cela te semble-t-il acceptable comme explication ?

Que répondre à ça ? Il veut être correct avec moi et je trouve son attitude louable. Je ne peux pas décemment lui dire que la dernière chose dont j'ai envie est qu'il soit correct avec moi. Il m'enlace et nous restons ainsi, dans les bras l'un de l'autre, sans rien dire pendant de longues minutes.

Plus tard, dans le taxi qui me ramène chez moi, je repense à la nouvelle journée riche en émotions qui vient de s'écouler. Djifa a insisté pour me raccompagner jusque devant ma porte mais je l'en ai dissuadé. Je crois que j'avais besoin de me retrouver seule pour faire retomber la tension sexuelle que nos baisers ont réveillée en moi. Et aussi pour faire le point sur la multitude d'émotions qui bouillonnent dans mon corps.

Alors que les rues et les lampadaires défilent à travers la vitre de la voiture, je me demande si l'attirance que je ressens pour lui est purement charnelle ou plus profonde que ça. La réponse, fluide et limpide, arrive sans se faire attendre : je suis en train de tomber amoureuse de *Monsieur-sourire-fossette*.

Irrémédiablement.

***

Il est plus de minuit lorsque j'arrive à la maison. Mes paupières sont lourdes et je n'ai qu'une envie, me glisser dans mon lit. Je suis surprise de voir que la lumière est encore allumée chez les parents. Maman a dû s'endormir devant l'un de ses feuilletons favoris.

Je fais quelques pas en direction du portail qui sépare la cour principale de la mienne avant de finalement faire demi-tour. Et si j'allais la réveiller pour qu'elle aille au lit ?

En pénétrant dans le salon, ma surprise est encore plus grande. Il n'y a pas que Maman au salon. Papa, Joël, et même Tonton Napo, sont là aussi. Que font-ils tous là à une heure aussi tardive ? Assis dans le canapé et les fauteuils, ils somnolent tous devant la télé sauf Maman.

— Ah, te voilà enfin, ma chérie ! Tu rentres bien tard, dis donc...

— La fête a duré plus longtemps que je l'avais prévu.

Elle me couvre d'un regard attendri et un large sourire illumine son visage fatigué.

— Oh, comme je suis fière de toi, ma Zeynabou ! Comme je suis contente que tu aies enfin décidé de t'assumer telle que tu es ! Allez, viens par ici, ma grande !

Maman ouvre grand les bras et je m'y blottis volontiers. Nos éclats de voix finissent par tirer Joël de son sommeil.

— Réveille-toi, Tonton Djamane ! fait-il en secouant doucement Papa. Notre Zeynab nationale est enfin rentrée !

— Hein ? s'écrie Papa en sursautant. Quelle voiture ? Qu'est-il arrivé à ma voiture ?

— *Rhoo*, Djamane ! Toujours en train de t'inquiéter pour ta vieille carcasse ! le chambre Maman. Il n'est pas question de voiture, mais de notre fille : Zeynab !

Papa semble enfin tiré de son sommeil et se lève d'un bond avant de nous rejoindre Maman et moi.

— Ma Zeynabou, déclare-t-il, je suis resté debout jusqu'à... Quelle heure est-il ? (Il jette un coup d'œil à l'horloge murale). Minuit vingt-cinq ? Dis donc, est-ce une heure pour rentrer à la maison ?

Maman lui jette un regard excédé et il se racle la gorge.

— Enfin, bref... Je disais que je suis resté debout jusqu'à cette heure tardive pour te dire à quel point ta mère et moi nous sommes fiers de toi. Nous l'avons toujours été, mais nous le sommes encore plus en ce jour où tu as eu le courage de clouer le bec à cette mégère d'Evelyne et à tous ceux qui prennent un malin plaisir à se mêler de ce qui ne les regarde pas ! Bon ! Maintenant que c'est dit, place aux réjouissances ! Joël ! Où as-tu rangé la bouteille ?

Joël attrape une bouteille de jus d'ananas avant de s'approcher également de moi en chantonnant gaiement.

— *Elle est vraiment... Elle est vraiment... Elle est vraiment phénoména-na-na-na-na-na-nale* !

Tonton Napo se réveille à son tour et nous sommes tous en train de trinquer au jus d'ananas lorsque Nana Abiba se joint à la partie. Tandis que Joël raconte à Tonton Napo les réactions et commentaires laissés par certains membres de la famille dans notre groupe de discussion, Nana Abiba s'approche de moi en souriant largement.

— La leçon numéro deux est acquise ! s'exclame-t-elle joyeusement. Être honnête avec soi-même et s'assumer ! Bravo, ma Zeynab, tu peux être fière de toi !

Je n'arrive pas à croire que nous sommes en train de festoyer à une heure aussi avancée ! Mais malgré la fatigue, je n'ai envie d'être nulle part ailleurs qu'à cet endroit précis, entouré des personnes qui me sont les plus chères au monde. Le sentiment d'être pleinement ancrée dans ma vie, d'être complètement alignée avec mon corps, ma tête et mon cœur est encore plus fort que jamais.

J'adresse un clin d'œil complice à Nana Abiba. Que de bouleversements dans ma vie depuis qu'elle a débarqué une semaine plus tôt ! Tout ce bonheur que je ressens en ce moment même, c'est grâce à elle et je ne sais pas comment je vais pouvoir lui exprimer ma profonde gratitude.

***

Le lendemain

— *Ahaah* ! Je sais ce que veut dire ce petit sourire !

À la cafèt, lundi matin, Lali darde un regard espiègle sur moi et je lutte fort pour ne pas éclater de rire. Nous ne sommes qu'une poignée de collègues à être ultra matinaux en ce début de semaine et, tandis que les autres sont attablés, nous nous tenons à l'écart, Lali et moi, près de la baie vitrée. Bien sûr, j'ai un sachet de *botokoin* dans la main.

— De quel sourire parles-tu ?

— Eh bien, ce sourire-là ! Et aussi ces paillettes-là dans tes yeux ! Alors, Zeynab… Tu me racontes tout ou vais-je devoir user de mes talents de médium ?

Je laisse échapper un petit hoquet avant de secouer la tête.

— Oh, des talents de médium ? Tu m'avais caché ça ! Je serais curieuse de te voir à l'œuvre !

Lali pose son gobelet de café sur une table haute, ferme les yeux et contracte ses lèvres en une mimique parfaitement ridicule et risible.

— Peux-tu me dire ce que tu es en train de faire ?

— *Chuuut* ! Ne me déconcentre pas pendant que je sonde ton esprit… (Elle garde le silence quelques secondes sous mon regard amusé). Je vois… Je vois des baisers… Oh, et des câlins aussi ! Plein de câlins…

— Hé, parle moins fort… je murmure en jetant un coup d'œil rapide autour de nous.

Il ne manquerait plus que nos collègues entendent tout ! Les yeux toujours fermés, Lali hoche frénétiquement la tête avant de se mettre à chuchoter.

— Maintenant, je vois… Hmm, je vois deux corps nus sous une couverture (je lève les yeux au plafond)… Faisant des galipettes… Et des tas d'autres trucs déconseillés aux moins de dix-huit ans !

Elle ouvre enfin les yeux et se met à sautiller d'excitation.

— Alors, *alors* ? Que dis-tu de mes compétences de médium, Zeyn ?

— J'en dis que ton petit numéro n'est pas encore au point, ma belle !

— *Rhoo*, si tu penses me faire gober qu'il ne s'est rien passé entre Djifa et toi, samedi dernier...

Un sourire coupable apparaît sur mes lèvres et Lali plante son index sous mon nez.

— Là ! Ton sourire te trahit, espèce de petite cachotière !

— Bon, d'accord ! Si tu veux tout savoir, il s'est passé quelque chose, en effet.

— *Ahaah* ! J'en étais sûre !

Je m'approche d'elle pour lui parler dans l'oreille.

— Il y a eu des baisers...

— Oui...

— Et des câlins...

— Oui, et quoi d'autre ?

— Et... c'est tout !

Lali fronce les sourcils et arbore une moue perplexe.

— Tu veux vraiment me faire croire que...

— Ce ne sont pas des mensonges, Lali. Il ne s'est rien passé de plus que des baisers et des câlins.

Nos collègues quittent la cafèt et j'ai le champ libre pour lui raconter les événements du week-end. Lorsque je finis mon récit, un sourire espiègle lui étire les lèvres.

— Comme je suis contente pour toi, ma Zeynab ! Si quelqu'un m'avait dit que tu finirais par rompre avec Will pour te mettre avec Djifa, j'aurais parié le contraire !

Elle éclate de rire avant de se rendre compte que je me suis décomposée.

— Ôte-moi d'un doute... Tu as bien rompu avec Will, n'est-ce pas ?

Depuis le jour où je l'ai surpris en train d'embrasser une autre fille, je n'ai pas cherché à joindre Will et lui non plus n'a toujours pas donné signe de vie.

J'explique la situation à Lali qui secoue vigoureusement la tête.

— Crois-moi, Zeyn, ce n'est jamais bon de laisser du flou artistique dans ce genre de situation. Si Will préfère jouer à l'autruche, à toi de prendre les devants et de lui signifier clairement la fin de votre relation.

Lali a raison. J'étais tellement prise dans l'euphorie de mon rapprochement avec Djifa que j'en ai oublié une chose : mettre les choses au clair avec Will.

Bien sûr, il m'est difficile de prédire l'évolution de ma relation avec Djifa mais je suis désormais certaine d'une chose : il n'y a plus d'avenir possible entre Will et moi.

Nous n'aurions pas dû faire un énième break. Nous aurions dû nous séparer, mais aucun de nous n'a eu le courage de le décider. Aujourd'hui, plutôt que de continuer à me voiler la face derrière des non-dits et des malentendus, il est temps pour moi de prendre la situation à bras le corps. Pour être parfaitement alignée avec mes valeurs et mes envies.

Lorsque nous finissons de manger les *botokoin* et que nous revenons dans l'open space, je récupère mon téléphone dans mon sac et j'envoie un SMS à Will pour lui fixer un rendez-vous. Je pourrais tout aussi bien lui signifier notre rupture par message – d'autant plus qu'il ne daigne même pas me répondre.

Ce serait nettement plus facile. Mais ce serait aussi lâche. Je préfère lui dire les choses en face. Sans ambigüité.

***

Cinq jours plus tard

La mine perplexe, je dévisage le vendeur du stand de tissus.
— Vous êtes sûr que la couleur de l'étoffe ne s'atténuera pas avec les lavages ?
— À trois cents pour cent ! assène-t-il avec aplomb.
Difficile de savoir s'il dit vrai ou s'il essaie juste de conclure la vente. Les temps sont durs. Je ne peux pas lui en vouloir de chercher à vendre. Après tout, il est là pour ça.
Je jette un nouveau coup d'œil au stand.
— Finalement, je crois que je vais plutôt prendre ce coffret.
Le coffret en question contient deux jolis foulards en batik que j'envisage d'offrir à Lali pour son anniversaire. Le vendeur hoche la tête avant de tendre la main vers le coffret.
— Bien sûr, c'est un très bon choix. Vous avez un goût certain, madame !
Il est sans doute déçu car les foulards coûtent deux fois moins cher que la robe, mais il ne le montre pas. Je sais le travail et l'espoir derrière une petite entreprise comme la sienne et je suis heureuse d'y contribuer à ma petite échelle.
Je suis en train de récupérer les foulards lorsque Djifa arrive, deux verres de jus à la main.
— Je nous ai repris du bissap !
— *Rhoo*, je t'avais dit que je n'en voulais plus...
— Puisque nous sommes là pour découvrir le savoir-faire local, autant nous faire plaisir, non ?
— Bon... D'accord ! Mais c'est le dernier verre, compris ?
Je bois une petite gorgée et mes pupilles se dilatent de plaisir.

— Hmm... Que c'est bon ! C'est moi ou il n'a pas le même goût que celui que nous avons bu en arrivant ?

— Tu as vu juste ! Ne t'avais-je pas qu'il fallait en goûter d'autres ?

— Oui, mais j'avais prévu de m'arrêter à un seul verre... Tu n'en fais toujours qu'à ta tête, pas vrai ?

Djifa laisse échapper un rire désarmant et nous poursuivons notre chemin. Nous sommes vendredi soir. Hier, jeudi, à la sortie du boulot, j'avais donné rendez-vous à Will chez lui et nous avons pu faire le point sur notre relation.

Lorsque je lui ai fait part de ma décision de rompre, il ne s'y est pas opposé, comme j'avais pu le prévoir. Nous nous sommes donc quittés dans de bons termes. Désormais, j'ai le champ parfaitement libre pour poursuivre ma relation avec Djifa.

Aujourd'hui, après notre journée de travail et en lieu et place de l'habituel afterwork, nous avons tous les deux faussé compagnie à nos collègues pour nous rendre à l'une des foires les plus prisées de la capitale : la Foire Internationale de Lomé.

Il y règne une folle ambiance de fêtes – Noël, c'est déjà dans un mois ! De belles illuminations éclairent les allées qui bruissent de visiteurs et de discussions, une fanfare joue de la musique traditionnelle togolaise – *yoohoo* ! La musique de fanfare a toujours réveillé quelque chose de festif en moi – et les voix d'une équipe d'animateurs résonnent de temps à autre à travers les haut-parleurs.

Autour de nous, les stands, tenus par des exposants venus de toute l'Afrique, d'Asie et d'Europe, regorgent de produits en tous genres. Et en cette période de fin d'année, c'est l'endroit idéal pour faire le plein de produits saisonniers, de cadeaux et de décorations – ces dernières étant presque toutes occidentales, à mon plus grand désespoir.

D'ailleurs, sur la plupart des stands, les musiques de noël les plus populaires font rage : de *Petit papa Noël* jusqu'à *Jingle bells* en passant par... *Let it snow* ? Ridicule. Tellement grotesque ! Il doit faire dans les vingt-huit degrés dehors...

Lorsqu'en passant devant d'autres stands, j'entends du *highlife* ghanéen festif ou les paroles de *Bons baisers de Fort-de-France*, je lâche un soupir de soulagement. La situation n'est peut-être pas si désespérée.

Je trouve du réconfort en salivant devant les stands de plats cuisinés, tous plus alléchants les uns que les autres. Mais je m'arrête surtout devant les stands de gourmandises et je ne peux m'empêcher de repartir avec des achats.

Sérieusement... Qui peut résister à des *toffee* moelleux à souhait ? Des *kokanda* luisants de caramel ? Des nougats parsemés d'éclats de cacahuètes ? Surtout à cette période de l'année ? Pas moi ! Et au grand désespoir de ma conscience, je me suis aussi laissée tenter par de délicieux cookies à la noix de coco. Ah, gourmandise, quand tu nous tiens !

Soudain, au milieu de tout ça, j'aperçois un stand un peu particulier qui attire aussitôt mon attention. C'est... C'est incroyable ! On dirait qu'il vient tout droit de mon imagination. Une artisane y propose de la décoration festive typiquement africaine – des animaux à accrocher, des boules colorées, des figurines représentant des *adinkras*[34]... – ce qui fait instantanément écho à mon concept de Noël Africain.

Wow, je trouve le stand juste fabuleux ! Nous nous arrêtons quelques instants, discutons avec l'entrepreneure qui nous raconte son histoire, sa passion pour l'art d'inspiration africaine et je me dis que ces objets seraient parfaits pour la déco que nous prévoyons chez le client *Albarka*. Je partage cela avec Djifa qui est du même avis.

— Tenez, voici ma carte ! se réjouit l'entrepreneure. Passez-moi un coup de fil la semaine prochaine !

À peine quittons-nous son stand que nous tombons sur la fanfare qui se promène à présent dans les allées de la foire. Au rythme des trompettes, trombones, caisses et autres instruments, une troupe de

---

[34] Symboles graphiques, originaires de l'Afrique de l'Ouest (peuple Akan), utilisés sur des tissus, toiles, poteries, sculptures, etc.

danseurs, vêtus de tenues traditionnelles Éwé, exécute un spectacle ambulant pour le plus grand bonheur des visiteurs.

Deux des danseurs, déguisés en roi et en reine Éwé – avec des bérets royaux sur la tête, un pagne aux motifs colorés enroulé autour du buste et posé sur l'épaule, d'impressionnants colliers de perles autour du cou – attirent particulièrement l'attention et suscitent l'intérêt de nombreux visiteurs qui veulent se faire prendre en photo avec eux.

Lorsqu'ils passent à notre hauteur, Djifa se joint à la troupe et exécute quelques pas de danse tandis que, secouée de rires, j'immortalise le moment en prenant quelques clichés avec mon téléphone.

— Voulez-vous que je vous prenne en photo ensemble ? propose l'un des danseurs, ce que j'accepte volontiers.

Et nous voilà posant fièrement aux côtés du roi et de la reine. Notre visite se poursuit auprès d'autres stands lorsque je sens une odeur prononcée de citronnelle. Je n'ai pas besoin de me retourner pour savoir que Nana Abiba nous a rejoints. Elle ne tient pas sur place et volette de stand en stand, heureuse de faire du lèche-vitrine, l'une de ses activités favorites.

Je suis en train d'admirer de jolies peintures sur toiles lorsqu'elle se matérialise devant moi, l'air surexcité.

— Je suis tombée sur un immense stand de noix de kola, là-bas ! Tu devrais aller jeter un œil !

— *Rhoo*, mais c'est un truc de vieux, ça ! Je suis une jeune, moi !

Mon regard croise celui de Djifa – il a les sourcils froncés et me regarde d'un air étrange – et je réalise que j'ai parlé à voix haute, sans prendre de précaution. Oh non, il va croire que je débloque…

— À qui parles-tu ?

Je réfléchis rapidement à l'excuse que je pourrais trouver, je lève instinctivement ma main vers mon oreille pour me donner une contenance et… Oh… Ma main a touché un truc dans mon oreille.

Mais oui ! Les écouteurs.

— Je parlais à… Abiba.

— Qui est-ce ?
— Ma… euh… Ma coach de vie !
— Hein ? Tu as une coach de vie, toi ? Pour quoi faire ?
— Eh bien, pour euh… Pour m'apprendre à gérer ma vie, tout simplement !

Il demeure un instant interdit avant d'éclater de rire.

— Dis-moi, tu la paies combien, cette Abiba ? J'aimerais lui dire deux mots !
— A quel sujet ?
— Bah, je ne voudrais pas être critique, mais côté résultats… Je trouve que ce n'est pas tellement ça, quoi !

Il accompagne ses paroles de grands gestes et de sourires en coin et je m'arrête de marcher pour le fusiller du regard. Là, il explose de rire.

— *Rhoo* ! Ne le prends pas mal… Je te fais marcher, c'est tout !
— Ah ouais ? Tu me fais marcher, hein ? On va voir si tu continues à te marrer !

La mine revancharde, j'entreprends de le chatouiller pour lui faire passer l'envie de se foutre de ma gueule, mais mon initiative tourne court car il ne se laisse pas faire et me chatouille en retour. Nous gesticulons sous le regard amusé des passants et au bout d'une minute à peine, je suis contrainte de le supplier d'arrêter la torture.

— *Ahaah* ! fanfaronne-t-il. Tel est pris qui croyait prendre !

Agacée par ma défaite, je lui tire la langue d'un air boudeur puis nous éclatons de rire, atterrés par notre propre puérilité. L'instant d'après, il m'attire vers lui, passe son bras dans mon dos, et nous poursuivons notre chemin en chahutant gaiement.

16

À peine la porte de son appartement refermée, Djifa m'embrasse avec passion et nous ne tardons pas à nous retrouver enlacés sur son canapé. Ce soir, *tout-va-trop-vite* ou pas, j'ai la ferme intention d'assouvir le désir de dingue qui gronde furieusement en moi depuis plusieurs jours.

On dirait que Djifa est sur la même longueur d'onde que moi. Il semble avoir enfermé ses scrupules à double tour dans un coffre-fort virtuel et s'applique à me prodiguer des caresses exquises qui font grimper la température de mon corps de plus en plus haut. *Youpiii* !

Alors que nous évoluons fébrilement en direction de sa chambre, nous sommes interrompus par un *toc toc*.

— Jeff ! appelle une voix masculine derrière la porte. Hé oh ! Jeff, tu m'ouvres ?

Djifa étouffe un juron et me fait signe de garder le silence.

— C'est Barack, un ami, m'apprend-il dans un chuchotement. S'il me croit sorti, il devrait repartir…

Mais le visiteur impromptu ne semble pas vouloir repartir.

— Jeff, je sais que tu es là ! Je t'ai vu rentrer…

— Et merde… grommelle Djifa avant de s'écarter à regret.

Il va ouvrir et passe la tête à travers la porte à peine entrouverte.

— Salut mon vieux ! On se capte après, OK ?

— Salut Jeff ! David et Messan viennent de débarquer chez moi pour une partie de ludo. Où as-tu foutu ton portable ? J'ai essayé de t'appeler pour que tu te joignes à nous mais tu n'as pas répondu à mes appels.

— Une autre fois, vieux... Tu tombes mal, là.

— *Rhoo*, comment ça, je tombe mal ? Il n'est même pas vingt-deux heures, mec ! Allez, arrête de faire ta diva et ramène-toi ! Tu te fais trop désirer ces temps-ci !

— Écoute, Barack, en fait, je... Ce soir, j'ai d'autres plans.

Djifa bouge un peu la main et j'ai le sentiment qu'il essaie de faire passer un message silencieux à son ami mais comme il me tourne le dos, je ne peux pas voir l'expression de son visage.

— Aaaaah ! s'exclame soudain Barack. OK, OK... Ça marche ! Allez, j'y vais. On s'appelle ?

Je retiens un éclat de rire. Le message est visiblement passé : cinq sur cinq !

— C'est ça, on s'appelle ! conclut Djifa, un sourire dans la voix. Passe le bonsoir aux autres et amusez-vous bien !

Lorsqu'il referme la porte, je m'approche de lui, un sourire moqueur aux lèvres.

— Alors comme ça, *Monsieur* est passé maître dans l'art du langage des signes, hmm ?

En guise de réponse, il éclate de rire avant de m'embrasser avec une ardeur contagieuse. L'envie ne tarde pas à remonter en flèche, embrasant nos corps et, dans la semi-pénombre de son appartement seulement éclairé par la lumière de la lune, nous explorons mutuellement nos corps, nous échangeons des baisers fiévreux, nous faisons courir nos mains vers des zones de plus en plus érogènes.

Bientôt, nous nous retrouvons dans son lit et mon cerveau est embrumé d'un désir sans nom. Avec des gestes savants et méticuleux, il me débarrasse de mes vêtements avant d'attribuer le même sort aux siens.

Je suis heureuse de sentir sa peau chaude juste contre la mienne, de humer l'odeur virile de son corps, de laisser nos sueurs se mêler et créer une fragrance inédite, unique.

Lorsque nous n'en pouvons plus tous les deux et qu'il se glisse enfin en moi, m'arrachant un râle de plaisir, je savoure pleinement cette ascension vertigineuse et enivrante qui s'offre à nous.

***

— Reste dormir, ce soir…

Les paupières closes, Djifa m'attire contre lui. Zut… Pourquoi n'ai-je pas anticipé le coup en prévenant les parents que je ne rentrerais pas ? Voilà l'un des inconvénients à vivre encore chez ses parents : devoir rendre des comptes sur ses allées et venues.

Mais bon, je suis une grande fille de vingt-six ans. Je peux bien découcher de temps à autre, non ?

— Comment refuser ? je réponds à Djifa. C'est si gentiment demandé…

Nous échangeons un court baiser puis il ne tarde pas à s'endormir. J'envoie un message à Maman pour lui dire que je reste dormir chez Lali. Oui, je sais, c'est un mensonge. Mais qu'est-ce qu'un tout petit mensonge comparé à une nuit pleine de promesses avec Djifa ?

J'éteins mon téléphone puis je me blottis contre lui pour profiter pleinement de cette merveilleuse nuit à deux.

***

Le lendemain

J'ouvre lentement les paupières et la vision qui me parvient fait bondir mon cœur de joie. À mes côtés, dans le grand lit, Djifa dort à poings fermés tandis je me repasse lentement le film des événements de la semaine. Que de premières fois ! Notre premier baiser, notre première sortie à deux, notre première danse, notre première foire et notre première nuit ensemble...

Il s'est passé tellement de choses en l'espace d'une seule semaine ! Je n'aurais jamais cru tout cela possible. Djifa remue légèrement, ouvre les yeux et me gratifie d'un *sourire-fossette* tout en m'attirant vers lui.

— Bien dormi, Zeyn ?

— Très bien dormi, Jeff. Et toi ?

— Ça fait des lustres que je n'ai pas aussi bien dormi. Tu devrais dormir avec moi plus souvent...

Je reste figée quelques secondes ne sachant pas quoi répondre. Euh... Pour quelqu'un qui ne voulait pas aller trop vite, j'ai l'impression qu'il vient de brûler des dizaines d'étapes en une seule phrase !

— Oublie ce que je viens de dire, se reprend-il, en souriant. En réalité, ce que je voulais dire, c'est que...

— Oui ?

— J'ai passé une excellente nuit avec toi, à mes côtés. Voilà ! Est-ce que ça passe mieux, comme ça ?

— Hmm... Ouais, c'est plutôt bien rattrapé.

Nous pouffons de rire puis il laisse courir ses doigts sur mon bras.

— Que prends-tu au petit-déjeuner ? J'ai du thé, du café...

— As-tu de la citronnelle ?

— Oui. Et pas n'importe laquelle ! Elle a été cultivée dans une ferme bio à Zanguéra. J'ai aussi de la poudre de cacao de Kpalimé. Y a-t-il autre chose qui te ferait plaisir ?

— Hmm... (Je fais mine de réfléchir). Une tartine de miel de Bassar... Une mangue de Dapaong... Et tant qu'on y est, je ne serais pas contre un ananas de Tsévié !

Djifa écarquille les yeux avant de s'esclaffer.

— Eh bien, *la reine de l'awalé* a des goûts très précis, on dirait ! J'aurais peut-être dû continuer à énumérer ce que j'ai chez moi...

Quelques instants plus tard, nous nous affairons dans la cuisine pour préparer le petit-déjeuner. Bientôt, une délicieuse odeur de citronnelle nous chatouille agréablement le nez. Comme j'aime cette odeur ! Et ce n'est pas seulement parce que c'est l'odeur préférée de Nana Abiba.

Mon enfance regorge de tas de souvenirs de citronnelle. Je me rappelle des matins de vacances à Bassar, lorsque *Tassi* Assibi nous régalait de sa savoureuse bouillie de tapioca à la citronnelle et au lait, accompagnée de pain sucré, de beurre et d'omelettes. Je rêve d'avoir ce genre de matins à l'infini. Pour toujours. Pour l'éternité.

Si on me demandait, là maintenant, ce que je souhaite pour Noël, je répondrais : des matins ensoleillés comme celui-ci, avec de bonnes odeurs gourmandes qui me rappellent mon enfance ; Djifa à mes côtés, si prévenant, si attachant ; sans oublier mes parents et ma famille proche ainsi qu'une santé de fer pour tous. Et pourquoi pas un sachet de *kokanda* et de *toffee*, aussi ?

Oui, ce dont je rêve pour Noël, c'est tout cela et bien plus encore.

— Le petit-déjeuner est servi, *très chère* !

Le ton charmeur de Djifa m'arrache un petit sourire et je jette un coup d'œil ravi à la table généreusement garnie. Lorsque je porte ma tasse de citronnelle aux lèvres, je ferme les yeux un instant pour m'imprégner de ce merveilleux moment. En face de moi, Djifa aussi savoure son lait au cacao.

Saviez-vous que le bonheur avait le goût de la citronnelle de Zanguéra et du cacao de Kpalimé ?

Non ? Eh bien, je ne suis pas peu fière de vous l'apprendre.

***

— Hey... Arrête !

Des gouttes d'eau m'aspergent le visage et je tente d'échapper à un Djifa plus puéril que jamais qui s'est mis en tête de me rafraîchir avec sa bouteille d'eau. Tout ça parce que j'ai eu la bonne idée de me plaindre de la chaleur horrible qu'il fait aujourd'hui.

Quel farceur ! Je ne le savais pas si espiègle, mais je le découvre à mes dépens. À bout de souffle, je me laisse choir sous un arbre, non loin de l'esplanade du Palais des Congrès où de jeunes gens improvisent un mini tournoi de rollers.

Deux hommes passent devant nous et Djifa attire mon attention sur l'un d'entre eux.

— Il me fait penser à Gerry.

— Bien vu. On dirait carrément son sosie !

— En parlant de Gerry, il a demandé de tes nouvelles, l'autre jour. Il voulait savoir comment s'était passée ta présentation chez *Albarka*. J'ai répondu que tu t'en étais très bien sortie.

Tiens, voilà autre chose que j'ai découvert sur Djifa : il est capable d'être espiègle et coquin puis de redevenir très sérieux l'instant d'après.

— C'est gentil ! je réponds. J'ai honte de le dire, mais... Depuis le rendez-vous chez *Albarka*, je redoute le fait que Bass me demande de présenter un sujet lors d'une réunion d'équipe.

— Dans mes souvenirs, ta dernière présentation en réunion avait été très appréciée.

— Je sais... Mais l'exercice est tellement inconfortable que moins j'en fais, mieux je me porte !

— Tu devrais pourtant faire tout le contraire. C'est la répétition de l'exercice qui va le rendre moins inconfortable. Si tu le fais une fois par an, tes progrès seront peu palpables. Mais si tu le fais une fois par semaine, d'ici peu de temps, tu constateras de vrais résultats.

— Une fois par semaine ? Tu veux ma mort, ou quoi ?

— Bon, une fois par mois, alors. L'important, c'est d'être régulier. Et si ça peut t'aider, tu peux commencer à t'entraîner avec un sujet qui te passionne ou que tu maîtrises bien.

— Un sujet qui me passionne, hein ? Que vais-je bien trouver à dire une fois par mois sur... La citronnelle ?

N'ayant pas vu la chute venir, Djifa met quelques secondes à réagir. Un lumineux *sourire-fossette* éclaire son visage.

— Je crois que j'ai une bien meilleure idée !

— Oh oh... La dernière fois que tu m'as sorti cette phrase, je me suis retrouvée sur les planches d'une salle de théâtre ! À quel truc tordu peux-tu bien penser, cette fois-ci ?

— Ha ha ha ! Je ne pensais à aucun truc tordu. Je me disais juste que tu pourrais utiliser ton concept de Noël Africain pour t'entraîner. D'autant plus que tu l'as déjà présenté devant un public.

— Hmm... Pas con comme idée !

— Ouais, je dis souvent des choses intelligentes.

Des éclats de rire attirent notre attention. À une trentaine de mètres de nous, deux jeunes filles sont en train de filmer leur amie pendant qu'elle réalise une chorégraphie stylée, probablement avec pour objectif de publier la vidéo sur les réseaux sociaux.

Un nouveau *sourire-fossette* étire les lèvres de Djifa qui, l'instant d'après, se lève et dégaine son téléphone portable.

— Alors, dites-nous tout, Zeynab Twéré, en quoi consiste votre concept de Noël Africain ?

Il a braqué l'objectif de son téléphone sur moi et utilise sa main comme s'il s'agissait d'un micro. Ma première réaction est d'éclater de rire, persuadée qu'il est en train de se foutre de ma gueule, mais il demeure impassible et garde un air très sérieux.

— Tu n'es pas sérieusement en train de me filmer, hein ?

— Bien sûr que si ! L'avantage d'une vidéo c'est qu'après, tu pourras la visionner et analyser ta prestation pour voir comment t'améliorer. Tu verras, ça va être sympa ! Allez, joue le jeu, s'il te plaît.

Il affiche une moue suppliante et je lève les yeux au ciel. Après tout, un entraînement ne me fera pas de mal, au contraire. Et même si ce n'est pas parfait, je sais que Djifa ne se moquera pas de moi.

— Bon… OK ! Je veux bien jouer le jeu…

— Super ! Alors, c'est parti !

Se penchant vers moi, il fait mine de me maquiller, d'arranger ma coiffure, ma posture… Quel sacré numéro ! Puisqu'il a l'air de prendre son rôle de *journaliste-réalisateur-maquilleur* très au sérieux, il n'a qu'à bien se tenir : j'ai l'intention d'en faire de même en incarnant l'interviewée la plus *relou* au monde.

— Action ! s'écrie-t-il puis il filme brièvement le décor avant de réorienter le téléphone sur moi. Bonjour, Zeynab !

— Bonjour, Jeff ! Oh zut… Je voulais dire Djifa !

Il éclate de rire et je fais mine d'être dépitée.

— Désolée pour ce faux départ…

— Il y en aura sans doute d'autres, mais ce n'est pas bien grave !

Reprenant un air sérieux, il se remet dans la peau du *journaliste-réalisateur*.

— Et… Action ! Bonjour, Zeynab !

— Bonjour, Djifa.

— Parlez-nous de votre concept de Noël Africain. De quoi s'agit-il ?

Je bombe le torse et je redresse mes épaules avant de répondre.

— Le Noël Afri… Afro… Euh… *Afri-comment* ? Pourriez-vous répéter la question ?

Je crois que, sur ce coup, j'ai poussé le bouchon un peu trop loin car Djifa vient de comprendre que je me fous de sa gueule. Il a baissé le téléphone, affiche un air contrarié, et me lance un regard dur.

— Allez, Zeyn, fais-le sérieusement, veux-tu ?

— Je croyais que c'était juste un jeu !

— C'est un jeu, mais dans le sens de s'entraîner. Certes, ce n'est pas une vidéo pro mais on n'est pas non plus dans une cour de récré, là…

Bon... Coup de sifflet ! On dirait que la récréation est finie.

— Allez, on recommence ! s'écrie Djifa en reprenant son rôle. Je compte jusqu'à trois et on démarre, OK ? Un... deux... et trois ! Alors, Zeynab, de quoi parle votre concept de Noël Africain ?

Maintenant que je ne peux plus déconner, je sens un début de pression monter en moi et j'inspire profondément. Djifa semble s'en rendre compte alors il s'approche de moi.

— Rappelle-toi les paroles de Gerry et surtout, ne te mets pas de pression... Tout est dans l'attitude, dans la tête. Alors, lâche-toi, prends-toi pour une star : c'est toi la boss !

Il dépose un baiser aérien sur mes lèvres, recule, se remet en position et lève un pouce en l'air pour m'encourager. Je me lance d'une voix mal assurée.

— Tout est parti d'une réflexion personnelle... Je ne trouvais pas normal que des Africains noirs aient comme référence de Noël des symboles occidentaux comme un père Noël blanc, la neige, les rennes et tout l'imaginaire occidental autour de la fête de Noël...

Tout en parlant, les idées de mon concept de Noël Africain me reviennent en tête de façon claire et précise. Autour de nous, il y a un peu plus de bruit que tout à l'heure. Les participants du tournoi de rollers encouragent bruyamment leurs coéquipiers et Djifa me fait signe de hausser la voix. Je marque une petite pause puis, avec un peu plus d'assurance, je poursuis.

— Alors, je me suis demandé : qu'est-ce qui nous empêche d'inventer notre propre univers de Noël ? Rien. Sauf à ne pas se l'autoriser. De mon point de vue, les Africains doivent créer un référentiel de Noël bien à eux en se réappropriant la fête de Noël avec des éléments culturels africains.

Djifa baisse le téléphone et me fait un sourire encourageant.

— Bien, Zeyn, bien ! On continue... Et selon vous, Zeynab, comment un Africain noir peut-il se réapproprier Noël ? Je veux dire, de façon concrète.

À présent, je me sens de plus en plus à l'aise. Djifa avait raison. C'est plus facile de s'entraîner avec un sujet que je maîtrise. Et finalement, pour une grande timide comme moi, parler devant l'objectif d'une caméra passe mieux que je ne l'aurais cru car je n'ai pas le regard immédiat des gens sur moi. Alors, c'est beaucoup moins impressionnant.

— Je pense que chacun doit trouver ce qui lui correspond le mieux. Pour ma part, je pars de ce que j'aime faire à Noël. Dans ma famille, nous avons des traditions de Noël qui se sont créées avec le temps. Le jour de Noël, nous revêtons de jolies tenues en tissu *bogolan*, *wax*, *batik* ou *kenté* et nous festoyons au rythme de belles mélodies afrobeat. Au petit-déjeuner, nous dégustons une bonne bouillie de tapioca parfumée à la citronnelle et accompagnée de pain sucré et d'omelettes. Au déjeuner, du bon foufou à la sauce arachide, avec du *wangash*. Et au dîner, des frites d'igname et de bananes plantains. Voilà mes références personnelles.

Enhardie par un éclair d'audace, j'ai soudain envie de suivre les conseils de Djifa et de me prendre pour une star. Alors, je fixe l'objectif du téléphone et je fais mine de m'adresser directement à un public invisible.

— Et vous ? Quelles sont les vôtres ? Quels repas africains aimez-vous manger à Noël ? Quels sont les desserts africains dont vous raffolez à Noël ? Les épices, les fruits etc. En Afrique, nous avons aussi des confiseries et des douceurs très prisées qui peuvent faire partie des symboles du Noël Africain. Les pastels ou les beignets sucrés peuvent remplacer le pain d'épice. Les *toffee*, nougats, *kokanda* et autres gourmandises peuvent se substituer aux sucres d'orge.

Sans me quitter des yeux, Djifa lève un nouveau pouce en l'air et je me sens pousser des ailes.

— Quelles activités aimez-vous faire à Noël ? Quelle musique africaine aimez-vous écouter, ce jour-là ? Et aussi, que voudriez-vous voir comme éléments culturels africains dans votre déco de Noël ?

— Justement, intervient Djifa, en parlant de déco de Noël, que proposez-vous comme éléments culturels africains ?

— Je n'ai rien contre les boules et les guirlandes classiques. En revanche... Exit le sapin ! Exit les rennes ! Exit la neige, le houx, les lutins et ce bon vieux père Noël ! Il s'agit d'éléments culturels occidentaux qui ne devraient pas être la norme chez nous. Place à des arbres de Noël qui poussent en Afrique. Je pense aux palmiers, aux baobabs, aux cocotiers ou encore aux manguiers...

— Votre proposition est très intéressante ! Malheureusement, la plupart des arbres de Noël qui sont proposés sur le marché sont des sapins...

— Bien vu. J'en profite donc pour lancer un appel aux industriels africains pour qu'ils produisent des arbres de Noël beaucoup plus adaptés au contexte africain que le sapin. Il devrait carrément y avoir des boutiques et des centres commerciaux dédiés à la décoration festive d'inspiration africaine. Cette décoration pourrait se faire dans des tons chauds comme le rouge, l'orange, le jaune, ou des tons foncés comme le marron, le noir... Les figurines pourraient être en forme de girafe, de zèbre, d'éléphant, de biche, de lion etc. Là encore, les industriels africains et les opérateurs commerciaux ont un rôle crucial à jouer !

L'interview se poursuit et Djifa, qui se révèle parfaitement à l'aise dans son rôle de journaliste, n'hésite pas à rebondir sur mes réponses ou à détendre l'atmosphère lorsque je suis un peu tendue. Au bout d'un petit quart d'heure de tournage, je décrète que j'ai eu ma dose d'entraînement pour les trois prochains mois.

Assis à même le sol, nous visionnons les séquences que Djifa a filmées et nous nous tapons des barres de rire sur certaines d'entre elles. D'autres en revanche sont très bien et, même si je trouve que je ne m'en suis pas trop mal sortie, c'est Djifa qui a toute mon admiration. Il s'est mis dans la peau d'un journaliste avec une facilité si déconcertante que, si je ne connaissais pas son métier, j'aurais été prête à parier qu'il était un vrai journaliste.

À présent, nous visionnons un extrait où il me demande de me présenter.

Je m'appelle Zeynab Twéré et je veux changer l'imaginaire autour de Noël ! suis-je en train de dire avec aplomb.

— Cette séquence est juste excellente ! commente Djifa. Pour un premier entraînement face caméra, tu as été épatante. Franchement, chapeau, Zeyn !

— Hé hé ! Merci !

— Alors, c'était quand la dernière fois que tu t'es autant marrée ? Sois honnête !

Je fais mine de réfléchir mais la réponse est évidente.

— Des lustres !

— Tu vois que mes idées tordues ne sont pas toutes bonnes à jeter !

— Je dirais même que je commence à les apprécier…

Nous échangeons un regard complice puis je pose ma tête sur son épaule. À l'horizon, le soleil commence à décliner et, tandis que nous continuons à visionner les vidéos, je me repasse mentalement le film de cette délicieuse journée qui restera à jamais gravée dans ma mémoire.

17

Rentrée depuis une petite heure, je balaie mon appartement du regard et je décide qu'il est temps de faire un peu de ménage. Ça fait des jours que je n'ai rien rangé ni passé le balai. Je commence par la cuisine et je suis en train d'attaquer le salon lorsque Nana Abiba fait son apparition.

Elle a l'air toute excitée et m'explique qu'elle revient de Bassar où il y avait une grande fête organisée près des hauts fourneaux. Tandis qu'elle me raconte sa journée avec beaucoup d'entrain et d'enthousiasme, une réflexion me traverse l'esprit. Ça ne doit pas être évident de voir la vie sans vraiment la vivre.

— Dis Nana, ça ne te manque pas la vraie vie ? je lui demande lorsqu'elle a fini son récit.

Nana Abiba affiche un petit sourire.

— Bien sûr que ça me manque ! Mais il y a des règles à respecter et je les accepte. On naît, on vit, on meurt… C'est ainsi ! Et parfois, la vie peut continuer au-delà de l'univers visible, comme c'est le cas pour moi. Alors, je me sens extrêmement chanceuse.

Sa résilience est admirable. Je ne suis pas sûre qu'à sa place, je ferais preuve d'autant de sagesse. Je lui jette un regard appuyé.

— Mais en vrai, à part les cacahuètes grillées et les pagnes, il n'y a rien d'autre qui te manque de la vraie vie ?

— Hmm, laisse-moi réfléchir... Il y a bien une chose, oui.

— Alors, laisse-moi deviner... Les beignets sucrés ? Tu humes leur odeur à la moindre occasion !

— Ha ha ! Non, ce n'est pas ça.

— La citronnelle ? La kola ?

— Toujours pas !

— Bon, je capitule... Dis-moi ce que c'est !

— Le néré.

— Le néré ?

— Eh oui ! Je pouvais en manger à tous les repas. Pendant les grossesses, certaines femmes ont envie de manger des aliments particuliers. Pour moi, c'était le néré. J'adorais vraiment ça !

— Et qu'aimais-tu faire d'autre, quand tu étais en vie ?

— Je passais des heures à flâner au marché. Mais ce que j'aimais le plus, c'était les fêtes ! Avec mes sœurs et mes cousines, nous nous retrouvions pour nous préparer ensemble. Nous appliquions des traits de khôl sous les yeux, nous sortions les seuls bijoux en or que nous possédions – des boucles d'oreilles pour certaines, un bracelet ou un collier pour d'autres – puis nous nous entraînions à danser en vue des parades en groupe lors des grandes manifestations. Ah... J'entends encore la foule nous acclamer ! Nous dansions, nous sautions, nous nous tapions dans les mains et nous nous prenions pour de véritables stars !

Nana Abiba accompagne ses paroles de gestes et un sourire amusé m'étire les lèvres.

— C'était à qui impressionnerait le plus ! poursuit-elle d'une voix survoltée. Et à ce jeu-là, nous excellions presque toutes !

Eh ben ! Ma Nana Abiba est une adepte de sensations fortes, on dirait. Cette pensée me donne une idée que je chasse aussitôt pour qu'elle ne devine pas à quoi je pense.

Lorsqu'elle s'arrête de danser, elle m'interroge du regard.

— Pourquoi me demandes-tu tout ça ?

— J'avais envie de savoir ce que tu aimais faire quand tu étais en vie. Ça me permet d'apprendre à mieux te connaître. Toi, tu n'as pas besoin de me poser des questions. Tu peux lire en moi comme dans un livre ouvert !

— Oh, mais je ne lis pas tout le temps dans tes pensées, tu sais !

— J'ai du mal à te croire…

Elle affiche un air contrarié.

— Insinuerais-tu que ton arrière-grand-mère est une menteuse ?

— Ne me fais pas dire ce que je n'ai pas dit !

Tandis qu'elle continue de bougonner, je reprends mon balai.

— Et si tu m'aidais à faire le ménage ? Tu pourrais claquer des doigts et…

— N'y pense même pas !

— *Rhoo*, tu n'es vraiment pas sympa, Nana.

— Allez, je te laisse un moment ! Je retourne à ma fête. Bon courage pour ton ménage, ma Zeynabou ! À plus tard !

Sur ces paroles, elle disparaît aussi vite qu'elle est apparue et je secoue lentement la tête avant de reprendre ma besogne.

***

Deux jours plus tard

Lundi soir, après le boulot, je retrouve Djifa chez lui pour le dîner. Comme il était en rendez-vous client toute l'après-midi, il n'a pas eu le temps de cuisiner. Nous nous attablons devant les plats à emporter qu'il a achetés chez *Dom's*, un restaurant à Nukafu, spécialisé dans le *friedrice*.

Sur la table, du riz frit accompagné de viande, de salade de choux et de piment noir. Hmm, tout est vraiment très bon ! Nous nous régalons. Après le repas, Djifa m'annonce qu'il a une surprise pour moi. Il s'éclipse dans la chambre puis il revient quelques instants plus tard avec son ordinateur.

Je me demande ce que ça peut bien être. Il déverrouille l'ordinateur et je vois une photo apparaître en grand. Il s'agit de moi, prenant la pose, assise en tailleur sous un arbre, avec en arrière-plan l'esplanade du palais des congrès. Je ne comprends toujours pas en quoi consiste la surprise car il m'a déjà montré cette photo, samedi dernier.

Là, il appuie sur un bouton et je réalise qu'il ne s'agissait pas d'une simple photo. Une vidéo d'une quinzaine de minutes démarre et j'ai du mal à cacher ma surprise. C'est celle que nous avons tournée samedi. Djifa en a fait un montage super sympa avec des intros, des titres et des sous-titres, une musique de fond, des enchaînements et autres effets.

La plupart de mes bafouillages ont été coupés au montage, ce qui rend le tout très fluide et cohérent. Une séquence en particulier m'arrache de grands sourires.

Je n'ai rien contre les boules et les guirlandes classiques. En revanche...

Exit le sapin ! (Djifa a rajouté un bruit de buzzer éliminatoire)

Exit les rennes ! (nouveau bruit de buzzer)

Exit la neige, le houx, les lutins et ce bon vieux père Noël ! (nouveau bruit de buzzer)

Il s'agit d'éléments culturels occidentaux qui ne devraient pas être la norme chez nous...

Honnêtement, le résultat est vraiment nickel et digne d'un vidéaste pro. Dommage qu'il se soit donné autant de mal pour une vidéo qui va rester dans les placards.

— Wow, c'est super bien fait ! je m'exclame. Eh ben, je ne savais pas que tu t'y connaissais en montage vidéo.

— En vérité, je n'ai fait que le travail préparatoire. Pour le reste, j'ai dû demander l'aide d'un ami.

Il a fait quoi ?

— D'ailleurs, poursuit-il, mon ami pense que tu devrais la publier sur les réseaux sociaux. Et il n'a pas complètement tort ! Ton concept de Noël Africain pourrait intéresser bien plus de monde que tu ne l'imagines. Alors, qu'en dis-tu ?

— Attends une petite seconde… Viens-tu vraiment de dire que… quelqu'un d'autre a vu la vidéo ?

Il doit lire l'horreur sur mon visage car son *sourire-fossette* disparaît instantanément.

— Oh, ne t'inquiète pas ! David est un très bon ami à moi, je te le présenterai à l'occasion. Il est vidéaste pro et il fait des montages de ce type tous les jours. Alors, tu n'as pas à t'inquiéter. Et si ça peut te rassurer, il a déjà supprimé sa copie de la vidéo !

Comme je continue à le fusiller du regard, il se rend compte que je ne suis vraiment pas contente.

— Allez… Tu ne vas pas te fâcher pour si peu, hmm ?

Pour si peu ? Il a montré cette vidéo totalement improvisée, dans laquelle je ne suis pas sous mon meilleur jour et où je suis ridicule par moments, à un ami et il considère que c'est « *peu* » ? Je n'arrive pas à croire qu'il ait fait un truc pareil sans se soucier de mon avis.

Et là, il me dévisage avec étonnement et a l'air de ne pas voir où est le problème. Je prends une profonde inspiration car je suis face à un dilemme.

Si j'insiste sur la gravité des faits, il va se braquer. Or je n'ai pas envie de créer des tensions entre nous et de mettre à mal notre complicité naissante. Mais si je fais comme si de rien n'était, il ne comprendra pas en quoi il a merdé et il pourrait refaire la même erreur.

Je lâche un long soupir. Après réflexion, je décide de laisser couler pour cette fois.

— C'est bon… Je ne suis pas fâchée.

Djifa secoue lentement la tête.

— Je vois bien que tu l'es… Je suis désolé, Zeyn. Je ne pensais pas que tu le prendrais aussi mal. Que pourrais-je faire pour me rattraper ?

Je réfléchis quelques secondes avant d'afficher un sourire.

— Emmène-moi au ciné, jeudi soir.

Il me sourit en retour.

— Va pour le ciné ! Par contre, jeudi soir, il y a une réunion au club JDCL que je ne peux pas manquer. Remettons le ciné à vendredi soir, si tu es dispo.

— Euh... Si nous ratons encore l'afterwork tous les deux, les commentaires vont aller bon train au boulot !

— Ils vont déjà bon train, tu sais ? En tout cas, moi je n'y prête aucune attention.

Finalement, nous décidons de planifier le ciné samedi soir et l'incident de la vidéo est vite oublié. Djifa pianote sur son téléphone et une mélodie familière commence à résonner. Il y a environ une semaine, nous avions dansé sur cette chanson de Tony X – *La conviance* – lors de la fête du club JDCL.

Rutata ruta, rutata ruta, rutata duda duda, rutata ahah, ahah

Lorsqu'il m'invite à danser, j'accepte volontiers tandis que mon petit doigt me dit que cette chanson est bien partie pour devenir *notre* chanson.

***

Trois jours plus tard

— Et toi, ma Zeynabou, quelle est donc ta religion ?

Alors que nous marchons dans la rue, la question de Nana Abiba me prend par surprise. Autour de nous, il commence à faire nuit et un long cortège de voitures et de motos progresse dans les rues. À intervalles réguliers, des conducteurs de *zémidjan* klaxonnent pour proposer une course à des passants.

Noël étant dans un peu moins d'un mois, les décorations de fêtes commencent à faire leur apparition sur des lampadaires, dans des bosquets le long des routes, aux ronds-points. Les vendeurs ambulants ont rajouté plus de jouets, ballons et autres gadgets gonflables, à leur panoplie d'articles habituels.

— Je n'ai pas de religion, Nana. Ma famille est majoritairement musulmane, mes parents sont musulmans pratiquants, j'ai des cousins et amis musulmans, chrétiens, athées, animistes... J'ai été musulmane jusqu'à mon entrée dans l'âge adulte et j'ai finalement fait le choix de ne plus l'être. Mais ça ne veut pas dire que je ne crois pas en Dieu. Je ne m'identifie juste plus à une religion en particulier.

Nana Abiba hoche simplement la tête. Elle ne semble pas choquée par mon discours.

— L'important, c'est de croire en quelque chose. En un Être Suprême, qui est au-dessus de toutes choses. Certains l'appellent Dieu, d'autres Allah ou encore Yahvé. Finalement, le nom qui est donné au Créateur importe peu, tant que l'on croit en Lui.

Après un petit quart d'heure de marche, nous arrivons à destination. J'affiche un sourire satisfait.

— Nous voilà arrivées, Nana !

Nous sommes devant un parc d'attractions et Nana Abiba n'a aucune idée de ce que nous allons y faire. C'est censé être une surprise totale pour elle car je lui ai fait promettre de ne pas lire dans mes pensées.

— Allez, vite, Nana ! La billetterie va bientôt fermer !

Nous nous hâtons – ou plutôt je me hâte et Nana Abiba flotte à mes côtés – vers le guichet.

— Bonjour ! Un ticket pour le *Virtual Fazao*, s'il vous plaît.

Une fois mon ticket en main, je me dirige vers le simulateur de montagnes russes. Il y a une petite file d'attente et nous devons patienter pour monter dans un wagon. Lorsque c'est à mon tour de monter, je m'arrange pour me mettre tout au fond et laisser une place vide à mes côtés. J'invite Nana Abiba à prendre place et à ne disparaître sous aucun prétexte. Une fois encore, elle promet de jouer le jeu jusqu'au bout.

Nous mettons des casques de réalité virtuelle et des ceintures de sécurité. C'est la deuxième fois que je fais cette attraction. La première fois, c'était avec Joël, qui m'a emmenée ici l'année dernière, et je m'étais promis de ne plus jamais y revenir.

Je suis une froussarde de première. Alors, faire un roller coaster est une véritable épreuve pour moi. Lorsque je l'ai fait l'année dernière avec Joël, j'ai cru que ma dernière heure était arrivée. J'ai eu tellement peur ! J'ai hurlé de toutes mes forces. J'en ai même pleuré. D'ailleurs, je n'ai pas pu aller jusqu'au bout et j'ai retiré mon casque avant la fin du parcours. C'était tout bonnement insoutenable.

Si j'ai décidé de revenir aujourd'hui, c'est en partie pour Nana Abiba – qui adore les sensations fortes – mais aussi pour moi. J'ai compris que je ne devais pas laisser la peur me dominer mais que je devais l'affronter, la regarder droit dans les yeux. Je ne sais pas si j'y arriverai aujourd'hui. Mais j'ai décidé d'essayer.

Bientôt, le compte à rebours annonce le démarrage du parcours dans... trois... deux... et une seconde. La machine virtuelle s'ébranle. Au début, c'est gentillet. Supportable. Mais bientôt, ça va de plus en plus vite. Les virages s'enchaînent, ça monte, ça descend à vive allure et je me sens perdre pied.

Autour de nous, les gens hurlent de plus en plus fort. Je ne suis pas en reste non plus, mais les hurlements de Nana Abiba dépassent tous les autres. Je crois bien que c'est la plus hystérique de tous.

Tantôt elle hurle de peur, tantôt elle pouffe de rire. Elle oscille entre le rire et les larmes. Elle fait des *hiiiiii*, des *houuuuuu*, et aussi des *honnnnn*, des *haaaaaa*, et je suis morte de rire alors que je suis moi-même en proie à des sensations vertigineuses. Le moment est intense, unique, magique. À classer directement dans les annales, comme dirait cette peste d'Evelyne !

Je hurle à n'en plus finir. Mais, contrairement à l'année dernière, je ne hurle pas simplement de peur. Je hurle aussi mon bonheur, ma joie de vivre. Je hurle aussi pour exprimer ma gratitude d'être vivante, pleinement ancrée dans ma vie, ma gratitude d'avoir Nana Abiba à mes côtés et d'avoir réussi à m'affirmer plus grâce à elle. Je hurle mon impatience de vivre encore plus de belles choses dans les semaines, mois et années à venir.

Lorsque le parcours s'arrête enfin, Nana Abiba respire bruyamment en reprenant son souffle.

— *Tiyabe*, Zeynab... Si je n'étais pas encore morte, j'aurais rendu l'âme sur cette machine de torture !

La pauvre, elle a tellement hurlé que sa voix s'est enrouée.

— Mais tu m'avais dit que tu aimais les sensations fortes !

— Tu as dû rêver car je n'ai jamais dit ça !

— Oups, tu as raison... J'ai peut-être tiré des conclusions hâtives. J'en suis désolée, Nana.

Je m'attends à ce qu'elle ronchonne encore un peu mais elle me dévisage intensément, un étrange sourire aux lèvres.

— Je dois reconnaître que ce n'était pas si mal, après tout. Mais ce qui me rend franchement heureuse, c'est toi, Zeynabou.

— Comment ça ?

— Je te trouve changée. Tu n'es pas la même que lorsque je suis arrivée trois semaines plus tôt. La Zeynabou d'alors n'aurait jamais eu le courage d'affronter sa peur comme tu viens de le faire.

Je sais que Nana Abiba a raison. Je m'en rends compte moi-même. Je me sens différente, transformée, transcendée. Je sais désormais que j'ai de la valeur telle que je suis, que je n'ai besoin de la validation de personne d'autre à part moi-même pour me sentir heureuse. Je sais aussi que je ne suis pas seule.

Je me sens *empowered* : la présence de Nana Abiba m'insuffle du pouvoir. Elle me donne littéralement des ailes. Je ne sais pas ce que je ferais sans elle.

— Tu fais aussi désormais preuve de beaucoup plus d'assurance. Bravo, *n'boh* !

— Non, c'est à toi le bravo, Nana ! Sans toi, je n'y serais pas arrivée.
— Moi, je n'ai aucun mérite. J'ai joué un rôle de catalyseur, rien de plus.
— Bon, bravo à nous deux alors !

Peu de temps après, nous quittons le parc d'attractions. Dans le taxi qui nous ramène à Avédji, je reçois un message de Djifa qui s'ennuie au club JDCL et préférerait mille fois être allé au cinéma avec moi. Je m'empresse de lui répondre qu'il me manque aussi beaucoup et que j'ai hâte de le voir demain au bureau.

Lorsque je clique sur le bouton envoyer, je soupire profondément.

Dieu, que je suis heureuse !

Je suis si heureuse que j'ai l'impression que mon corps tout entier a été immergé dans un océan de bonheur. Je flotte sur un petit nuage à l'odeur de *kokanda*. Tandis que je regarde les paysages défiler à travers les vitres, je prie Dieu pour ne jamais redescendre de mon nuage de bonheur.

Jamais, jamais, jamais.

***

Le lendemain

Mon humeur du matin est équivalente à celle d'hier soir, c'est-à-dire :
Excellente !
Extraordinaire !
Sensationnelle !

Je suis tellement heureuse ! Je n'arrive pas à me départir du sourire qui ne me quitte pas depuis hier. Djifa et moi avons passé une bonne partie de la soirée à nous échanger des SMS et des messages vocaux. En me préparant pour aller au bureau, je vois de nouvelles notifications sur mon téléphone mais je décide de les lire plus tard, dans le taxi, car je ne suis pas très en avance.

Un coup d'œil à travers les *nacos* et je réalise que dehors, il fait un temps magnifique. Je revêts une veste sur une jolie robe et des sandales confortables, puis je prépare un petit sac avec des affaires car je passerai la nuit chez Djifa ce soir, après l'afterwork. Un dernier coup d'œil dans le miroir et me voilà fin prête à partir.

En sortant de l'appart, je tombe sur Joël qui s'apprêtait à frapper à la porte. Je suis surprise de le voir debout, aussi tôt, car il est rentré tard, hier soir.

— Salut, *couz* ! je lui lance avec entrain. Alors, ça va ? Pas trop fatigué par ta soirée d'hier ?

— Ça va ! J'ai encore du sommeil à rattraper mais je le ferai plus tard.

Une moue espiègle apparaît sur son visage.

— Je ne voulais pas te manquer avant ton départ au bureau. Dis donc, Zeynab, tu fais des cachotteries à ton cousin préféré, maintenant ?

— Des cachotteries, moi ? Jamais de la vie !

— Parce que me cacher que tu es devenue une vraie star, ce n'est pas une cachotterie ? Et dire que j'ai dû apprendre la nouvelle par ce crétin de Koami…

— Mais… De quoi parles-tu ? Comment ça je suis devenue une vraie star ?

Comme je ne vois vraiment pas où il veut en venir, il fronce brusquement les sourcils et se racle la gorge.

— Tu veux dire que… tu n'es pas au courant ?

— Au courant de quoi, Joël ? Allez, dis-moi ce qui se passe, à la fin ! Tu commences à me faire peur avec tous ces mystères.

La mine dépitée, Joël semble soudain embarrassé.

— Il vaut mieux que je te montre, alors…

Il déverrouille son téléphone, pianote dessus un instant puis tourne l'écran vers moi. Là, je manque de tomber à la renverse en voyant défiler les images de ma vidéo sur le Noël Africain. Celle que Djifa m'a montrée lundi soir, avec les sous-titres, les effets et la musique de fond.

C'est quoi ce délire ?

Comme dans un rêve éveillé, j'entends la voix de Djifa qui me pose des questions et moi, tantôt crispée, tantôt souriante, qui lui réponds.

— *Bonjour Zeynab !*

— *Bonjour Djifa !*

— *Pourriez-vous vous présenter en quelques mots, s'il vous plaît ?*

— *Je m'appelle Zeynab Twéré et je veux changer l'imaginaire autour de Noël !*

— *Parlez-nous de votre concept de Noël Africain. De quoi s'agit-il ?*

— *Tout est parti d'une réflexion personnelle… Je ne trouvais pas normal que des Africains noirs aient comme référence de Noël des symboles occidentaux…*

Assez ! Je ne supporte pas l'idée qu'une personne autre que Djifa et moi ait pu visionner cette vidéo totalement improvisée. Même si cette autre personne s'avère être mon cousin. Mais d'abord… Comment la vidéo s'est-elle retrouvée sur le téléphone de Joël ?

— Co… Comment as-tu eu cette vidéo ?

— Il n'y a pas que moi qui l'ai eue… Le monde entier l'a eue !

Les yeux écarquillés d'horreur, je regarde plus attentivement son téléphone et je vois que la vidéo est affichée sur l'un des réseaux sociaux les plus en vogue du moment.

C'est du pur délire ! Je suis littéralement sous le choc. L'air se raréfie dans mes poumons, j'ai du mal à déglutir et j'ai l'impression que je vais tomber dans les pommes d'un instant à l'autre.

Mon cerveau aussi est ébranlé, car je ne comprends vraiment pas ce qui est en train de se passer.

— Que… Comment… Qu'est-ce que ma vidéo fait sur ce réseau ? Tu dois la supprimer, vite, Joël !

— Mais je ne peux pas ! Ce n'est pas moi qui l'ai publiée... Regarde, ici, on peut voir le pseudonyme de la personne qui l'a fait. Apparemment, il s'agit d'un certain *jeff2wuiti96*. Tu sais qui c'est ?

Non, non, non... Je dois être en train de rêver... Ce serait donc Djifa qui a publié la vidéo sur ce réseau social ? Mais qu'est-ce qui lui a pris ?

— C'est vraiment un truc de fou ! reprend Joël. La vidéo a été publiée peu après minuit et, en seulement quelques heures, elle a déjà atteint trente mille vues ! Oh, regarde... Sur cet autre réseau social, elle a même dépassé la barre des cent mille vues ! Ça n'arrête pas !

J'étais déjà très secouée d'apprendre que ma vidéo avait été publiée sur les réseaux sociaux. Découvrir qu'en plus elle a été vue par des dizaines de milliers de personnes me fait l'effet d'une douche glaciale. J'ai l'impression qu'on m'a jeté une grosse tarte dégoulinante de miel au visage – ou d'avoir été sonnée par deux cymbales étourdissantes – et que le sol est en train de s'ouvrir sous mes pieds.

— Eh oh, Zeynab, tu m'as entendu ?

La voix de Joël me parvient déformée, comme une voix de robot au ralenti. Je suis dans un état second. Je laisse tomber mes sacs par terre et je retourne à l'intérieur de l'appart, en mode automate, suivie de Joël qui a ramassé mes affaires.

Je me laisse choir sur le canapé en soupirant bruyamment.

— Bah, alors, Zeyn, on dirait que tu n'es pas contente de faire le buzz !

Faire le buzz ? Moi, Zeynab ? Je ne suis pas une adepte des réseaux sociaux. Je les évite même la plupart du temps. Sauf que tous les jours, les réseaux sociaux viennent jusqu'à moi. La faute à ma cousine Roukhaya qui ne se gêne pas pour me balancer des vidéos virales alors que je lui ai bien fait comprendre qu'elles ne m'intéressaient pas. Mais Roukhaya n'en fait toujours qu'à sa tête.

Alors, faire le buzz sur les réseaux sociaux, non merci ! Je ne sais pas pourquoi, mais la notion de buzz a une connotation négative dans mon esprit. J'imagine les gens se moquer de moi, s'esclaffer, me transformer en *mèmes* drôles qui vont circuler partout et que les gens vont se *forwarder*.

Contrairement à moi, Joël a l'air de trouver ça génial.

— *Wooow* ! Regarde, Zeyn ! fait-il encore en s'asseyant à mes côtés. C'est un truc de dingue ! On dirait que chaque minute qui passe, la vidéo se prend une centaine de vues en plus. C'est à peine croyable ! Les gens regardent, commentent, et partagent la vidéo qui est souvent affublée du titre : *Le Noël Africain de Zeynab Twéré*.

Quelle horreur... Mon nom, mon visage et ma voix circulent partout sur le net et tout ça à cause de Djifa. Pourquoi a-t-il fait ça ? Se rend-il compte à quel point il m'a couverte de ridicule ? Pourquoi a-t-il décidé de publier la vidéo sans me le demander ? Je suis si déçue par lui.

Soudain, une pensée me traverse l'esprit et je suis encore plus anéantie. Si Joël et des dizaines de milliers de gens ont vu la vidéo, il y a de fortes chances que quelqu'un au bureau l'ait vue aussi. Je me décide enfin à consulter mon téléphone qui était resté en mode silence.

J'y découvre une dizaine de messages de Lali ainsi qu'une trentaine d'appels manqués et autant de messages de Djifa. Je n'ai pas la force de lire leur contenu. Après un long soupir, je prends mon courage à deux mains avant de me connecter à l'application de notre messagerie d'entreprise.

Là, je réalise l'ampleur des dégâts. Je suis littéralement inondée de centaines de messages de mes collègues. Un groupe de discussion s'est même créé, mais liquéfiée, vidée, je suis parfaitement incapable de regarder ce qu'il s'y dit.

— Zeynab... Eh oh ! Zeyn ?

Je lève un regard éteint vers Joël.

— Tu risques d'être en retard pour aller au bureau, fait-il remarquer.

Aller au bureau ? Impossible ! Je ne suis absolument pas prête à affronter les regards de mes collègues ni leurs commentaires, au sujet de ce raz-de-marée incontrôlable qui vient de balayer ma vie en l'espace de quelques minutes.

Mon téléphone affiche un appel entrant. C'est Djifa. S'il s'imagine que j'ai envie de lui parler après ce qu'il vient de me faire ! Qu'il aille au diable ! Dans un mouvement de rage, j'envoie le téléphone valser et il atterrit bruyamment sur le sol. Joël esquisse une grimace.

— Si j'ai bien compris, tu n'as pas l'intention d'aller au bureau, pas vrai ?

Je lui réponds par un simple hochement de tête et il se lève.

— OK, je... Je crois qu'il vaut mieux que je m'en aille. Mais Zeyn, si tu as besoin de quoi que ce soit, n'oublie pas que je suis là et que tu peux compter sur moi, OK ?

Levant la tête vers lui, je parviens à esquisser un sourire triste et il me serre fort la main avant de s'en aller. Au bout de ce qui me semble une éternité, je trouve la force de me lever pour récupérer mon téléphone. Puis je me traîne jusqu'à ma chambre où je remets mon pyjama.

Je me glisse dans mon lit, j'envoie un message à Bass pour l'informer que je ne suis pas en état de venir au bureau aujourd'hui, j'éteins mon téléphone et je recouvre ma tête avec la couverture.

De gros sanglots se bousculent dans ma gorge et, comme je suis parfaitement incapable de les retenir, je pleure tout mon soûl.

***

J'émerge d'un sommeil brumeux peu avant midi. Un soleil éclatant brille dehors, je suis complètement ravagée à l'intérieur de moi, j'ai un horrible mal de tête et... On tambourine à la porte de mon appart.

Lorsque je parviens à me traîner jusqu'à la porte, ce sont les parents que je découvre devant l'appart. De toute évidence, eux aussi ont vu *la* vidéo. Mon visage est bouffi par les pleurs et j'ai toujours beaucoup de mal à me remettre de la nouvelle.

Maman me prend dans ses bras et me serre fort contre elle. Papa, lui, se veut rassurant.

— Il n'y a pas mort d'homme, ma Zeynabou. Tout va s'arranger. Tu verras, tout va s'arranger !

Quelques minutes plus tard, Joël nous rejoint, lui aussi. Lorsqu'entre deux sanglots je lui demande si le buzz est retombé, il me répond par une grimace éloquente. Je n'avais encore rien vu. Les dizaines de milliers de vues de tout à l'heure se sont multipliées par centaines. C'est officiel : ma vidéo est devenue virale !

J'ai envie de me terrer dans un trou pour le restant de ma vie. Sur mon répondeur, les gens entendraient :

Bonjour, vous êtes bien sur le portable de Zeynab. Ne laissez pas de message et ne me rappelez pas. Je suis partie à l'autre bout du monde. Pour toujours. Clic.

La dégringolade est dure. Elle l'est d'autant plus qu'hier soir, en me couchant, je nageais dans un océan de bonheur, à mille lieues d'imaginer me réveiller ce matin avec une claque pareille.

Je sais bien que *la roue tourne*. Mais dans ce cas précis, elle s'est furieusement emballée et je n'ai aucune idée de comment l'arrêter.

18

Assise sur mon lit, le dos calé contre l'un des murs de la chambre, je remplis mon calepin de gribouillis et d'arabesques en tous genres. Je ressens un besoin irrépressible d'écrire. Ou plutôt de gribouiller. C'est comme ça quand je suis nerveuse, je n'y peux rien.

Les parents et Joël sont restés avec moi pendant une bonne demi-heure. Ensuite Maman m'a proposé de me joindre à eux pour le déjeuner mais j'ai refusé. À présent, il est presque dix-sept heures, je n'ai rien avalé depuis hier soir et je n'ai toujours pas rallumé mon téléphone.

Quelle ironie, la vie... Hier encore, que dis-je, ce matin encore, je rayonnais de bonheur. Et maintenant, tout mon univers est sens dessus-dessous. Djifa est rentré dans ma vie comme une bourrasque et a tout emporté. Il a réveillé en moi une passion folle, inédite, et je me suis laissée consumer sans réserve. Et voilà le résultat !

Une forte odeur de citronnelle me chatouille les narines et Nana Abiba émerge du néant. Je me demande si elle est au courant de la situation. Nous échangeons un regard et j'ai ma réponse. Bien sûr qu'elle est déjà au courant.

Les larmes me montent à nouveau aux yeux. Mon ventre gargouille bruyamment et Nana Abiba me couvre d'un regard bienveillant.

— Cette bouillie que tu aimes tant, ça te dirait que je te la prépare ?

Je renifle doucement. Je n'ai jamais su résister à une bonne bouillie de tapioca. Et je dois avouer que je commence à mourir de faim.

— Je veux bien. Merci, Nana …

— Allez, sèche tes larmes et viens avec moi !

Elle attrape un mouchoir en papier qu'elle me tend. Après m'être bruyamment mouchée, je me résous à me lever et à la suivre dans la cuisine. Pendant qu'elle s'affaire derrière les fourneaux en fredonnant l'un de ses chants Bassar préférés, j'observe ses gestes savants et précis. Un sourire distrait lui étire les lèvres. Ça se voit qu'elle prend vraiment plaisir à cuisiner.

Finalement, ce n'est pas si compliqué de préparer une bouillie de tapioca. Il suffit de mettre de l'eau dans une casserole, la faire bouillir avec un petit bouquet de citronnelle, puis rajouter le tapioca et attendre qu'il ramollisse. Lorsqu'il a bien ramolli, la bouillie est prête !

Aussi simple que ça. Comment ai-je pu passer à côté de cette recette simple depuis tant d'années ?

— Ce n'est pas encore fini, commente Nana Abiba qui a lu dans mes pensées. C'est le moment de rajouter une pincée de poudre de muscade et un peu de lait concentré… Et voilà ! Maintenant, tu ne pourras plus dire que tu ne sais pas préparer une bouillie de tapioca. En plus, tu vas pouvoir garder cette recette en héritage et en souvenir de moi !

— Oh, même si je connais désormais la recette, je compte bien te laisser me la préparer tout le temps.

— Je ne serai pas toujours là, tu sais.

Ses dernières paroles menacent de faire jaillir de nouvelles larmes de mes yeux. Je le sais, bien sûr, qu'elle finira par repartir. Mais je ne veux pas y penser. Je ne veux tellement pas y penser que je ne lui ai jamais demandé combien de temps était censé durer sa mission. Pour ma part, j'aimerais qu'elle dure toute la vie. J'aimerais garder Nana Abiba à mes côtés pour toujours.

Et comme j'ai peur que la réponse soit à des années-lumière de mes souhaits, je préfère faire l'autruche.

— Au fait, ma Zeynabou, reprend-elle en affichant une moue espiègle, une Bassar issue de la tribu *Nataka Kpowou* qui ne sait pas peler une igname, ce n'est vraiment pas terrible !

Malgré ma tristesse, je pouffe instantanément de rire.

— Comment le sais-tu ?

L'instant d'après, j'écarquille les yeux.

— *Ooohhhh...* Tu étais là le jour où j'ai essayé de cuisiner ? Et moi qui te croyais à Bassar !

— J'y suis allée mais je ne suis pas partie tout de suite. Je t'ai d'abord observée et je n'ai pas été déçue ! Le spectacle était très divertissant !

Nous gloussons toutes les deux puis elle me sert une tasse fumante de bouillie. Je prends une grande inspiration.

— Dis, Nana...

— Hmm ?

— Tu ne vas pas repartir tout de suite, n'est-ce pas ?

Elle plonge son regard perçant dans le mien.

— Pas tout de suite, non.

— Quand tu seras repartie, continueras-tu à me voir ?

— Qu'est-ce que tu crois ? Que les esprits regardent les humains sur des écrans télé ?

— Tu aurais pu simplement répondre non.

Je marque une courte pause pour maîtriser la vive émotion qui s'est emparée de moi et menace de me refaire pleurer.

— Tu me manqueras beaucoup, Nana...

— Ah non, ma Zeynabou, tu ne vas pas te remettre à pleurer ! Et moi qui croyais t'avoir aidée à être plus forte.

— Je suis plus forte, oui. Mais être fort n'empêche pas de pleurer. Je... Je t'aime très fort, ma Nana Abiba.

Elle affiche un sourire attendri et se rapproche de moi.

— Moi aussi je t'aime fort, ma Zeynabou. Ne l'oublie jamais !

Une fois ma tasse de bouillie avalée, je m'installe sur le canapé et je me décide enfin à rallumer mon téléphone. Je m'étais préparée à un raz-de-marée de notifications, mais la réalité dépasse largement ce que j'avais pu imaginer.

Deux longues minutes sont nécessaires pour que l'annonce des centaines de notifications s'arrête. Il y a des dizaines d'appels manqués, essentiellement de Djifa. Des centaines de messages d'amis, de collègues, de membres de la famille…

Bon, par où je commence ? Au moment où j'écoute l'un des nombreux messages vocaux que Djifa a laissés sur mon répondeur, mon téléphone affiche un appel entrant. C'est encore lui qui appelle. Cette fois encore, il laisse un message dont le contenu est sensiblement identique aux précédents :

Tu dois me croire, Zeyn, ce n'est pas moi qui ai posté la vidéo.
Jeff2wuiti96, ce n'est pas moi !
S'il te plaît, Zeyn… Rappelle-moi. Il faut qu'on parle.

— Je sais que les apparences sont contre lui, intervient Nana Abiba, mais il dit peut-être la vérité. Tu devrais l'appeler pour tirer cette histoire au clair.

Peut-être bien que ce n'est pas lui qui a posté la vidéo. Mais elle a été postée ! Et le mal est fait. Je suis tellement en colère contre lui que je suis incapable de lui parler.

Un *toc toc* à ma porte me fait sursauter.

— Zeynab ? appelle la voix de Maman. Ça va, ma chérie ?

Je laisse le téléphone sur la table basse pour aller lui ouvrir. Elle passe une main réconfortante sur ma joue.

— Je voulais voir si tu allais mieux.

— Ça va un peu mieux que tout à l'heure …

— Si tu as eu le courage de cuisiner, fait-elle remarquer en humant la bonne odeur de citronnelle qui a envahi l'appart, c'est déjà très bon signe.

Je m'écarte pour la laisser rentrer mais elle secoue la tête.

— Écoute, ma chérie, je sais que tu ne voulais voir personne, mais…

Elle se tourne vers le portail qui sépare les deux cours et ce n'est qu'à cet instant que j'aperçois Djifa. Il affiche un air désolé et me fait un petit signe de la main.

— Hors de question que je lui parle ! je m'écrie.

— Écoute au moins ce qu'il a à dire, insiste Maman en m'attrapant la main. Après cela, tu décideras si tu veux le croire ou non.

Maman me lance un regard appuyé et je laisse échapper un soupir résigné avant de lui lâcher la main pour retourner m'asseoir dans le canapé. Nana Abiba n'est plus là. Je la soupçonne de s'être mise en mode invisible, comme à son habitude.

La porte est restée entrouverte. Bientôt, Djifa apparaît dans l'embrasure et je dois me retenir très fort pour ne pas me jeter sur lui et lui filer des baffes.

— Salut, Zeyn…

Ah non… Il n'a pas le droit de me parler avec cette voix rauque qui me fait toujours tant d'effet… Pas aujourd'hui. Comme je ne réponds pas, il fait quelques pas vers moi.

— Je sais à quel point tu es en colère contre moi et je n'ai pas les mots justes pour te dire combien je suis désolé pour tout ce qui se passe… Mais je peux au moins te dire une chose. Ce n'est pas moi qui ai posté la vidéo. Tu dois me croire !

— Mais bien sûr, je réponds sur un ton ironique. Il y a des tas d'autres gens qui se font appeler Jeff et qui habitent Wuiti !

— Justement, Zeyn, tu ne trouves pas ça un peu gros ? Penses-tu vraiment que j'aurais été assez idiot pour choisir un pseudo aussi accusateur que *Jeff2wuiti96* ? Je te répète que ce n'est pas moi qui ai posté la vidéo. Et celui qui l'a fait a utilisé ce pseudo exprès pour me faire porter le chapeau.

— Qui est le coupable, alors ? Un ami à qui tu l'as partagée alors que je t'avais demandé de ne la montrer à personne ?

— Mais je ne l'ai montrée qu'à David, l'ami qui m'a aidé pour le montage.

— Alors, ça ne peut être que lui ! Tu m'as dit, toi-même, qu'il pensait que la vidéo devait être diffusée !

— Non, Zeyn. David ne ferait jamais une chose pareille. J'en mets ma main à couper !

— Alors, qui ? Qui d'autre à part David et toi a vu la vidéo ?

— Je n'arrête pas de tourner ça dans ma tête depuis ce matin et je suis arrivée à une conclusion. Il n'y a qu'une personne qui aurait pu poster cette vidéo.

Djifa me fixe brièvement du regard avant de poursuivre.

— Evelyne.

— Evelyne ?

J'ai envie de pouffer de rire tellement c'est ridicule. Qu'est-ce que ma peste de cousine vient chercher dans cette histoire ? Je ne la porte pas vraiment dans mon cœur mais là il abuse. Je veux bien qu'il cherche à se défendre mais de là à accuser ma cousine…

— Ne sois pas ridicule ! je réponds, furieuse. Je veux bien croire que tu n'as pas posté cette vidéo. Mais franchement, tu n'as rien trouvé de mieux ? Tu préfères accuser ma cousine plutôt qu'admettre que David t'a trahi ? Wow, je ne te pensais pas capable d'une telle mesquinerie dans le seul but de protéger ton ami !

— Je ne cherche pas à protéger David. Je pense vraiment que c'est Evelyne qui a fait le coup. C'est vrai, je n'ai aucune preuve mais écoute ce que j'ai à te dire.

Il me raconte qu'hier soir, à la réunion du club JDCL, Evelyne a déboulé derrière lui alors qu'il regardait la vidéo avec David. Il ajoute qu'elle a eu le temps de me voir sur l'écran, qu'elle a voulu voir la vidéo en entier, ce qu'il a refusé, et qu'elle a accepté sans broncher.

Mais quelques instants plus tard, elle serait revenue lui demander de lui prêter son téléphone pour passer un appel car elle n'avait plus de batterie. Il pense donc qu'elle en a profité pour récupérer la vidéo et la soupçonne d'être à l'origine de sa diffusion sur les réseaux sociaux.

C'est une histoire complètement tirée par les cheveux. Je n'en reviens toujours pas qu'il invente un odieux mensonge au lieu de reconnaître que tout ceci est de sa faute.

— Honnêtement, poursuit-il sans se démonter, tu connais mieux Evelyne que moi, mais de ce que tu m'as décrit d'elle, elle est bien capable d'être derrière tout ça. Personnellement, je mettrais ma main à couper pour mon ami. Es-tu prête à en faire autant pour ta cousine ?

— Arrête ton cinéma, Jeff ! Arrête de chercher un bouc émissaire à tes propres actes !

— Je ne cherche aucun bouc émissaire, Zeyn.

— Sérieusement, arrête ! Tu ne fais que t'enfoncer encore plus ! Et que suis-je censée faire avec cette histoire à dormir debout ? De toute façon, le mal est fait !

— Mais de quel mal parles-tu ? La vidéo est top, Zeyn. Elle fait le buzz, les gens l'adorent ! Et ils t'adorent aussi, toi et ton concept de Noël Africain. Il y a plein de commentaires positifs !

— Et que fais-tu des commentaires négatifs, moqueurs, diffamatoires…

— Donc, à cause de vingt pour cent de commentaires négatifs, tu es prête à jeter tout le reste ?

— De toute façon, le problème n'est pas là.

— Où est-il alors ?

— Le problème, c'est que ma tête est partout sur le net sans que je l'aie demandé. Tu as merdé, Jeff !

— Je viens de t'expliquer que je n'y suis pour rien !

— Si ! Tu y es pour tout ! C'est à cause de toi que j'ai fait cette vidéo ! C'est toi qui m'as incitée à la tourner. Si je ne t'avais pas écoutée, je n'en serais pas là !

Sa mâchoire se contracte. Il me regarde d'un air dur.

— Je pense qu'il vaut mieux que je parte.

— Oh oui, je le pense aussi !

— Appelle-moi quand tu te seras calmée...

Lorsqu'il est parti, je claque la porte et me rue dans ma chambre, hors de moi. Alors que je suis secouée de sanglots sous la couverture, je sens une forte odeur de citronnelle et de kola mâché.

— Arrête donc de pleurer ! me sermonne Nana Abiba. À quoi cela te sert-il ? À ta place, je réfléchirais sérieusement aux propos de Djifa au lieu de me morfondre sur mon sort.

— Quels propos de Djifa ? je demande en émergeant de sous la couverture. Ne me dis pas que tu crois à l'histoire abracadabresque qu'il m'a servie au sujet d'Evelyne ?

— Et toi, ne me dis pas que tu préfères défendre cette peste plutôt que de croire Djifa ? Réfléchis une seconde, *n'boh*. Quel intérêt a-t-il à tout mettre sur le dos d'Evelyne ?

— C'est pourtant clair : il veut protéger son ami et éviter de porter le chapeau !

— Mais ça n'a aucun sens, ma Zeynabou !

Nana Abiba croise les bras devant sa poitrine.

— Bon ! Il n'y a qu'une chose à faire, maintenant. Et je vais devoir m'y coller.

— Que veux-tu dire ?

— Je vais aller faire un petit tour du côté d'Evelyne, histoire de mener l'enquête et tirer cette histoire au clair.

Avant que j'aie le temps de répondre, elle disparaît brusquement laissant derrière elle son odeur *signature*. Que va donner son enquête ? Si c'est David qui a fait le coup, cela fera de Djifa un menteur éhonté. Mais si c'est Evelyne...

À la fois impatiente et fébrile à l'idée d'avoir le fin mot de l'histoire, j'attrape mon calepin pour y déverser mon trop-plein de nervosité.

***

Il est presque vingt heures lorsque je me résous à quitter ma chambre. Je vais beaucoup mieux qu'en fin d'après-midi. J'ai pris le temps de lire et d'écouter les nombreux messages que j'ai reçus. Contrairement à ce que j'imaginais, ils ne sont pas du tout moqueurs.

Au contraire, la plupart de mes proches ont adoré la vidéo et m'ont écrit pour me faire part de leur enthousiasme pour mon concept de Noël Africain. Aussi, malgré mes premières réticences, me suis-je finalement risquée à aller regarder les nombreuses réactions laissées sur les réseaux sociaux.

Incroyable… Ils sont pour la plus grande majorité très positifs. Les gens me félicitent d'avoir eu le courage de dire tout haut ce que beaucoup pensent tout bas. Ils s'identifient pleinement à mon concept de Noël Africain et déclarent même vouloir l'adopter pour les préparatifs du Noël à venir dans quelques semaines.

De nombreux hashtags ont également fleuri autour du concept :

#ReapproprionsNousNoel
#CreonsNotreNoelAfricain
#MonRepasDeNoelAfricain
#MaDecoDeNoelAfricain

Mais celui qui revient le plus souvent est :

#LeNoelAfricainDeZeynabTwéré

Des journalistes se sont également emparés du sujet et annoncent même des débats télévisés autour du concept. Eh ben… Il semble que mon Noël Africain soit le sujet viral du moment ! Joël avait raison. Je suis devenue une vraie star sur les réseaux sociaux.

Mon moral étant en meilleure forme, je décide de rejoindre ma famille pour le dîner. Lorsque j'arrive au salon, Papa et Joël m'accueillent avec entrain même s'ils sont visiblement surpris de me voir. Maman, elle, ne cache pas sa surprise.

— J'avais prévu de t'apporter une assiette, plus tard ! s'exclame-t-elle en posant une grande marmite sur la table à manger. Mais je suis ravie que tu aies décidé de te joindre à nous. Allez, à table, tout le monde ! Au menu, du bon riz à la sauce graine, avec du *wangash* et de la viande d'agneau !

Elle ouvre la marmite et une bonne odeur s'en échappe, m'ouvrant aussitôt l'appétit.

— Tonton Napo ne dîne pas avec nous ? je demande.

— Oh, il a déjà mangé. Il se sentait un peu fatigué, alors, il est parti se coucher tôt.

Cela ne ressemble pas à Tonton Napo de se coucher aussi tôt. J'espère qu'il n'est pas trop mal en point. J'irai le voir demain matin pour prendre de ses nouvelles. Pendant le repas, les discussions vont bon train mais tout le monde évite soigneusement le sujet de la vidéo. Lorsque nous avons fini, Joël nous propose une partie de ludo, ce que nous acceptons tous volontiers.

Nous en sommes à la troisième partie – c'est Maman qui a l'avantage pour l'instant – lorsque Nana Abiba débarque.

— C'est elle ! s'écrie-t-elle d'une voix survoltée. C'est Evelyne qui a fait le coup !

Je prétexte aussitôt une envie pressante pour me réfugier dans les toilettes et pouvoir lui parler en toute tranquillité. Dès que nous sommes seules, elle me raconte ce qu'elle a découvert. Djifa avait raison sur toute la ligne. La veille, lorsqu'il a prêté son téléphone à Evelyne, elle s'est empressée d'importer la vidéo sur son espace de stockage virtuel avant de rendre le téléphone à Djifa.

La suite, je la connais déjà. Voyant là un moyen de me mettre dans l'embarras et surtout de se venger contre moi parce que je sors avec Djifa et pas elle, elle a décidé de publier la vidéo sur tous les réseaux sociaux en vogue. Puis elle s'en est vantée auprès de Nounfoh, l'une de nos cousines et sa confidente de toujours.

— Maintenant que tu sais qui est derrière tout ça, dit Nana Abiba, que comptes-tu faire ?

— Il ne me reste plus qu'à appeler Djifa pour m'excuser, je chuchote.

— Bien sûr que tu dois lui présenter des excuses ! Mais je ne parlais pas de lui. Je parlais d'Evelyne !

— Honnêtement, je n'ai aucune envie de perdre mon temps avec cette vipère.

— Tu as tort. Tu t'es trop laissée faire et maintenant, elle pense qu'elle peut s'en prendre à toi impunément. Cette vipère, comme tu dis, mérite une bonne leçon. Une claque dont elle se souviendra longtemps et qui lui fera passer l'envie de s'en prendre à toi.

— Mais je ne sais pas quoi faire…

— Moi, je sais. Tu vas aller la voir et tu vas la faire avouer !

— Ça ne servira à rien que j'aille la voir. Je la connais. Elle va tout nier en bloc !

— Peut-être bien, mais tu dois quand même y aller, *n'boh*. La vie, c'est la bagarre ! Si tu ne hausses pas le ton, les gens te bouffent.

— Et à quoi cela me servira-t-il de la faire avouer ?

— À lui rendre la monnaie de sa pièce, voyons ! Elle a bien osé publier ta vidéo partout, non ? Tu n'auras qu'à enregistrer ses aveux et à les publier, toi aussi !

Je dévisage Nana Abiba avec de gros yeux. Eh ben, mon aïeule devait être une sacrée bagarreuse, dis donc ! Comme elle lit dans mes pensées, elle pouffe de rire.

— Dans mon temps, il ne fallait pas me chercher des poux. Tous les habitants de Bassar savaient que quiconque se frottait à Abiba Dansofo repartait avec une leçon dont il se souvenait longtemps ! Alors, si tu veux qu'Evelyne te laisse tranquille, tu dois lui montrer qu'elle risque gros à vouloir t'importuner. Et si jamais elle refuse d'avouer, il te faudra bluffer pour la pousser dans ses derniers retranchements.

— Justement, je ne sais pas bluffer, Nana !

— Ce n'est pas très compliqué ! Tout est dans l'apparence. C'est permis de flipper à l'intérieur, mais à l'extérieur, tu dois donner l'impression que tout est sous contrôle.

— Je n'y arriverai jamais...

— Mais si ! Tu verras ! Quoiqu'il arrive, soutiens son regard. Peu importe son attitude, force-toi à la regarder dans les yeux. Tu n'as rien à craindre, elle ne va pas te manger !

Je laisse échapper un petit soupir avant de hocher la tête. Nana Abiba a raison. Evelyne mérite une bonne leçon. Lorsque je retourne auprès de mes parents et de Joël, je suis déterminée à faire ce qu'il faut.

Il est grand temps qu'Evelyne paie pour toutes les misères qu'elle m'a fait subir.

***

Le lendemain

Réveillée depuis l'appel matinal du muezzin, je n'ai pas réussi à me rendormir. À présent, il est presque huit heures et je suis prête à partir pour ma mission du jour : confondre Evelyne et la faire avouer.

Les émotions d'hier ont été digérées. Ce que je considérais comme *un raz-de-marée qui a balayé ma vie* a en réalité été une grande leçon de vie. J'étais tellement en colère par ce que je croyais être une trahison de Djifa, j'avais tellement peur de faire un mauvais buzz, que j'ai laissé cette peur prendre le dessus sur moi.

Et moi qui pensais être libérée du regard d'autrui ! Comme pour la prise de parole en public, comme pour les montagnes russes, j'aurais dû affronter ma peur au lieu de la laisser me tétaniser. J'aurais dû faire preuve de sang-froid. Si je l'avais fait, je serais sans doute arrivée à la conclusion qu'il n'y avait rien d'autre à faire qu'accepter la situation, que le buzz ait été mauvais ou bon.

De toute façon, le mal était fait et je n'y pouvais pas grand-chose à part l'accepter. J'aurais aussi sans doute compris que Djifa disait la vérité et qu'il n'était pas capable d'inventer un bobard pareil au sujet d'Evelyne, juste pour se défausser.

Cet incident m'a appris que rien n'était acquis pour toujours et que j'ai encore beaucoup de choses à apprendre dans le cheminement que j'ai démarré pour devenir une meilleure version de moi-même. Et j'espère, à l'avenir, être capable de prendre plus de recul face à une situation qui me paraît insurmontable, de prime abord.

Avant de quitter la maison, je fais un petit détour pour aller voir Tonton Napo. Je le trouve assis sur son lit, adossé contre un mur, les traits tirés, l'air absent. Il porte encore son pyjama et je devine qu'il n'a pas eu la force de se lever, ce matin.

Dès qu'il me voit, un léger sourire étire ses lèvres.

— Ma *Nana waye*, m'accueille-t-il de sa voix légèrement chevrotante.

Je m'approche de lui pour prendre place sur le rebord du lit. Comme d'habitude, je saisis ses mains entre les miennes et je les presse tendrement.

— Bonjour, Tonton, comment vas-tu, ce matin ? Maman m'a dit que tu ne te sentais pas bien, hier soir.

— Ah, j'ai connu des jours meilleurs... Mais tout ira mieux, par la grâce du Créateur !

Ses yeux, d'habitude si brillants et pleins de malice, semblent las et éteints. Il a l'air vraiment diminué et je ressens une soudaine inquiétude à son sujet. Aussitôt, je formule une prière silencieuse.

Oh, Dieu, faites que mon Tonton Napo se rétablisse vite et qu'il ait encore de longues années devant lui !

Je suis tellement habituée à le voir en bonne santé, malgré son grand âge, que je ne me suis pas préparée à l'idée de le perdre, un jour.

— Ne fais pas cette tête, ma *Nana waye*, me réconforte-t-il. Tout ira mieux, ne t'inquiète pas pour moi.

— Que Dieu t'accorde la santé et une longue vie ! je m'écrie avec plus de ferveur que je ne l'aurais voulu, ce qui lui arrache un nouveau sourire.

— *Amina, n'boh.*

— Qu'il éloigne de toi les maladies !

— *Amina...*

Et dire que d'habitude, je me plains des bénédictions sans fin de Tonton Napo... Aujourd'hui, les rôles sont inversés et j'ai soudain envie de prononcer une litanie de bénédictions pour lui. J'ai envie de rester là, et passer toute la journée auprès de lui. Malheureusement, je ne peux pas le faire car une mission importante m'attend et je n'ai pas le droit de me défiler.

Lorsque je me résous à quitter la chambre de Tonton Napo, je dois lutter fort pour ne pas céder à la tristesse qui me guette.

Ne sois pas inquiète, Zeynab, il ne lui arrivera rien.

Tonton Napo est plus solide que tu ne le crois.

Il a encore de longues et belles années devant lui, tu verras.

Passablement requinquée par ces affirmations positives et réconfortantes que je me répète mentalement, je referme le portail de la maison et je traverse la rue, d'un pas décidé, pour aller héler un taxi.

19

Il est neuf heures trente passées lorsque j'appuie sur la sonnette de la maison d'Evelyne. C'est Amina, l'une de ses domestiques, qui vient m'ouvrir et me fait patienter dans le grand salon. Il se passe une bonne dizaine de minutes avant que la maîtresse des lieux ne me rejoigne, visiblement étonnée de me voir chez elle, de si beau matin.

Élégamment vêtue d'une tunique richement brodée sur un pantalon moulant, elle est superbement maquillée et s'apprêtait sans doute à sortir.

— Zeynab ? Que me vaut cette visite matinale ? J'espère qu'il n'est rien arrivé de grave ?

— Rassure-toi, il ne s'est rien passé. J'avais juste besoin de te parler. Urgemment.

Evelyne prend place dans le canapé en face du mien et me dévisage d'un air circonspect.

— Ah oui ? À quel sujet ?

Aussi discrètement que possible, je mets en route le dictaphone que j'ai caché dans mon sac à main puis je pose mon téléphone devant elle, sur la table basse.

— Au sujet de ça.

J'appuie sur le téléphone qui commence à diffuser la vidéo du Noël Africain. Une moue contrariée apparaît aussitôt sur le visage d'Evelyne.

— Veux-tu préciser de quoi tu voulais me parler ? J'ai un rendez-vous en centre-ville et je ne tiens pas à arriver en retard !
— Je suis au courant de tout, Evelyne.
— C'est-à-dire ?
— Je sais que c'est toi qui as publié cette vidéo de moi sur les réseaux sociaux !

D'abord surprise par ma déclaration, elle se reprend très vite et laisse éclater un rire cristallin.

— Que tu peux être drôle, Zeynab ! Pauvre de moi… À cette allure, je vais aussi être accusée d'être responsable de la misère dans le monde !

Elle éclate à nouveau de rire avant de me jeter un regard plein de pitié.

— Zeynab… Zeynab… Où donc es-tu allée chercher des sottises pareilles ?

Comme me l'a recommandé Nana Abiba, je ne la quitte pas des yeux, ce qui semble d'ailleurs la surprendre.

— Je le sais de source sûre. D'ailleurs, je peux te raconter les faits dans les moindres détails. Qu'en dis-tu ?

Sans lui laisser le temps de répondre, je me lance dans un récit détaillé sur comment elle a rencontré Djifa au club JDCL, comment elle l'a surpris en train de regarder ma vidéo, puis prétextant ne plus avoir de batterie, comment elle a emprunté le téléphone de Djifa pour récupérer une copie de la vidéo et l'importer sur son espace *cloud*.

Elle reste silencieuse quelques secondes avant d'être ébranlée par un nouveau rire, beaucoup moins naturel que le précédent.

— Ha ha ha ! Ah, Zeynab, débarquer chez moi de si beau matin pour me raconter des sornettes pareilles ! Tu débloques, ma vieille ! Je devrais appeler Tonton Djamane et Tanti Aridja pour leur recommander de t'emmener voir un psychiatre !

Comme je l'avais prévu, elle nie tout. Mais je ne compte pas en rester là.

— Rigole autant que tu voudras, mais comme je te l'ai déjà dit, je sais déjà que c'est toi. Alors, tu as intérêt à reconnaître ta culpabilité sinon…

— Sinon quoi ? Serais-tu en train de me menacer ?

— Je dis juste que si tu refuses d'admettre ta culpabilité, je me verrais contrainte de partager ce que je sais à toute la famille. Or, je doute que tu veuilles que ça se termine ainsi.

— *Tsss* ! Arrête donc ces idioties ! Et pour quelle raison aurais-je publié cette vidéo ?

— Pour me ridiculiser, bien sûr. Comme tu l'as toujours fait. Mais cette fois-ci, c'était la fois de trop, Evelyne. Et tu ne t'en tireras pas.

— Ne dis pas de bêtises, je m'en tire toujours ! Tu le sais bien. Et de toute façon, tu n'as aucune preuve de ce que tu avances. Personne ne te croira !

— C'est ce que nous verrons.

Nous nous toisons du regard et je lutte pour la regarder droit dans les yeux lorsque la voix de Nana Abiba se fait soudain entendre.

— Elle s'est fait poser un piercing au nombril et il n'y a que Nounfoh qui le sait !

Bénie soit Nana Abiba qui, comme toujours, tombe à pic ! Elle vient d'apparaître près de l'immense télévision à écran plat et affiche une mine de conspiratrice.

— Je crois bien que cette fois-ci, tu ne vas pas t'en sortir, je déclare à Evelyne. Car je suis presque sûre que tu ne voudrais, pour rien au monde, que Tanti Ténèh apprenne que tu as un piercing au nombril !

Evelyne se décompose instantanément.

Et vlan ! Dans ta tronche, vipère ! Comme la mienne, sa famille est majoritairement musulmane et pratiquante. Si sa mère venait à apprendre pour son piercing, elle risque de se faire disputer pour le restant de ses jours.

— Tu racontes n'importe quoi ! s'emporte Evelyne qui s'est très vite reprise, mais n'est visiblement plus aussi sereine qu'il y a un instant.

— Elle perd son sang-froid ! se réjouit Nana Abiba. C'est bon signe pour toi !

— Tu ferais mieux de tout avouer ! je m'écrie à l'attention d'Evelyne. J'ai parlé à Nounfoh et elle m'a tout raconté. Tout !

Je m'attends à la voir se liquéfier. Mais contre toute attente, elle ne flanche pas. C'est incroyable ! Je dois reconnaître que son aplomb force mon admiration.

— Nous ne sommes pas ici pour l'admirer mais pour la faire avouer ! tempête Nana Abiba.

Elle s'approche d'Evelyne et se plante devant elle, les bras croisés sur la poitrine.

— Quelle vraie dure à cuire, celle-là ! Ce n'est pas pour rien qu'elle est aussi vipère. Bon ! Aux grands maux, les grands remèdes. Je vais devoir prendre les choses en main !

Euh… La dernière fois que Nana Abiba a pris les choses en main, il y a eu une invasion de guêpes. Qu'est-ce qu'elle peut bien avoir derrière la tête, cette fois-ci ? Tout bien réfléchi, cela m'importe peu. Tant qu'Evelyne avoue, Nana Abiba peut en faire ce qu'elle veut. Je sais, ce n'est pas très charitable comme pensée mais Evelyne ne mérite pas ma charité.

Nana Abiba se met en mode invisible et, si je suis incapable de voir ce qu'elle est en train de faire, je ne tarde pas à en voir les effets. Evelyne secoue la tête et gigote, comme si quelque chose la dérangeait. Elle se lève brusquement, gesticule, semble en proie à un inconfort manifeste et ne sait plus à quel saint se vouer.

Soudain, elle lâche prise et se met à tout déballer. Ses multiples brimades à mon égard pendant notre enfance… Sa manœuvre lors du dernier déjeuner de famille pour m'asperger volontairement d'huile de palme… D'une voix rapide mais ferme, elle vomit toutes les méchancetés dont elle s'est rendue coupable vis-à-vis de moi.

Le déballage se poursuit pour mon plus grand bonheur. À présent, elle évoque sa ruse, deux jours plus tôt, pour récupérer la vidéo du Noël

Africain sur le téléphone de Djifa pour ensuite la publier sur tous les réseaux sociaux dans le seul but de créer un *bad buzz* et me mettre dans l'embarras...

Puis elle formule des aveux – sur un sujet dont je ne me serais jamais douté – qui me font écarquiller de grands yeux surpris. Vient-elle vraiment d'avouer qu'elle ne sait pas cuisiner, qu'elle triche pour les repas de famille, car c'est sa mère qui se charge de cuisiner et qu'ensuite elle fait juste semblant de mettre la touche finale ?

Oh mon Dieu... Je jubile ! C'est plus que je n'en demandais. Et tout ça, c'est grâce à Nana Abiba ! Une fois encore, sans elle, je n'aurais pas réussi cet exploit. Je me rappelle soudain la fois où elle m'a dit qu'Evelyne était une vraie trouillarde. Je réalise aujourd'hui que c'est la réalité.

Evelyne est aussi froussarde que moi. Elle a tellement peur d'assumer qui elle est qu'elle se cache derrière des apparences. Elle vit dans le paraître, porte un masque et joue un rôle en permanence. Après avoir tout avoué, elle se laisse choir, exténuée, sur le canapé.

Pour ma part, satisfaite des résultats de la confrontation, j'éteins le dictaphone et je m'approche d'elle.

— J'espère que tu as compris la leçon, Evelyne. À partir d'aujourd'hui, tu as devant toi une nouvelle Zeynab qui ne se laissera plus jamais faire face à tes manigances. Si tu me cherches, tu me trouveras. Et je peux t'assurer que tu n'as pas intérêt à vouloir me trouver !

Je suis presque arrivée à la porte lorsque je lui assène le coup de grâce.

— Ah, au fait... J'ai tout enregistré ! je m'écrie en lui montrant le dictaphone. Alors si l'envie te prenait de me causer du tort, je partagerai l'enregistrement sur tous les réseaux sociaux afin que tout le monde sache quel genre de mégère tu es ! À bon entendeur...

Mes pas résonnent bruyamment sur le sol en marbre du couloir qui mène à la terrasse. Lorsque je suis dehors, Nana Abiba apparaît devant moi et nous laissons éclater notre joie tout en exécutant, en duo, une majestueuse danse de *lawa*.

***

Après une demi-heure de trajet, un taxi me dépose devant un immeuble, dans le quartier de Wuiti. J'espère que Djifa se trouve chez lui car je ne l'ai pas appelé avant de venir.

Depuis le palier de son appart, j'entends un vacarme assourdissant. On dirait le bruit d'une perceuse. Je sonne à deux reprises mais il n'ouvre pas. Zut, avec tout ce boucan, il ne manquerait plus qu'il ne m'entende pas. Je sonne encore, sans succès, puis je décide de l'appeler sur son portable. Peut-être aurais-je plus de chance…

Mais après trois appels infructueux, je lâche un soupir dépité. Je m'apprête à repartir lorsqu'un homme arrive dans le couloir. Il tient un sac d'outils dans les mains et affiche un sourire jovial.

— Bonjour ! me lance-t-il. Vous cherchez Jeff, je suppose ?

— Oui, mais j'ai beau sonner et l'appeler, il ne m'entend pas.

— Pas de panique !

Il m'adresse un clin d'œil avant de sortir une clé de sa poche.

— Au fait, je m'appelle Barack, dit-il en ouvrant.

— Moi, c'est Zeynab. Enchantée, Barack.

— Enchanté, également !

À l'intérieur de l'appart, le bruit de perceuse est encore plus fort. Djifa et un autre homme sont occupés à faire des trous dans un mur, sans doute pour y planter des vis. Pas étonnant qu'ils ne m'aient pas entendu sonner. Par terre, des étagères ont été montées et attendent visiblement d'être accrochées quelque part.

— Tu as de la visite, Jeff ! s'écrie Barack en faisant signe à son ami.

Dès qu'il m'aperçoit, un léger sourire étire les lèvres de Djifa.

— Salut, Zeyn.

— Salut, Jeff…

Il pose sa perceuse avant de désigner tour à tour ses compagnons.

— Je te présente Barack et David, deux de mes meilleurs amis depuis le collège.

Ainsi, l'autre homme n'est autre que David, son ami vidéaste pro qui s'est chargé du montage de la vidéo du Noël Africain. Il me tend la main, un large sourire aux lèvres, et je suis encore plus gênée de l'avoir accusé du pire, hier.

Après les présentations, Djifa donne des consignes à ses amis pour poursuivre les travaux puis il m'invite à le suivre dans la chambre.

— Alors, tu vas mieux ? demande-t-il dès que la porte est refermée.

— Oui. Beaucoup mieux.

Nous échangeons un regard gêné et je me lance.

— Je suis désolée, Djifa. Je regrette de m'être emportée hier et d'avoir refusé de t'écouter… J'aurais dû te faire confiance. Je sais maintenant que tu avais raison lorsque tu soupçonnais Evelyne d'être derrière la publication de la vidéo.

Je m'arrête, ne sachant plus quoi dire. Djifa, lui, continue de me dévisager, sans répondre. *Oh la la…* Et si j'avais tout gâché entre nous à cause de cette fichue histoire de vidéo ?

Soudain, il s'approche de moi, l'air indéchiffrable.

— C'est moi qui suis désolé, Zeyn.

— Mais non, tu n'y es pour rien !

— Si ! Si je n'avais pas eu la mauvaise idée de revoir la vidéo avec David, à la fête du club JDCL, tout ceci ne serait jamais arrivé.

Il s'approche encore plus de moi et j'ai une conscience aiguë de son visage tout près du mien.

— Alors, on se pardonne ? me demande-t-il en esquissant un léger sourire.

— Bien sûr qu'on se pardonne.

Il se penche vers moi et nous échangeons un baiser rapide. Puis je le serre fort contre moi.

— Je devrais y aller... Tu as du travail et, en plus, je suis arrivée à l'improviste.

— Mais non, reste ! J'allais justement prendre une pause.

Il ouvre la porte de la chambre et s'adresse à ses amis.

— C'est l'heure de la pause, les gars !

Quelques instants plus tard, nous sommes attablés devant des canettes de boissons, des cacahuètes, *atchomo*[35] et chips de bananes plantains. Barack et David racontent plein d'anecdotes sur Djifa et je suis ravie d'en apprendre encore plus sur lui grâce à ses copains.

***

Deux jours plus tard

Lundi matin, lorsque j'arrive au bureau, des sachets de *botokoin* dans les mains, presque tout le monde est déjà là. Nana Abiba flotte à mes côtés et m'adresse un sourire encourageant. Je ne sais pas trop comment me comporter avec mes collègues. Je suppose qu'il me faut juste assumer ma nouvelle célébrité, tout simplement.

Dès que je pénètre dans l'open space, Yao me fonce dessus, en applaudissant avec entrain.

— Hé ! Regardez qui arrive ! C'est notre star, *Zeyn Ado-sabado* ! *Yoohoo* ! Depuis le début, je savais que tu étais une graine de star, Zeynab. Depuis le début !

Lali et d'autres collègues s'approchent également, tout aussi enthousiastes.

— Wow, Zeyn, tu as tout déchiré dans cette vidéo ! s'exclame Lali.

---

[35] Petits biscuits sucrés et croustillants, à base de farine de blé.

— Je ne peux pas dire mieux que Lali ! approuve Nathalie. Au départ, j'avais eu des réserves sur ton concept de Noël Africain mais après avoir visionné ta vidéo, je dois reconnaître qu'il est vraiment génial, Zeynab ! Bravo !

— Et vu l'engouement qu'il suscite, reprend Yao, il n'a pas fini de faire parler de lui !

— Un grand merci à tous ! je réponds d'une voix émue.

— Allons, allons ! Il n'y a pas non plus de quoi en faire tout un plat !

La voix rocailleuse qui vient de s'élever derrière nous n'est autre que celle de Datane. Venant de lui, je n'en attendais pas moins. Accompagné de Nabine, son éternel luron, il me jette un regard dédaigneux.

— Je ne vois vraiment pas ce que cette vidéo a de spécial ! Ni pourquoi autant de gens se passionnent pour cette ridicule et excentrique histoire de Noël Africain ! Les *vrais*, dont je suis très heureux de faire partie, savent qu'il n'y a rien de tel qu'une célébration de Noël dans la pure tradition occidentale ! Tout le reste n'est que folklore et pure fantaisie !

Lali fait un pas en avant, prête à intervenir pour me défendre, mais je lui fais signe de ne rien faire. Aujourd'hui, je n'ai pas besoin de répéter devant mon miroir avant de trouver les mots justes pour riposter avec assurance et fermeté à la remarque désobligeante de Datane.

— Je fais donc partie des *faux* ! je réplique en le regardant droit dans les yeux. Et j'en suis très heureuse, moi aussi. D'autant plus que des centaines de milliers d'autres *faux* adhèrent à ma fantaisie. Cela veut peut-être dire que les *vrais* sont dans le faux et que les *faux* sont dans le vrai ? Qui sait ? L'avenir nous le dira !

L'idée de lui demander comment va sa femme m'effleure l'esprit mais je l'écarte. Inutile de se montrer méchant. Datane est si surpris que j'aie eu le cran de lui répondre, moi d'habitude si taiseuse, qu'il en demeure bouche bée. D'ailleurs, il n'est pas le seul à être dans cet état. Le reste de l'open space et même le très agité Yao en restent sans voix.

— Bravo, ma Zeynabou ! exulte Nana Abiba. Tu as enfin eu le courage de clouer le bec à ce malotru ! Voilà ce qu'on appelle se faire respecter ! Tu verras que désormais, il y réfléchira à deux fois avant de t'importuner.

Lali est la première à se reprendre.

— Je propose que nous allions à la cafèt pour porter un toast en l'honneur de Zeynab !

Quelques instants plus tard, nous sommes réunis autour de tasses de café et de thé, mes sachets de *botokoin* passent de mains en mains et leur contenu disparaît en moins de temps qu'il ne faut pour le dire. L'ambiance dans la cafèt est joyeuse et festive lorsque Djifa arrive, en compagnie de Bass.

— Zeynab ! m'interpelle ce dernier avec un large sourire. Quel plaisir de vous voir au bureau, aujourd'hui ! Vous vous en doutez peut-être déjà, mais j'ai adoré votre vidéo sur le Noël Africain. Depuis le début, je savais que votre idée avait beaucoup de potentiel. Il n'y a qu'à voir l'enthousiasme qu'il a généré auprès du grand public. Plus de cinq cent mille vues en moins de quarante-huit heures, vous rendez-vous compte ? Toutes mes félicitations pour cet exploit, Zeynab !

Wow, c'est si gratifiant de recevoir des félicitations aussi chaleureuses de la part du boss lui-même ! J'en suis honorée.

— C'est aussi grâce à vous, Bass ! Merci infiniment d'avoir cru en mon projet.

— Au fait, avez-vous vu la déclaration du PDG d'*Albarka*, dans les médias, ce matin ? intervient Djifa.

Comme nous sommes nombreux à répondre par la négative, il dégaine son téléphone portable et nous montre la vidéo qui a été diffusée sur la chaîne YouTube d'une grande chaîne d'informations.

Chez Albarka, nous avons été les premiers à être conquis par le Noël Africain de Zeynab Twéré. Lorsque Zeynab nous a présenté son concept, nous l'avons tout de suite retenu comme thème pour notre fête de fin d'année.

Alors, faites comme nous et adoptez le Noël Africain de Zeynab Twéré !

Wow ! Je n'ai pas les mots pour décrire l'immense sentiment de fierté qui m'anime. Pendant que les commentaires de mes collègues vont bon train, Nana Abiba me fait signe de la rejoindre près de la baie vitrée. Prétextant un coup de fil à passer, je positionne mes écouteurs dans mes oreilles pour pouvoir lui parler sans éveiller les soupçons.

— Encore bravo, *n'boh* ! me félicite-t-elle avec ardeur. Je suis si fière de tous tes accomplissements !

— Finalement, tu avais raison, Nana. Je n'ai pas besoin que tu rallumes ma flamme d'audace. J'arrive à l'allumer toute seule, maintenant !

— Eh oui ! Regarde-toi, ma Zeynabou, tu fais désormais preuve d'assurance et d'audace lorsque tu interagis avec d'autres personnes alors que quand je suis arrivée, trois semaines plus tôt, tu osais à peine ouvrir la bouche.

— J'ai beaucoup progressé, en effet. Et tout ça, c'est grâce à toi, Nana. Alors, merci ! Merci du fond du cœur.

— Tu n'as pas à me remercier. C'est surtout grâce à toi-même que ma mission est une réussite. Alors, mille bravos à toi ma courageuse et valeureuse arrière-petite-fille ! Allez, approche, *n'boh*.

Elle tend une main vers moi et affiche un sourire heureux.

— Que Le Créateur continue de te combler d'abondantes grâces !

— *Amina*, Nana.

— Allez, je te laisse te réjouir avec tes collègues. Au revoir, ma Zeynabou !

— À plus tard, Nana ! Et encore merci pour tout !

Elle me gratifie d'un clin d'œil espiègle avant de disparaître dans un froissement de boubou à l'odeur de citronnelle et de kola mâché.

***

— Ha ha ha ! pouffe Joël, en se tenant les côtes. Quel sacré look tu avais là, Tonton Djamane !

Installés en famille au salon, nous feuilletons les vieux albums photos des parents. Ça faisait un moment que je voulais les revoir en compagnie de toute la maisonnée mais je n'avais pas pris le temps de le faire, jusqu'à ce soir.

Le cliché qui a provoqué le fou rire de Joël est une photo de Papa sur laquelle il porte une veste beaucoup trop grande sur un pantalon *pattes d'eph*.

— *Hon ! Hon ! Hon !* l'imite Papa en lui jetant un regard oblique. Parce que tu crois que les pantalons moulants que vous portez aujourd'hui sont plus stylés que nos *pattes d'eph* d'antan ?

— *Rhoo*, Djamane, ne sois pas si susceptible ! rigole aussi Maman. À chaque époque, son style… Oh la la, regarde comme tu étais jeune ici !

Tonton Napo, qui va beaucoup mieux, est également de la partie et nous est très utile pour nommer les visages qui nous sont inconnus.

— La vieille dame à côté de Djamane, dit-il, c'est Nana Fatma, notre grand-mère maternelle. Et là, c'est Baba Takama, son mari.

Nos regards fascinés parcourent les photos jaunies par le temps. Lorsqu'arrive la photo de jeunesse de Nana Abiba, celle qui avait retenu mon attention la première fois que j'ai feuilleté cet album, j'affiche un sourire amusé. En mode invisible, elle prend sans doute plaisir à nous espionner.

— Et voici Nana Abiba, notre grand-mère paternelle, déclare Tonton Napo. Elle est encore très jeune sur cette photo. Nous n'avons pratiquement pas de photos d'elle dans son vieil âge.

— Qu'est-ce que tu lui ressembles, Zeyn ! s'écrie Joël, l'air ébahi.

— Eh oui, je suis sa jumelle d'une autre génération, je réponds avec une fierté non dissimulée. Parle-nous un peu d'elle, Tonton. Quel genre de femme était-ce ? je demande, consciente qu'elle entend probablement notre conversation.

— Oh, je ne l'ai pas beaucoup connue. Nana Abiba était déjà très vieille lorsque je suis né. Mais je peux dire qu'elle avait beaucoup de caractère et que, malgré son grand âge, elle n'avait aucun mal à se faire obéir.

Je ne suis guère surprise par ses propos et j'ai hâte de pouvoir charrier Nana Abiba lorsqu'elle daignera se montrer. Nous continuons à tourner les pages des albums photos et je pose plein de questions sur les membres défunts de notre famille. Si tout le monde semble surpris par la curiosité pour le moins inhabituelle dont je fais preuve à leur sujet, Tonton Napo prend néanmoins plaisir à assouvir ma soif d'informations.

J'ai toujours été friande de photos de famille. Et depuis que Nana Abiba est entrée dans ma vie, j'ai réalisé que les photos des membres défunts de notre famille ne sont pas juste des clichés de gens qui ne sont plus de ce monde.

Ces personnes disparues ont été des fils, des filles. Des pères, des mères, des frères, des sœurs… Des gens qui ont aimé et peut-être été aimés en retour. Des gens qui ont vécu tout simplement.

J'aimerais retrouver encore plus de photos. J'ai envie de me rendre à Bassar et de fouiller la maison familiale de fond en comble, interroger mes oncles, tantes, cousins, cousines, et récupérer un maximum de photos et d'informations sur ceux qui nous ont précédés.

En allant me coucher ce soir-là, je suis emplie d'une nostalgie inédite pour mes ancêtres et les époques que je n'ai pas connus. La pensée que je suis l'un des maillons de leur descendance et que je porte en moi leur héritage me procure un immense sentiment de fierté et de joie.

***

Le lendemain

Pendant que je me prépare pour aller au boulot, l'un des airs de chant Bassar préférés de Nana Abiba me trotte dans la tête. Comment chante-t-elle le refrain, déjà ? Il faudra que je lui demande lorsqu'elle daignera se montrer.

D'ailleurs, en parlant de se montrer, où donc est-elle allée promener le bout de son pagne ? Je ne l'ai pas revue depuis hier matin, lorsqu'elle m'a laissée en compagnie de mes collègues, à la cafèt du bureau. D'habitude très envahissante, elle ne m'a pas habituée à une absence aussi longue.

Lui serait-il arrivé quelque chose ? Mais non ! Hé hé hé ! Je rigole de ma propre étourderie. Que peut-il arriver de grave à un esprit ? Elle a dû aller à l'une de ces fêtes dont elle raffole, quelque part à Bassar ou à Bafilo.

Mais l'instant d'après, je fronce les sourcils. Il est sept heures du matin. Les fêtes auxquelles elle prend part ne durent généralement pas jusqu'au petit matin. Et, d'habitude, elle prend plaisir à me rôder autour pendant que je m'active pour ne pas arriver en retard au bureau.

Où donc est-elle passée ? Vaguement soucieuse, je décide de l'appeler. Jusqu'alors, je n'ai jamais eu à le faire. Mais je me dis qu'où qu'elle soit, elle devrait pouvoir m'entendre. Du moins, c'est ce que j'espère.

— Eh oh, Nana Abiba ! Voici l'un de tes moments préférés… Je vais ouvrir mon coffret à bijoux et tu ne veux certainement pas rater ça !

Je parle tout en jetant des coups d'œil furtifs autour de moi mais il n'y a aucune trace d'elle nulle part.

— Allez, montre-toi, Nana ! je m'écrie, un sourire distrait aux lèvres. Partir en vadrouille aussi longtemps, sans me prévenir, ce n'était pas très sympa ! Pour quelqu'un qui prétend faire passer sa mission en premier…

Voilà qui devrait la faire sortir de ses gonds ! Je pivote sur moi-même pour balayer ma chambre du regard mais elle ne se montre toujours pas. Je sors une paire de boucles d'oreilles du coffret à bijoux et pendant que je les installe, des images de la veille me reviennent comme dans un rêve. Ses chaleureuses félicitations à la cafèt du bureau. Son sourire heureux. Son air solennel lorsqu'elle m'a souhaité de continuer à être bénie par Dieu...

Mon sourire disparaît tandis que je suis prise d'un horrible doute. Et si elle était repartie ? Mais non ! Impossible. Je ne veux même pas y penser. Et puis, elle ne serait jamais repartie sans me faire des adieux. Mais presque aussitôt, le doute se transforme en angoisse.

Et si elle avait fait des adieux, *à sa manière* ? Soudain, je me rappelle les dernières paroles qu'elle a prononcées hier et qui, sur le moment, ne m'ont pas paru étranges.

Allez, je te laisse te réjouir avec tes collègues.
Au revoir, ma Zeynabou !

Nana Abiba ne me dit jamais au revoir. Elle dit toujours : à plus tard, à tout à l'heure... Jamais au revoir. Est-ce que ça ressemblait à des adieux ? Peut-être bien... Mais j'étais si pressée de retourner auprès de mes collègues que je n'ai pas su lire entre les lignes...

Allons donc ! Je me fais sûrement des films. Ce n'est pas possible qu'elle soit repartie comme ça ! Si ça se trouve, elle va réapparaître, dans quelques minutes, en rigolant et en disant un truc du genre : *je t'ai bien eue, hein ?*

Décidée à ne pas céder à la panique, je lui lance un nouvel appel.

— Bon, j'y vais, Nana ! Retrouve-moi au bureau, d'accord ? Allez, à tout à l'heure !

Puis j'attrape mon sac avant de quitter l'appartement en trombe.

20

Trois jours plus tard

Nous sommes vendredi soir et je n'ai pas le cœur à aller à l'afterwork. Nana Abiba n'a toujours pas réapparu. Ça fait des jours que je l'appelle mais aucun bout de pagne n'a surgi du néant. Aucune odeur de citronnelle ni de kola mâché n'a empli l'air. A contrecœur, j'ai dû me rendre à l'évidence. Elle est vraiment repartie dans l'au-delà.

Je n'arrive pas à croire qu'elle soit repartie aussi soudainement qu'elle est arrivée. Si seulement j'avais pu comprendre qu'elle me faisait ses adieux. J'aurais voulu lui dire au revoir comme il le faut. La prendre dans mes bras et l'embrasser... Je me suis tellement habituée à sa présence. Je me suis tant attachée à elle. Oh, Dieu, qu'elle me manque ! Et comme je suis triste de ne plus l'avoir à mes côtés !

Je me repasse mentalement le film des événements de ces dernières semaines, depuis le jour de son arrivée jusqu'à son départ quelques jours plus tôt. Je revois ce matin brumeux où elle a débarqué de nulle part et où je l'ai trouvée devant mon appart. Dire que j'avais espéré ce jour-là qu'elle soit un mauvais rêve ! J'ai très vite été conquise par sa personnalité attachante et son caractère bien trempé.

Elle me manque horriblement. Ses petites manies me manquent terriblement.

Cette façon qu'elle avait de humer l'odeur des *botokoin*, des *koliko* ou des cacahuètes grillées...

Sa mine espiègle lorsqu'elle rouspétait...

Sa façon de hurler mon prénom : *Zeynabou* !

Ses hurlements lorsque nous avons fait le roller coaster virtuel...

Son rire communicatif...

Son air déterminé...

Ses sautes d'humeur...

Ses *n'boh* à tout va....

Notre complicité, nos fous rires...

Je n'arrive pas à me faire à l'idée de ne plus la voir apparaître à sa guise. Même au bureau, plus rien n'est pareil. Je m'étais habituée à la voir débarquer au moment où je m'y attendais le moins. À la voir flotter de bureau en bureau pour espionner mes collègues...

En ce vendredi soir de début décembre où l'air ambiant a l'odeur sèche et caractéristique de l'harmattan, je suis assise dans mon canapé et des larmes silencieuses roulent sur mes joues. Je renifle doucement. Si Nana Abiba avait été là, elle aurait rouspété en disant un truc du genre :

Arrête de pleurer, n'boh ! À quoi cela te sert-il ?

Je sais qu'elle n'aurait pas voulu que je pleure son départ. Elle aurait voulu que je sois forte, que j'aille de l'avant. Mais c'est si dur... J'ai si mal à l'idée de ne plus la revoir. Au début, j'ai éprouvé de la colère contre elle pour être partie aussi soudainement. Mais finalement, c'était peut-être mieux ainsi. Nos adieux auraient été déchirants. Je n'aurais pas voulu la laisser repartir.

J'espère que de là où elle est, elle continue de me voir et qu'elle veille sur moi. De nouvelles larmes me montent aux yeux.

Va, ma Nana Abiba. Va, ma n'boh pour la vie. Je t'aime si fort ! Mon seul regret est de ne pas te l'avoir dit plus souvent...

On frappe à la porte de l'appart et j'essuie mes larmes avant de me lever pour ouvrir. C'est Djifa. Il tient dans ses mains un grand cabas et des sacs en papier, avec le logo de *Dom's*, notre restaurant de *friedrice* préféré.

— Désolé pour le retard ! s'exclame-t-il en souriant. Il y avait un monde fou sur les routes !

Presque aussitôt, il remarque mes yeux bouffis et son sourire fait place à une mine soucieuse.

— Quelque chose ne va pas ?

— Ça va aller, ne t'inquiète pas…

— Oh que si, je m'inquiète ! Tu n'as pas arrêté d'être triste ces derniers jours et, malgré mon insistance, tu refuses de me dire pourquoi.

Sans répondre, je m'écarte pour le laisser rentrer. Il pose les sacs sur la table et m'attire dans ses bras.

— Je sais que nous ne sommes pas en couple depuis très longtemps mais je suis là pour toi. Peu importe les circonstances. Alors, tu ne devrais pas avoir peur de te confier.

Sa sollicitude à mon égard me touche beaucoup. Que vais-je bien pouvoir lui dire pour expliquer ma profonde tristesse ?

— On dirait que tu as perdu quelqu'un…

S'il savait à quel point il était proche de la vérité ! Un bruyant sanglot s'échappe de ma gorge et il me caresse le dos d'une main réconfortante.

— Là… Là… Calme-toi, Zeyn… Je suis là… J'ai visé juste, n'est-ce pas ?

Maintenant, il s'attend à ce que je lui confirme que quelqu'un est mort. Je ne peux pas lui dire que je porte le deuil du fantôme de mon aïeule. Finalement, je décide de modifier légèrement la vérité.

Juste un tout petit peu.

— Il s'agit de mon arrière-grand-mère qui vivait à Bassar…

— Oh… Je suis vraiment désolé ! Mes condoléances, Zeyn.

— Merci. Elle était très vieille… Mais j'étais très attachée à elle.

— Je comprends…

Djifa me tend un mouchoir pour essuyer mes larmes. Je lève un regard humide vers lui en esquissant un sourire triste.

— Je crains de ne pas être de très bonne compagnie, ce soir.

— Quel genre de petit ami serais-je si je n'étais pas à tes côtés pour te soutenir, dans un moment pareil ? Oh… À moins que tu préfères rester seule ?

— Mais non ! C'est moi qui t'ai demandé de venir.

— Je sais. Mais tu as le droit de changer d'avis.

— Je n'ai pas changé d'avis.

Nous échangeons un court baiser puis il ouvre le grand cabas.

— Je suis retourné à la foire et… J'ai pensé que ceci te ferait plaisir.

À ma grande surprise, il en sort un petit palmier artificiel et des décorations que je reconnais aussitôt. Ce sont celles que nous avions vues à la foire et commandées pour la fête de Noël d'*Albarka*. J'avais dit à Djifa que je m'en achèterais, moi aussi, pour décorer mon appart et incarner pleinement mon concept de Noël Africain. Ne dit-on pas que la charité bien ordonnée commence par soi-même ?

Mais ces derniers jours, j'étais tellement abattue par le départ de Nana Abiba que je n'ai pas eu le temps de m'en occuper.

— Oh… Merci !

C'est la seule chose que j'arrive à dire avant de fondre à nouveau en larmes. C'est si gentil à lui de s'en être occupé. Rien ne l'y obligeait. Il me prend dans ses bras et nous restons là, un bon moment, l'un contre l'autre, sans rien dire.

Puis il s'écarte pour ouvrir les sacs de plats à emporter. Aussitôt, une délicieuse odeur de riz frit se répand dans la pièce.

— Je propose que nous passions à table ! lance-t-il. À défaut de te remonter le moral, ce *friedrice* devrait au moins t'ouvrir l'appétit.

Il ponctue sa phrase d'un clin d'œil à mon égard et un sourire éclaire mon visage. Je me sens si chanceuse de l'avoir dans ma vie. Tandis que nous nous attablons pour dîner, je formule une prière silencieuse pour que l'univers nous permette de vivre une histoire d'amour solide et durable.

***

Deux semaines plus tard

Penchée face au miroir de ma salle de bains, j'applique avec précaution un trait d'eyeliner sur le bas de mes paupières. Puis je rehausse mes cils avec une brosse de mascara et je recule légèrement pour admirer mon reflet dans le miroir.

Pas mal… Pas mal du tout, même. Si Nana Abiba avait été là, je parie qu'elle aurait dit un truc du genre : *Tiyabe, n'boh ! Ce maquillage te va à ravir !*

Je continue de penser à elle tous les jours. J'adore imaginer ce qu'elle aurait pu dire ou faire dans certaines situations. Elle me manque toujours beaucoup, mais je m'y fais, petit à petit. Je n'ai pas vraiment le choix, de toute façon.

Quelque part, si j'arrive à me remettre doucement de son départ, c'est aussi grâce à elle. Elle m'a appris à voir la vie du bon côté. À voir le verre à moitié plein plutôt qu'à moitié vide. À tirer le positif de toute situation.

Son passage dans ma vie aura aussi été révélateur. Désormais, je suis convaincue que quelque part dans l'au-delà, mes ancêtres veillent sur moi, nos ancêtres veillent sur nous. Je suis certaine qu'ils entendent nos requêtes et qu'ils essaient d'intercéder pour nous, lorsque cela est possible et cette pensée m'anime de réconfort et d'espoir. Je ne suis pas seule, face aux épreuves de la vie.

— Dépêche-toi, Zeyn ! Nous allons être en retard…

La voix impatiente de Joël me parvient depuis le salon. Je me hâte de le rejoindre et dès qu'il me voit, une expression admirative illumine son visage.

— Wow, tu es resplendissante !

J'ai revêtu une robe ovale aux couleurs vives, cousue dans un tissu léger d'imitation kenté qui m'arrive jusqu'aux genoux, sur des sandales compensées. Une fois n'est pas coutume, des bijoux en or plaqué – que j'ai empruntés à Maman – brillent à mon cou et à mes poignets, et des petites pinces dorées scintillent dans mes tresses.

— Merci, Joël ! Tu n'es pas en reste, non plus. Cette tunique et ce pantalon en bogolan te donnent une allure princière.

Joël affiche un sourire ravi.

— Merci, frangine !

L'harmattan aidant, l'air est plutôt sec et il ne fait pas trop chaud en ce début de soirée. Lorsque mon regard se pose sur le petit palmier décoré de jolies boules rouges et dorées, de guirlandes, et de figurines en forme d'animaux – des biches, des éléphants, des zèbres – un sourire distrait m'étire les lèvres.

— Bon, allons-y maintenant ! reprend Joël. Il risque d'y avoir du monde sur les routes.

Dehors, nous sommes accueillis par des airs rythmés et entraînants provenant des bars et du voisinage, signe que certains ont déjà commencé à fêter. Nous faisons un détour chez les parents pour leur dire au revoir – la radio de Papa diffuse également un joyeux morceau de *soukouss* – ainsi qu'à Tonton Napo, puis nous montons dans la vieille Toyota de Papa qui a bien voulu nous la prêter ce soir, non sans moult recommandations.

Comme Joël l'avait prédit, la circulation est très dense. En cette veille de Noël, nombreux sommes-nous à quitter nos domiciles, endimanchés, parfumés et affublés de nos plus belles coiffures et de nos bijoux les plus onéreux, pour aller festoyer en famille ou entre amis.

Sur les grands axes, l'effervescence festive est à son paroxysme grâce à de nombreuses illuminations. De jolies décorations égayent également les lampadaires et des guirlandes lumineuses apportent une touche joyeuse à de nombreux ronds-points.

À plusieurs endroits, les décorations sont occidentales. Que voulez-vous ? On ne change pas les choses du jour au lendemain. Mais depuis quelques jours, j'ai été agréablement surprise de voir des décorations d'inspiration africaine dans certains quartiers de Lomé.

Le célèbre rond-point de *La Colombe de la Paix* a par exemple été décoré avec de grandes figurines de girafes, de zèbres et d'éléphants, entourées de guirlandes lumineuses. De grands palmiers décorés de boules et de guirlandes ont également fait leur apparition autour de nombreux ronds-points.

C'est si émouvant de voir mes idées reprises, amplifiées et concrétisées, un peu partout dans la ville. Et dire que tout est parti d'une dose exagérée de rhum qui m'a délié la langue ! Sans cela, mon idée de Noël Africain n'aurait jamais été dévoilée au grand jour.

D'ailleurs, en parlant de Noël Africain, vous ne devinerez jamais la nouvelle ! La vidéo qu'Evelyne a publiée sur les réseaux sociaux cumule désormais des millions de vues. C'est tellement fou ! Bien sûr, il y a les pour et les contre mais la vidéo ne laisse pas les gens indifférents.

Comme je le craignais, je suis devenue des *mèmes*. Certains sont moqueurs et me tournent en ridicule. Mais la plupart d'entre eux sont plutôt élogieux. Quoiqu'il en soit, je prends tout ça avec plus de philosophie, maintenant, et j'essaie de voir le bon côté des choses.

Abou m'a informée – photos à l'appui – que cette année, sa décoration de Noël serait typiquement africaine, ce qui m'a rendue très fière. Et l'autre jour, Papa a débarqué dans mon appart en brandissant sa radio. L'une de ses émissions préférées parlait des buzz du moment et a évoqué *Le Noël Africain de Zeynab Twéré*. Papa était si fier d'entendre parler de moi à la radio. Ce soir-là, nous avons porté un nouveau toast avec du jus d'ananas !

On parle du Noël Africain partout. Et pas qu'au Togo. Le concept a désormais franchi les frontières et est relayé un peu partout en Afrique. Alors que je ne m'y attendais pas, j'ai vu arriver des dizaines d'invitations pour participer à des lives et débats sur les réseaux sociaux et aussi sur des chaînes de télévision, mais je les ai déclinées.

Je ne cherche pas à être célèbre. J'ai dit ce que j'avais à dire. Maintenant, c'est aux gens de s'approprier le sujet et d'inventer leur Noël Africain, à leur manière. À travers leurs repas de fête, les confiseries et autres gourmandises, les styles de vêtements, les musiques, les décorations... et en y intégrant d'autres ingrédients auxquels je n'ai peut-être pas pensé mais qui leur tiennent à cœur.

Au bout d'une bonne heure de trajet, Joël gare la voiture devant l'immeuble de Djifa. Pendant que nous descendons, je vois Djifa sortir de l'immeuble en compagnie de ses amis Barack, David et Messan, ainsi que Lali et Yao, tous habillés de tenues festives et élégantes.

Je ne suis pas surprise de les voir tous là. Nous avions prévu de fêter le réveillon de Noël, ensemble, chez Djifa. En revanche, je ne comprends pas pourquoi ils sont tous dehors.

— Vous n'étiez pas obligés de venir nous accueillir ! je fais remarquer en souriant.

— Désolé de te décevoir, répond Djifa en faisait la grimace, mais en réalité, nous ne sommes pas descendus pour vous. Nous voulions faire un petit tour dans le quartier, histoire de nous ouvrir l'appétit avant le dîner. Ça vous dit de vous joindre à nous ?

Et nous voilà partis en promenade dans Wuiti. Tout en marchant dans les rues faiblement éclairées par les lampes extérieures de certaines villas et les devantures des boutiques, nous discutons joyeusement et j'essaie de participer autant que je peux à la conversation.

Je ne suis pas très à l'aise dans l'exercice mais depuis le départ de Nana Abiba, j'ai compris que pour grandir, je devais explorer ma zone de risque et élargir ma zone de confort par la même occasion. Alors j'essaie de me bousculer plus et de me frotter à des choses qui, de prime abord, me paraissent inconfortables.

Soudain, j'entends des *tingo tingo* et une musique de fanfare. Visiblement, les gens commencent à festoyer quelque part dans le quartier. Je remue la tête au rythme de la musique tandis que dans ma tête, mon moi intérieur se prend pour une star et multiplie des chorégraphiques spectaculaires.

Bientôt, nous débouchons sur la grande place où se produit la fanfare. À ma grande surprise, je vois trôner au centre de la place un immense palmier décoré de magnifiques guirlandes lumineuses, de boules colorées et de figurines en forme d'animaux. On dirait que mon concept de Noël Africain a trouvé écho, ici aussi.

Les regards espiègles que s'échangent mes amis me font réaliser que nous ne sommes pas ici par hasard.

— *Surpriiiise* ! s'exclament-ils justement en formant un cercle autour de moi.

— Nous nous sommes dit, explique Lali, qu'un *before party*, ici, dans cette ambiance de Noël Africain, devrait te plaire !

Presque aussitôt, Djifa dégaine son téléphone portable et se met à filmer les alentours.

— Nous nous trouvons ce soir sur une grande place, dans le quartier de Wuiti à Lomé, où se déroule une fête grandiose aux couleurs du Noël Africain de Zeynab Twéré !

À ma grande surprise, il braque l'objectif du téléphone sur moi tandis que mes yeux s'écarquillent de stupeur.

— Alors, dites-nous tout, Zeynab… Quel effet ça fait d'être la créatrice d'un concept aussi populaire que le Noël Africain ?

Le premier moment de surprise passé, je prends une profonde inspiration avant d'afficher mon plus beau sourire.

— Les mots me manquent pour expliquer ce que je ressens. Je peux juste dire que je suis fière. Oui, je suis très fière d'avoir eu l'idée d'un Noël typiquement Africain et je suis encore plus fière de voir à quel point les gens s'y intéressent et la font vivre.

— Merci, Zeynab ! Et maintenant, une dernière question pour nos auditeurs… Quelles ambitions nourrissez-vous pour votre concept de Noël Africain ?

— Oh, je n'ai pas d'ambitions particulières si ce n'est de continuer à le voir vivre et prendre de plus en plus d'ampleur, d'année en année. D'ailleurs, j'ai été touchée de voir que le Noël Africain avait trouvé écho dans d'autres pays d'Afrique. Au Bénin, au Ghana, au Burkina-Faso, en Côte d'Ivoire, au Sénégal, au Nigéria, au Cameroun, au Gabon, en Angola.... J'ai envie de croire que tout ceci n'est que le début d'une révolution et d'un retour aux sources culturel en Afrique !

Djifa lève un pouce en l'air et met fin à l'enregistrement sous les applaudissements nourris de nos compagnons.

— Hip hip hip, hourra, pour *Zeyn Ado-sabado* ! s'exclame Yao avant d'être imité par les autres.

— Hip hip hip, hourra, pour Zeynab ! reprennent-ils tous en chœur.

Je leur adresse un regard ému. Je ne sais pas quoi dire. Je suis si touchée par leur gentillesse à mon égard.

— Allez ! s'écrie Djifa qui passe son bras autour du mien. Et si nous allions fêter notre Noël Africain, maintenant ?

— *Let's go* ! approuve Joël en prenant la tête du groupe.

Nous nous rapprochons de la place où se trouvent déjà de nombreuses personnes. Les gens dansent, grignotent des encas, ou discutent gaiement. Bientôt, la fanfare s'arrête et des chansons *afrobeat* prennent le relais à travers des haut-parleurs.

Joël et Yao, qui ont également investi la piste de danse, amusent la galerie sur la chanson *unavailable* de Davido. Dieu du ciel... Pas un pour rattraper l'autre ! Barack invite Lali à danser et, lorsque Djifa me le propose également, je ne me fais pas prier.

Pendant que nous dansons au rythme des morceaux qui s'enchaînent, je repense aux événements des dernières semaines. Que d'émotions ! Que de bouleversements dans ma vie ! Mon regard croise celui de Djifa.

Je sais que je l'ai déjà dit, mais... Je me sens vraiment chanceuse d'avoir un homme aussi prévenant et bienveillant dans ma vie. Bien sûr, comme tout le monde, il a ses défauts. Il est parfois impatient, directif, et il n'en fait qu'à sa tête. J'ai mes défauts, moi aussi. Mais j'ai confiance que, tous les deux, nous réussirons à nous accepter l'un et l'autre et à bâtir une relation de couple solide.

Alors que la fête bat son plein et que nous dansons, sautons, rions, j'ai une tendre pensée pour Nana Abiba. Elle qui aimait tant les fêtes et les réjouissances aurait adoré ce moment. J'aurais voulu qu'elle soit là pour voir tout ça, pour célébrer notre Noël Africain avec nous.

En repensant aux nombreux enseignements que j'ai reçus ces dernières semaines, un sourire joyeux m'étire les lèvres.

Je m'appelle Zeynab Mariam Twéré, j'ai vingt-six ans et des poussières, et je suis fière d'être la femme que je suis.

Depuis peu, je me suis affirmée et j'apprends à faire preuve d'audace.

J'essaie d'être honnête avec moi-même et de m'accepter telle que je suis, avec toutes mes étiquettes. Si j'avais un panneau sur le front, j'aimerais qu'elles apparaissent toutes.

La-parfaite-introvertie

L'authentique-froussarde

La-fille-qui-n'aime-pas-se-mélanger-mais-qui-fait-des-efforts

La-fille-qui-milite-pour-un-Noël-typiquement-Africain

La-fille-qui-ne-sait-pas-cuisiner-mais-a-d'autres-talents

J'ai arrêté de chercher à ressembler à quelqu'un d'autre et je ne me laisse plus dicter ma conduite par les règles de la société.

J'ai compris que certaines choses ne sont pas faites pour moi, que toutes les batailles ne sont pas à mener. Et j'essaie de mettre mon énergie là où cela a réellement du sens.

Je n'ai rien à envier à personne. Je ne suis mieux que personne. Je suis juste moi, avec mes qualités et mes défauts.

J'ai compris que je ne devais pas laisser la peur me dominer mais que je devais l'affronter, la regarder droit dans les yeux.

Je ne suis plus tétanisée à l'idée de prendre la parole en public, même si j'ai encore beaucoup de progrès à faire.

J'ai compris que je devais continuer d'apprendre, de progresser et ne jamais rien prendre pour acquis.

J'ambitionne de progresser dans ma carrière, dans le marketing, et de devenir un jour consultante senior ou même associée, ce que je n'aurais pas osé imaginer quelques semaines plus tôt.

Wow, que de changements dans ma façon de voir les choses ! Et tout cela n'aurait pu arriver sans la précieuse aide de Nana Abiba. Elle m'a véritablement boostée, poussée à me dépasser et à me faire confiance.

Elle est tout simplement mon miracle de Noël !

Merci pour tout Nana Abiba.
Je t'aime fort. Je ne t'oublierai jamais.
Et même si tu n'es pas là sous mes yeux, je sais que tu es là, quelque part. Je ressens ta présence.
Merci de veiller sur moi. J'espère que tu me vois dans la télé des esprits et que, de temps en temps, tu me feras un petit clin d'œil.

Alors que Djifa et moi continuons à danser, je sens soudain une odeur de citronnelle et de kola mâché.

— Tiens, tiens, dit Djifa, on dirait que quelqu'un se fait une tisane de citronnelle en guise d'apéritif !

Nous en rigolons encore lorsqu'une mélodie familière commence à résonner dans les haut-parleurs. *Adosabado, dosaba dosabado*, fait la voix de Zeynab, la célèbre chanteuse béninoise.

Cette chanson ? Juste après l'odeur de citronnelle et de kola mâché ? Ce n'est pas possible que ça soit une simple coïncidence. J'interroge Yao du regard, mais il hausse les épaules et me fait comprendre qu'il n'y est pour rien. Si ce n'est pas lui, alors...

Un grand sourire illumine mon visage. Sacrée Nana Abiba !

Avant toi, yeah yeah, personne ne m'a fait tant d'effet
Dans tes yeux, yeah yeah, je contemple ma valeur
Tes bras qui m'enlacent, qui me gardent, je suis sécurisée
Avec toi, je suis à l'aise...

Tandis que la voix mélodieuse de Zeynab nous enveloppe, Djifa me serre un peu plus fort contre lui.

— Je t'aime, Zeynab Twéré, reine de l'awalé.

— Je t'aime aussi, Djifa Kogan, chevalier servant de la reine de l'awalé.

Mes dernières paroles lui arrachent un petit rire amusé puis nous échangeons un tendre baiser.

Étonnée, dépassée, ton amour m'a aveuglée
Je ne vois juste que toi, je ne vois plus rien à côté...

Autour de nous, les gens crient « *Joyeux Noël* » et de nombreux couples se balancent au rythme de la chanson. Barack continue de danser avec Lali, tandis que Joël, Yao, David et Messan se sont également trouvé des cavalières.

Finale, bébé t'arrive à la finale
Tu t'es donné beaucoup de mal
L'enjeu était vraiment de taille
Prouvé, l'amour pour moi tu l'as prouvé
Personne n'a pu t'égaler
Personne n'a vraiment pu t'égaler...

Dans cette joyeuse et magique atmosphère de veille de Noël, le bonheur m'enveloppe toute entière et j'ai l'impression de flotter sur un petit nuage à l'odeur de *kokanda*. Toutes les étoiles semblent alignées pour Djifa et moi. Nous méritons tout ce bonheur et bien plus encore.

Je sais que la vie nous réserve de belles choses. Je sais aussi qu'il y aura des revers, des tempêtes. Malgré tout, je suis déterminée à garder le sourire car après l'orage, le soleil reviendra.

C'est le cycle infini de la vie.

Et je suis d'ores et déjà reconnaissante pour tous ces hauts et ces bas qui nous attendent. Je dirais même plus : j'ai hâte de les accueillir, les bras ouverts.

Remerciements

Comme toujours, un grand merci à Ed, mon compagnon, ainsi qu'à mes filles, Alexia et Enora.

J'ai été ravie de replonger dans mes souvenirs d'enfance et d'adolescence qui m'ont été bien utiles pour mettre un peu de mes origines Bassar dans ce roman, en hommage à mes parents, mes grands-parents, mes arrière-grands-parents et tous mes ancêtres.

Les mots me manquent pour exprimer le profond attachement que je ressens tant à leur égard qu'à celui de Bassar, cette petite ville du nord du Togo, nichée fièrement au pied des montagnes, à laquelle je pense si souvent, même si je n'y ai passé que de courts moments de vie.

Peut-être devrais-je juste dire : Je t'aime, Bassar ! Et j'aime aussi tes ignames – que dis-je, j'en suis parfaitement amoureuse – tes hauts fourneaux, ton *lawa*, ton *t'bol*, ton *wangash*… Et je suis si fière d'être une *Nataka Kpowou* et de faire partie de la grande famille Tabiou de Wadandé !

Je vais m'arrêter là. Mais vous l'aurez compris, ce roman est sans doute celui dans lequel j'ai mis le plus de moi et de ma culture. Jusqu'à présent, du moins. Et j'espère sincèrement qu'il vous plaira.

Alors, à tous ceux qui y porteront un intérêt, un immense merci !

PS : Bien que le personnage de Nana Abiba soit purement fictif, j'ai eu le plaisir de lui donner le prénom d'une de mes arrière-grand-mères. Quant au personnage de Tonton Napo, il m'a été inspiré par l'un de mes tontons réels, Tonton Sitou Tabiou, dont la joie de vivre et la bonne humeur m'ont profondément marquée.

Vous avez aimé ce livre ?
Partagez un avis sur votre plateforme d'achat ou sur les réseaux sociaux !

***

Rejoignez-moi sur mes réseaux sociaux et retrouvez mes autres livres sur mon site web :

www.cherifatabiou.com

@cherifatabiou

@editionswadande

***

Si vous partagez une publication concernant le livre, utilisez le hashtag #lenoeelafricaindezeynab

Achevé d'imprimer en octobre 2024 par BoD, Books on Demand